殺・一撃爆殺・
善であります」
「ボクは愛する人の性別は
こだわらないんだ!」
「ステラおねーちゃと、
セイおにーちゃは
なかよしなかよし」
「恐れおののきなさい人間よ。
このあたしこそが第147代目
魔王ステラなんだから」
「この度、魔王城前の教会
に赴任してまいりました。
セイクリッドと申します
こちら ラスボス魔王城前「教会」
▶カノン
対魔族戦のスペシャ
育てるエリートクラス
生。
▶アコ
魔王を倒すために選ばれた聖印
をもつ勇者。性格は遊び人。
▶ニーナ
ステラの妹。魔族とは思えな
いほど無邪気で清廉な性格
だが……。
▶ステラ
先代魔王の意志を継いで魔王
となった少女。世間知らずで
色々チョロい。
▶セイクリッド
神学校を主席卒業後、異例
の早さで最年少大神官まで
登りつめた青年。

「ところで魔王様。この**体勢**というか姿勢について、何か気づきませんか？」

▼拳を握り両腕を上げるステラに、溜息すら出ない。

「マウントポジションとったどー！」

「わざとですか？」

「え？ ち、違うの？」

「ともかく**降りてください**。そして魔王城にお引き取りを」

「ちぇー。添い寝くらいならしてあげてもよかったのに。あ！ もしかしてずーっと寝たままの格好なのって、ひそかに添い寝希望だったりするの？ しょうがないにゃー」

▼語尾をかみかみになりながら、ステラは俺の毛布をスカートの裾でもつまみ上げるようにめくる。

▼ステラは俺に乗ったまま、その場で上下に身体を揺らした。ベッドがギシギシと音を立てる。

「じゃあじゃあ問題無いじゃない！」

まかせ……の方見てですから」

神学校リスト在籍の

こちら ラスボス魔王城前「教会」

The church in front of
the devil's castle

Hararaika
原雷火
Illustration
へいろー

enterbrain

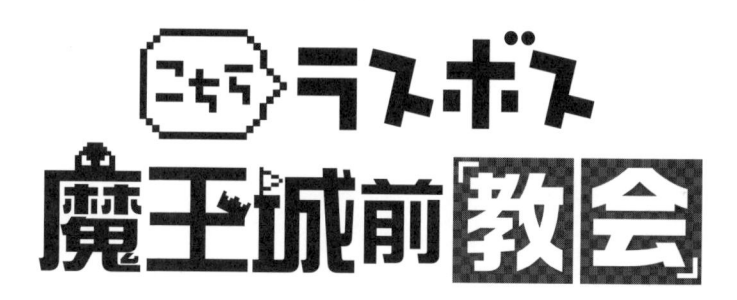

CONTENTS

HaraRaika Presents Illustrated by Heiro

シーズン1
そんな任地で大丈夫か？

プロローグ

「この度《たび》、魔王城前の教会に赴任《ふにん》してまいりました。セイクリッドと申します。本日は引っ越しのご挨拶《あいさつ》に伺《うかが》いました」

俺は背中を反《そ》らせながら上を向いた。対峙《たいじ》するのは牛とトカゲがごっちゃになりコウモリの羽を生《は》やした、紫色のアークデーモンだ。

体長およそ七～八メートル。水牛のような立派な角《つの》や、ドラゴンを思わせる尻尾《しっぽ》も含《ふく》めれば一層でかく見える。

手に三《み》つ叉《また》の槍《やり》を持ち構える姿は、まさに絵に描いたような門番ぶりだ。魔物は背後にデンっとそびえ建つ魔王城の城門を守っていた。

その巨体一つで小さな街くらいなら軽々と蹂躙《じゅうりん》できるだろう。

アークデーモンの太く低いうなり声が響く。

「GRUUUU……人間の神官よ。ここを魔王城と知ってのことか?」

「最初に申し上げたでしょうに。私が赴任してきたのは魔王城前の教会だと。牛の頭は見かけだけではないのですね」

振り返って俺はスッと指をさす。その白くこぢんまりとした建物は、山ほどもある魔王城と比

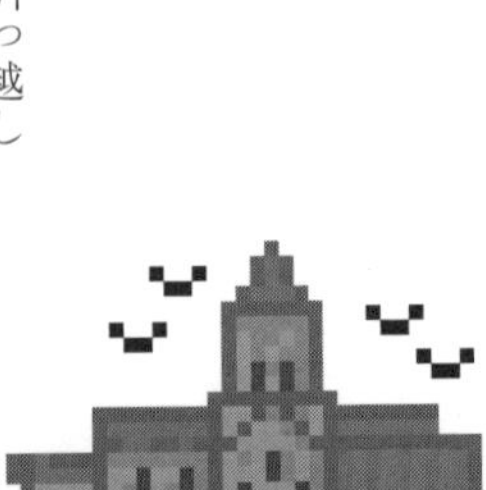

べれば路傍《ろぼう》の小石のようだ。大神樹の加護によって、魔物に取り壊されることなくそこにあり続ける小さな教会は、勇者が魔王城攻略の拠点《きょてん》とする最後の復活地点《セーブポイント》である。

先代の魔王が倒されて以来、神官不在だったのだが、俺が罰《ばつ》ゲーム……もとい司祭の大任を命じられたのだ。

「死ね」

太く響く声とともに、頭上から槍が俺を串刺《くしざ》しにしようと振り下ろされた。

まったく魔族ってのはコレだから困る。会話を楽しむという文化がないのだろうか？

ひらりと槍を躱《かわ》しつつ、抱えた菓子折りの無事を確認した。

「運の良いやつめ。だが、どのみち終わりだ」

アークデーモンが呪文を唱えた。爆発系の上級魔法だ。

「まああここは穏便《おんびん》に」

魔族の魔法が発動するよりも迅速《はや》く、俺の呪封《イレイス》魔法が相手の呪文をキャンセルする。

「――――ッ!?　なん……だと……」

アークデーモンは魔法が発動しないことに困惑《こんわく》の表情だ。

そうなるのも仕方ないか。魔王城を守る最高レベルの魔物が〝たかが人間〟の神官に魔法封じをくらうなんて、思ってもいなかったろうしな。

とかくこの手の魔法は、上位存在に効かないと相場が決まっている。

呪封《イレイス》や混乱に睡眠《ドリムル》といった魔法が効いてしまうということは、俺より格下と、このアークデーモンの序列《ヒエラルキー》が確定したわけだ。

「ぶち殺されたくないならこの菓子折りを魔王に届けてください」

「ふ、ふざけるな人間風情《ふぜい》があああああッ！」

アークデーモンは乱暴に槍を振り回した。

一振り毎に突風が巻き起こるが、避《さ》け続ける。その間も手にした包みの中身が割れないよう、細心の注意を怠《おこた》らない。

「うがあああああああああああああああああああああッ！」

アークデーモン渾身《こんしん》の、なぎ払うような一撃を俺は軽くジャンプで飛び越えて、槍の先端にスッ……と、音も立てずに着地した。

俺は槍の穂先からスタスタと柄《え》を渡っていく。槍を握《にぎ》る手を飛び越えて接近すると、アークデーモンのでっぷりと大きな腹を蹴《け》り、その肩に跳び乗った。牛顔の頭の上に、菓子折りの包みをそっと置き耳元で囁《ささや》く。

「大丈夫ですよ。聖水《とく》など入っていませんから。王都で人気の職人が作った彩《いろど》り鮮《あざ》やかなマカロンという焼き菓子です。買うのに二時間も並んだんですよ？」

殺《や》ろうと思えば耳元で死の呪文の一つでも唱えればいいのだが、それは〝最後の教会〟の司祭の職務に含まれない。力量の違いを察したらしく、アークデーモンは槍を地面に突き刺した。

「…………クッ」

殺せと言わんばかりの武人《ぶじん》タイプだったか。ともあれ話し合いですんでなによりである。

「仲良くやりましょう」

巨体の肩から飛び降りると、俺は「では、魔王によろしくお伝えください」と告げて、新しい

職場である〝魔王城前の教会〟に独《ひと》り戻ることにした。

空は暗雲。大地は灰色に荒れ果て殺風景にもほどがあるな。人間が生きる環境じゃない。

王都を離れ数千キロ。僻《へき》地《ち》オブ僻地の教会で、世界を救う勇者を〝待つ〟ことが、今日からの俺に課《か》せられた唯一《ゆいいつ》の仕事だった。

風の噂《うわさ》では、新たに誕生した勇者はレベル3で、その成長はナメクジやカタツムリよりもゆっくりとのことだ。ハァ……と、心の中でクソデカ溜《た》め息《いき》が漏《も》れた。

勇者がこの教会にたどり着くにはレベル80以上は必要だ。

船すら寄せつけぬ死海を渡り、竜の巣のような嵐の雲海を越えて、魔王城のあるこの島にたどり着き、さらに魔王軍四天王の結界を打ち破らなきゃならん。やれやれ先が思いやられる。

気持ちまで、教会の正面にある金属扉よろしく重くなった。観音開きの扉を開き、俺は教会の中に入る。

小さく可愛《かわい》らしい教会だが、中に入ってみると聖堂の天井《てんじょう》は意外に高い。賛美歌がよく響きそうだ。脇に設置されたオルガンが埃《ほこり》を被《かぶ》ったままなのは残念だが。

窓は石壁の上部に小さなものがいくつかあって、もっぱら採光用だった。

正面扉から赤いカーペットがまっすぐ続き、奥に祭壇がある。俺が説法をするステージだが、カーペットを挟《はさ》んで左右に並ぶ長椅子の列に信者《きやく》はなし。

ご神体である大神樹の芽が十字架よろしく祭壇裏手に茂り、うすぼんやりとした淡い魔法の光を発していた。

この芽こそが、水回りの管理から照明などの魔法力で動くあれこれ《インフラ》を司《つかさど》る――いわば教会の心臓部だ。俺の快適生活を支える大変ありがたい存在だった。

特に〝魔王城前の教会〟の芽が持つ防衛機能は特筆モノである。アークデーモンの上級爆発魔法《ボウマクラスタ》程度では、聖堂はびくともしない、高度な防壁魔法《マシルド》が幾重《いくえ》にも、教会の建物を常に覆《おお》って保護している。

おかげでいかに魔王といえども、魔王城《じたく》の目と鼻の先にあるたんこぶのような教会を、破壊できないのである。

そんな守備力だけなら要塞《ようさい》じみた教会も、がらんとした聖堂のほかは、懺悔室《ざんげしつ》と職員《おれ》の私室に書庫があるくらいのこぢんまりとしたものだった。

バストイレは水洗完備。小さいながらキッチンもあった。室内は大神樹の芽の加護により、常に快適な温度と湿度が保《たも》たれている。おかげで住むには困らないが……俺が退屈《たいくつ》に殺されるのも時間の問題だな。

史上最年少大神官の任地にはこれ以上ないと、教会上層部の老人たちは本気で思っている。俺を厄介払《やっかいばら》いしたい勢力が、お歴々《れきれき》に吹き込んだのだろう。

引っ越しの挨拶もすませ、本日よりこのセイクリッドが、魔王城前にある小さな教会の管理者となった。

どーせ誰《だれ》も来やしないだろうし、三食昼寝付きの自由な職場で本でも読んで静かに暮らしますかね。

第一章　あぁ、駄魔王さま

赴任《ふにん》して早々、近所への挨拶《あいさつ》回り（とはいえ魔王城一軒だけだが）を終えても、今日中にやるべきことは残っている。もう時刻は午前十時を回っていた。

聖堂の隅《すみ》で埃《ほこり》を被《かぶ》ったままのオルガンをさっと拭《ふ》き掃除《そうじ》する。

本部《だいせいどう》にあるパイプ式のような荘厳《そうごん》さはなく、オルガンは箱型で装飾すらない慎《つつ》ましやかなサイズだ。足下のペダルを踏んで鍵盤《けんばん》に指を落とすと、独特の音色が聖堂に響いた。

「調律イカレてやがりますね、これ」

狂った音階のまま緩《ゆる》やかな曲調のカンタータ１４７番を弾《ひ》いていると——

ドンドンドンッ！

曲のリズムにはまったく合わない激しいノックが、教会の金属のドアに叩《たた》きつけられた。

こんな辺鄙《へんぴ》な魔王城前の教会に来るなんて、ずいぶんと信仰心に厚い人間がいたものだ。

「ちょっといるんでしょ！　出て来なさいよ！」

甲高い声がオルガンの音色に混じって聞こえた。

「なんですか騒々しい……はぁ」

演奏を中断すると、正面扉に向かう。

扉を開けると隙間《すきま》から、少女がしなやかな身のこなしで、スルリと入り込んできた。

炎のような赤毛のツインテールを揺《ゆ》らし、澄《す》んだルビー色の瞳《ひとみ》で俺を見あげる。

年齢は十五、六歳といったところか。目鼻立ちがスッと整っていて、どことなく気品を感じさせる顔つきだった。頭に山羊《やぎ》の角《つの》っぽい冠《かんむり》を被り、金縁《きんぶち》の黒いショートマントに血のような赤いドレス姿だ。

フリフリというよりもタイトで身体《からだ》のラインが出る服装なので、胸の慎ましやかなサイズまで丸わかりである。その赤い瞳が憎らしげに俺を睨《にら》みつけた。

「とっとと出て行きなさい人間！」

「まあまあ落ち着いて。ここは最後の教会です。大神樹に祈り、旅の記録をなさいますか？　仲間の蘇生《そせい》ですか？　毒の治療や呪いを解《と》くことをお望みですか？」

「あたしの望みはあなたがこの場からいなくなることよ！　消え去れ人間！」

「それはできません。私の役目はこの教会で魔王を倒す勇者のお役に立つことですから」

瞬間――少女の赤い瞳に燃えるような魔法力が灯《とも》った。

「やっぱりそうなのね。次が最後の警告よ。今すぐ尻尾《しっぽ》を巻いて逃げ帰りなさい」

少女のお尻《しり》のあたりに悪魔の尻尾がゆらりと揺れる。

「おや、もしかして貴方《あなた》は魔族の方ですか？」

「だ、だったらなによ」

「初めてお目にかかるもので。頭の角も飾りかと思っていました」

魔物を使役《しえき》し世界の半分を支配する魔族。その姿は多種多様だが、不思議と高位になるほど人

間の姿に近づいていくらしい。どうやらただの美少女《こむすめ》ではないようだ。

彼女は胸を張った。揺れるほどはない青いつぼみのような胸をツンと上にあげるようにして、ふんぞり返る。

「恐れおののきなさい人間よ。このあたしこそが第１４７代目魔王ステラなんだから」

「はいはい。それでご用件は？　教会の立《た》ち退《の》き以外でしたらなんなりと」

「ちょ、ちょっと軽く流さないでくれる？　あっ！　信じてないんでしょ？」

正直、彼女が魔王だろうと嘘《うそ》をついていようと、どちらでもかまわない。

「いえいえ信じますよ。ああ恐ろしい……ふふ」

「笑った！　全然怖がってないし！　ベリアルが言ってた通りの男みたいね」

「ベリアル？　はて、そのような知人は私にはいませんが」

「門番よ！　魔王城の前の！」

小さな犬がキャンキャン吠《ほ》えているような微笑《ほほえ》ましい少女だ。

「あー。あのアークデーモンですか」

「ベリアルを退《しりぞ》けたっていうから、こっちも気合い入れて本気の魔王装《しょう》束《ぞく》で来てあげたのよ」

「私に会うためだけにおめかししてくださったんですね」

「あ、あなたのためだとか……ご、誤解を招《まね》く言い方しないでくれる？」

「誰《だれ》に誤解を招くというんですか。ここには私と貴方しかいないのに」

自称魔王の少女――ステラは「うっ」と声を漏《も》らすと、頬を赤く染めた。ツッコミを入れられて恥ずかしいのだろう。俺の顔から目をそらし続ける。

「あたしは魔王なんだから……もうちょっと恐《おそ》れ敬《うやま》いなさいよ」

「本物の魔王なら城の玉座にでんと構えて、私を呼び出せばよかったのではありませんか？」

「あなたがびびって招請《しょうせい》に応じないと思ったの。曲がりなりにも光の神に仕《つか》える神官なわけだし、魔王に呼ばれてノコノコ出てくる間抜《まぬ》けはいないでしょ？」

まあ、並みの神官なら応じるどころか配置換えを本部に願い出るところだろう。

さて、どうしたものか。彼女は俺に消えて欲しいらしいのだが……。

「そもそもなぜ、魔王本人がやってくる必要があるのでしょう？　刺客《しかく》なら他に適任《てきにん》がいたのでは？」

「ベリアルの心を折った相手っていうから、あたししかあなたを追い出せないじゃない!?」

「つまり、あの門番が二番目に強くて、一番が魔王である貴方ということですね？」

ステラは口元を手で覆《おお》ったが、もう遅い。少女は目を血走らせて俺の顔を指さした。

「さ、さすが神の信徒汚《きたな》い！　誘導尋問で機密《きみつ》を漏洩《ろうえい》させるなんて！」

「貴方が勝手に口を滑《すべ》らせたのでしょう」

歯ぎしりしながらステラは叫ぶ。

「だいたい、どうやってこの島まで渡ってきたのよ!?」

魔王城のある暗黒の島の周囲は、死の海によって護《まも》られている。

人間の船が近づけば海に棲《す》む魔物たちが次々に沈《しず》めるのだ。

海流も入り組んでいて、そこかしこに座礁《ざしょう》ポイントがあり、船の共同墓地状態である。

「泳いできました。子供の頃から水泳は得意で、ローヌ川のトビウオと呼ばれていましたから」

途端《とたん》に魔王《ステラ》はジト目になった。

「……神官って嘘をつくのね」

「神に誓って本当ですとも」

少女は腕組みすると首を傾《かし》げる。

「じゃ、じゃあ嵐の雲海はどうやって抜けたのかしら？」

暗黒の島に上陸すると、今度は深い谷が行く手を阻《はば》む。

雲海が谷に流れ込み、魔王城は竜の巣のような巨大な雲の壁のそのまた向こうだ。

「近くにいた翼竜型の魔物を脅《おど》し……説得して無事に越えることができました」

ステラの顔から血の気がさーっと引いていった。

現に俺がここにいるのが、嘘でもなんでもない、なによりの証拠だ。

「け、結界があったでしょ！　先代魔王軍四天王が残した四層もの結界が！」

「人が一人通れる分だけ破壊して通過しました。ご心配なさらずとも、私が通ったところはきちんと修復しておきましたから」

そうして全裸《ぜんら》でこの教会にたどり着いたのが、昨晩のことだ。

大神樹の芽に祈りを捧《ささ》げ、この場所を記憶してから転移魔法《ラボタル》で王都に戻り、引っ越しのため教会と王都を何往復かした。

おかげで徹夜《てつや》である。それから朝になり――有名菓子店に二時間並んでマカロンを買い求め、先ほど引っ越しの挨拶をして今に至る。

「人間じゃないわ。だって……嘘でしょ……ありえないわよ」

「徹夜で王都と教会を何往復もしました。確かに働き過ぎですね。人間のすることではありません」

「そういうこと言ってるんじゃないからッ！　だ、だいたい死の海の魔物はどうしたの？」

「最初に強そうなクラーケンだかサーペントだかを倒したら、誰も襲ってこなくなりました」

魔王ステラがブルっと震える。

「ま、まったまたぁ。ありえないわよ本当に」

「いやいや、あり得るから私がここにいるわけで。あ、ところで引っ越し祝いのお菓子ですが、気に入っていただけたのなら幸いです」

不意に彼女は黙り込むと眉間《みけん》にしわを寄せた。

人間のお菓子はお気に召さなかったのだろうか。そのクレームにわざわざ教会を訪問したとは、考えにくいが。ステラは深い溜《た》め息《いき》のあと、俺の背後にある大神樹の芽を睨む。

「ああもう……あんな雑草が家の前に生えてるせいで……燃やしてあげるわッ！」

呪文の詠唱に入った彼女を俺は制止した。

「ちょっと待ってくれませんか」

「な、なによ人間!?」

「無駄なことはしない方が良いかと。大神樹の芽は代々の魔王の力をもってしても取《と》り除《のぞ》くことはできなかった。きっと、魔王軍が王都を攻め落として大神樹を枯《か》らしでもしない限り、この最後の教会を護るあの木の芽は光を放ち続けるでしょう」

「なんて迷惑なのよ！　人間で言えば、玄関開けたら目の前にゴブリンの巣よ！　潰《つぶ》しても潰し

ても復活する……そんなものがあって安眠できる？」

「引っ越しすればいいじゃないですか」

「それもそうね……ってバカなの⁉　ここ魔王城よ！　ほいほい移転とかできないの！」

「ご安心ください。私は魔王城に攻め入りませんから」

「ゴブリンが『私は良いゴブリンで略《りゃく》奪《だつ》もレイプもしません』って言って信じるわけ？」

「ご愁《しゅう》傷《しょう》様《さま》です」

「やっぱり燃やすわ！　木の芽燃やすッ！」

ステラが炎の魔法力を再び練り上げ、大神樹の芽に撃ち放った。

炎が矢を成し空を裂《さ》く。光り輝く大神樹の芽にぶつかる……が、火花散り炎熱爆《は》ぜて火の粉が舞い散っても、木の芽は焦《こ》げるどころか変わらず淡々と光を放ち続けた。

「んもーッ！　なんなのよーッ！　やっぱり魔法が通じないんだけどおぉ！」

この感じからして、神官不在の時にステラは雑草駆除に挑戦して、失敗していそうだな。

「ちょっとあなたが木の芽をなんとかしなさいよ！　聖職者なら結界とか破れるでしょ？　あなたのところの木の芽がうちに迷惑かけてるんだし」

「頼んで私が〝はい〟と言うとお思いですか？」

「ま、魔王が命じてるのよ！　人間よなんとかしなさい！　して！　お願いだから！」

途中から下手に出るの止《や》めろって。ますます魔王の威厳は低下した。

「じゃあこうしましょう。私を殺してしまえばいいのです」

「あ、あら！　そうね！　ご厚意に甘えてそうすることにするわ！」

「せっかくですから、お互いに力が発揮《はっき》できるよう広々とした外でやりませんか？」

これ以上、教会の中で暴れられては片付けが大変だ。

「いいわよ。魔王の恐ろしさに震えながら永遠の眠りにつかせてあげる。さあ、あたしの腕の中で息絶《いきた》えるがいい人間よ！」

「声、震えてますよ？」

「む、むむむ武者震《むしゃぶる》いよ！　さあ、覚悟なさい！」

うわー痛いなぁ。きっと勇者と戦う日のために、いくつも〝魔王らしい〟セリフをノートにしたためているんだろう。

穏便《おんびん》にすませるつもりだったが、誰あろう魔王様直々《じきじき》のご指名である。

尻尾をブンブンと乱暴に振って、外に向かう彼女に俺はついていった。

魔王城に殴り込み討伐《とうばつ》してしまうのは、教会職員《せいしょくしゃ》の仕事の範疇外《はんちゅうがい》になるのだが、城の外でサクッと相手をするなら問題ない。

一番強いヤツを黙らせれば、その配下も大人《おとな》しくなる。

というか、正当防衛ということで倒してしまってもかまわんのだろうか？


風の吹く荒野に俺と魔王は二人きりで対峙《たいじ》した。

魔王は両手を広げて冷たい表情を浮かべると告げる。

「この魔王ステラにたった独《ひと》りで挑むなんて、勇気だけは褒《ほ》めてあげるわ」

挑んできたのはそっちだろうに。と、言うのは無粋というものか。

ステラは右手に炎を、左手に氷を魔法力で生み出した。

「その身を焼き尽くし魂《たましい》まで凍《い》てつかせる魔王の力の深淵《しんえん》を見よ！」

いいから早くかかってきてほしい。自分から攻撃するのは教義に反する。専守防衛が信条の聖職者はこういう時不便だ。

「それとも雷撃で撃ち抜き風の刃《やいば》で切《き》り刻《きざ》んであげようかしら」

「いいから早くかかってきてください」

「言ってくれちゃってえええええッ！」

ステラの魔法が変化した。

瞬間――俺の足下から腰のあたりまでが氷漬けにされた。

身動きがとれなくなったところに炎の矢が雨のごとく降《ふ》り注《そそ》ぐ。

風の刃が吹き荒れ雷撃が俺を撃ち抜いた。並みの神官なら四回は死んでいるところだろう。

しかしステラは魔法を使いながら、かすかに震えていた。表情も青ざめている。もしかして
――人を殺したことがないんじゃないか？

俺は魔法で凍結を解除しながら、同時に炎の雨を防ぐ傘のような魔法障壁《しょうへき》を展開させた。

風の刃で受けた裂傷《れっしょう》も続けて使った回復魔法で元通り。だが、切り裂かれたローブは戻らない。あとで修繕費《しゅうぜんひ》を目の前の彼女に請求しよう。

雷撃に関しては直撃を受けたものの、それを地面に逃がす防壁魔法《マシルド》で完全無効化する。

初手から全力を出し切り、直前まで震えていたステラの目が点になった。

「なんでローブの袖が長袖からタンクトップになっただけで無傷なのよッ!?」

「防御の魔法と回復系の魔法は得意なんですよ。こう見えて聖職者ですから」

「四種の攻撃魔法よ⁉　一度に食らって無傷だなんて……」

「無傷ではありません。服の袖がスパッと切れてしまいました。では、今度はこちらからいきますね」

ステラはプルプル震えながら胸を張る。

「ふ、ふは、ふははは！　神官風情《ふぜい》になにができるというのかしら？　魔王であるこのあたしには、即死魔法は通じないわよ！」

「確かにそうですね」

元来、魔王には即死や混乱といった魔法は通じない。通じないからこそ彼ら彼女らは〝王〟なのだ。

「生半可な力で、この魔王に牙《きば》を剝《む》いたことを後悔させてあげるんだから！　武器も持たない非力で脆弱《ぜいじゃく》な人間よ！」

俺は魔法力を光に変換して手の中で棒状に構築した。左の手のひらから右手で引き抜くようにして、光の棒をゆっくりと抜き払う。

「な、なにそれ？」

「光弾魔法をアレンジしたものです。ご安心ください。見るからに斬撃《ざんげき》タイプのように見えますが、撲殺《ぼくさつ》属性の武器ですから」

「光属性じゃないの⁉　なにその撲殺属性って怖いんですけどッ⁉」

あまりの恐怖にか魔王は敬語になった。本人はそれに気づいていないほどの動揺っぷりだ。

俺は右手に〝光の撲殺剣〟を構えて告げる。

「魔王を光の棒で叩《たた》き続けると死ぬ」

「いやあああああああああ！　こないでこないでこっちにこないでー！」

　エリート戦士が追い詰められた時に出す〝小さい攻撃〟の連打よろしく、ステラが両手から炎の矢を乱射した。俺は正面にきた炎の矢だけを光の棒で叩き落としながら、ゆっくりと彼女に近づいていく。

「お仕置《しお》きの時間ですね。お尻を十回ほどぶっ叩いて差し上げましょう」

「死んじゃうから！　魔王の威厳が死んじゃうからあああ！」

　一秒間におよそ十六発の炎の矢が飛んでくる。が、その半数以上は見当違いの方向にそれていった。

　狙いを定められないほどの恐怖を俺から感じているらしい。

　ステラに光の棒が届くまで、あと五メートル。その間、絶《た》え間《ま》なく矢を棒で弾き続ける。

「まったく魔王の才能の無駄遣いも甚《はなは》だしいですよ。だいたいそんな腰の入っていない魔法で人間が殺せるとお思いですか？　貴方の黒魔法はどれも練りが甘く、ここぞというところに殺意が込められていません。そんな覚悟でよく魔王が名乗れますね。人の殺し方を教えてさしあげましょうか？」

「あなた本当に聖職者なのッ!?」

「こう見えても、エノク神学校首席卒業にして最年少大神官ですよ」

　ステラは肩で息をして、魔法の連打も途切《とぎ》れた。

「ハァ……ハァ……ば、化け物ね」

魔王のお前が言うな。俺は光の棒を振り上げた。

「あたしを殺すの？」

下《した》唇《くちびる》を噛《か》んで涙目である。しかしどうしたものか。魔王をうっかりとはいえ倒せば、英雄になれるかもしれない。まあそんな称号になんの価値も見いだせないのだが、少なくとも〝最後の教会〟に神官が常《じょう》駐《ちゅう》する理由はなくなり、俺も本部復帰がかなうだろう。

と、魔がさしかけたその時――

とってってってって
と、小さな影が魔王城からこちらに向かって走ってきた。金髪碧眼《きんぱつへきがん》の六、七歳くらいの幼女だ。白いドレス姿で、どこぞから誘拐《ゆうかい》してきた王国の姫様という身なりをしている。愛くるしいくりっとした瞳に、ぷにぷにとしたほっぺた。小さな手足をばたつかせて、幼女は呼吸を弾ませながら俺とステラめがけて一直線だ。

その後ろをアークデーモンがそわそわしながら追ってくる。

一見すると、魔物に追われる幼女姫だが……アークデーモンがその気になれば、幼女を捕らえるなんて造作もないだろう。幼女は俺とステラの間に割って入る。アークデーモンは十メートルほどの距離で立ち止まり、俺をじっと見据《みす》えていた。懇願《こんがん》するような表情だ。

そして金髪幼女は光の棒を振り上げた俺に、ほっぺたを膨《ふく》らませて訴える。

「ステラおねーちゃをいじめないで！」

俺は光の撲殺剣の魔法を解くと、そっと膝《ひざ》を折って幼女に視線の高さを合わせた。

「私は魔王ステラさんと戦いごっこをしていただけです。練習ですから安心してください」

幼女は驚いたように目を丸くした。

「おねーちゃをいじめてないの？」

「ええ。そうですよね魔王ステラさん？」

ステラに訊《き》くと、彼女は……祈っていた。手を組み俺に祈りながら魔王は告白する。

「どうか……どうか妹にだけは手を出さないで！　あたしはどうなってもいい。だけどニーナは関係ないでしょ！　この子だけは見逃してあげて！」

目の色も髪の色も似通っていない姉妹だが、魔族を人間の物差《ものさ》しで測るのは愚《おろ》かなことか。

ただただ、ステラの懇願は本気だった。俺は金髪幼女――ニーナに訊く。

「ニーナさんはお姉さんが好きですか？」

「うん！　ニーナはおねーちゃ、だーいすき！　今日もおねーちゃは、丸くて赤くてピンクでオレンジで水色のお菓子をくれたの。とってもおいしいの。おねーちゃは魔王様でえらいから、みつぎもの？　なのです！」

引っ越し祝いのマカロンの行き先が判明した。ニーナの笑顔が心配そうな表情に変わる。

「だけどおねーちゃのみつぎものなのに、おねーちゃは一個しか食べなくて、ニーナにくれるの。おねーちゃ、もっと食べたいのに。だからニーナね、とってあるの。はんぶんこできるんだぁ」

俺はもう一度膝を屈してニーナに優しく告げる。

「それは大変すばらしいことです。良い妹さんをお持ちですね魔王様」

「う、うう……あなたが笑顔になるだけで怖いんだけど」

「人聞きの悪いことを仰らないでください」

ニーナは俺とステラのやりとりが不思議なようで、ぽかんとした顔だ。

その表情一つとっても愛くるしい。おかげですっかり戦意が消え失せてしまった。

「どうでしょう。明日の朝にでもみんなで王都に行きませんか？　ニーナさんはマカロンをお気に召したようですし、転移魔法《ラボタル》で招待しますよ」

「な、なな、何を考えてるの⁉　魔王を人間の王都に招待するって……」

「貴方がもしやらかそうとしても、対応できるとわかりましたから。危険はないでしょう」

「言って良い事と悪い事があるわよ！　対応できるだなんていう心ない神官の一言で、傷つく魔王だっているんだから！」

「力量差《じじつ》を受け入れてください。それで、どうしますか？」

ニーナが俺とステラの顔を交互に見てそわそわ不安げだ。十メートル離れたところでは、アークデーモンが正座をしたかと思うと、さらに土下座へとスタイルチェンジ。主君《まおう》への忠義がそうさせるのか。

ステラはニーナを抱き寄せると、伏し目がちになった。

「条件は……なにかしら」

俺はそっと小さな教会の建物を指差した。

「営業許可をいただければけっこうです。専守防衛が信条ですので、こちらの生存権が脅《おびや》かされない限り、私が魔王様とその妹君であるニーナさんに危害を加えることは一切ありません。ですから、どうか私をこの地から排除するのを諦《あきら》めていただきたいのです」

魔王はムッと眉間にしわを寄せて俺を睨む。

「したくてもできないって、たったいま証明されたところなのに。皮肉ね」

「怖い顔をしないでください。せっかく姉妹そろって可愛いのですから。お二人とも笑顔が素敵ですよ」

事実、こんな美少女姉妹は王都でも見たことがない。

と、魔王の顔が耳の先まで赤くなった。

「ば、ばば、バカなの!? 可愛いとか……言われたことないわよ！　というか魔王はもっと恐れられるべきでしょ！　可愛いなんておかしいんだから！」

ニーナが「おねーちゃはかわいいよぉ。よしよし」と、背伸びをして魔王の頭を撫《な》でる。

ますます魔王の顔が赤熱発火大炎上した。

「ニーナまでえええええ！」

絶叫する姉を差し置いて、くるんとこちらに幼女が向き直る。

「おにーちゃは、ステラおねーちゃがかわいいの？」

「ええ。神に誓って事実ですね」

「ほえぇ〜〜〜」

何か感心したような声を上げたかと思うと、ニーナは俺に訊く。

「おなまえ、おしえてくれますか？」

「私はセイクリッドと申します」

「せいく……セイおにーちゃ！」

そこまで覚えにくくもないでしょうに。

ニーナは俺の手とステラの手を繋《つな》がせた。

「ステラおねーちゃと、セイおにーちゃはなかよしなかよし」

うんうん！　と、幼女は満足げに二度、頷《うなず》いた。

触れたステラの白い手は少女らしく繊細《せんさい》で柔らかい。この手から黒魔法を連打していたのが嘘のようだ。ステラは顔を赤くしたまま、今にも口から泡を吹きそうだった。

「あばばばばっばばばっばばばっばばばばああくぁwせdrftgyふじこlp」

しっかりしろ。お前は世界の半分を統《す》べる魔王だろうに。


赴任二日目――

スパッと切断されたローブの袖は、意外にも手先が器用な魔王ステラの手縫《てぬ》いで修繕された。

魔王と妹は町娘風な地味めの格好をすると、俺とともに王都の有名菓子店の大行列に並んだ。移動の手間がかからない転移魔法《ラボタル》様々である。

店は朝からすでに長蛇の列だ。ニーナは人間の町にやってきたのが初めてなようで、楽しげにずっと笑顔をこぼし続けた。人間が作る行列に魔王ステラは溜め息を一つ。

「そうだわ。その菓子職人を魔王城に誘拐すれば、毎日あの美味《おい》しいお菓子が食べられるじゃない。我ながらグッドアイディアね！」

ニーナがステラの手をぎゅっと握《にぎ》って、首をフルフル左右に振った。

「みんな楽しみにしてるから、ひとりじめはだーめ」

魔王は妹に頭が上がらないようで「じょ、冗談《じょうだん》よ」と苦笑いだ。

ステラよりも妹の方に〝王の器《うつわ》〟を感じるのはなぜだろう。

こうしてさらに一時間ほど行列の中で待ち、開店時間がやってきた。ステラが店のお菓子を財貨で買い占めようとしたのだが、ニーナに「そんなにいっぱいたべられないよ。また、おねーちゃとおにーちゃと買いにきたいから」と、再び諭《さと》され魔王はすっかりシュンとした。

どっちが姉だか、これもうわかんねぇな。


二人が手に持てるだけの焼き菓子を買い求めたところで、転移魔法《ラポタル》で〝最後の教会〟前まで戻り、魔王城の城門前で門番のアークデーモン――ベリアルの元に魔王姉妹を送り届けた。

「きょ、今日はええと……人間の国の視察をできて良かったわ。あ、ありがと」

まだ緊張も警戒も解いていないという風ではあるのだが、ステラから予想していなかった感謝の言葉をもらってしまった。さらに赤髪の魔王は言う。

「これからは人間っていうんじゃあじけないから……セイクリッドって呼ばせてもらうわね」

「ええ、こちらはいかがいたしましょう魔王様？」

「は、恥ずかしいからやめて！　ステラでいいわよ」

口を尖《とが》らせステラは俺から目をそらす。

ニーナは俺とステラのやりとりに目を細めると「おねーちゃのこと、よろしくねセイおにーちゃ！」と、俺に抱きついてきた。ぷにぷにだ。ふわふわだ。花とミルクを混ぜたような良い香りがする。

このまま時間が止まってしまえばいいのに。ステラが慌てて俺からニーナを引き離す。

「ほ、ほらニーナ帰るわよ！」

「ばいばーい！　またあしたねー！」

ステラが軽く頭を抱えながらニーナの手を引き、城の奥へと二人の背中が消えると、魔王城の重厚な城門はゆっくりと閉ざされた。

そっと会釈《えしゃく》するベリアルにこちらも会釈を返し、教会に戻る。

最後の教会を運営していく上で、魔王との付き合い方というのは中々に難しいものだ。

と、ぼんやりしていると、大神樹の芽が輝きを増した。光が聖堂の内壁にメッセージを投影する。

「勇者のレベルが4になった……ですか」

本部からの定時連絡だった。

このカウントが80を越えるまでは、きっと退屈《たいくつ》な……平和な日々が続くのだろう。いつになることやら。俺はキッチンで紅茶を用意し、先ほど買った焼き菓子をそえて、私室で本を読んで過ごすことにした。当面忙しくはなりようもないので、サボりつつ職務に邁進《まいしん》しよう。


赴任三日目の昼の十二時——

先日、魔王姉妹が来たきり、教会を訪れる信者は誰もいない。なので、聖なるローブをまとわせし案山子《かかし》を講壇の上に設置した。首に「休憩中」と書いた札をかける。

「これでよし……と」

ずっとこうしておいてもいいくらいだ。俺は転移魔法《ラボタル》で急ぎ王都に跳ぶ。なぜなら――

「腹が……減った……」

大陸一を誇る王都歓楽街の飯屋は、様々な地方から人が集まり雑多な賑《にぎ》わいで、料理の種類も味も様々だ。店先にいくつも並ぶ屋台からは、焼いた肉や海鮮類の香ばしく、じゅわっと音まで美味《うま》そうな音と匂いが溢《あふ》れて鼻孔《びこう》をくすぐった。様々な地方の料理店が並ぶ通りは、空腹を抱えた人々でごった返している。今日は暑い地方《サマラーン》の料理を食べよう。香辛料《スパイス》たっぷりで辛《から》いのだ。

働いてないのに食う飯は美味かった。

一時間の昼休みを終えて転移魔法《ラボタル》で〝最後の教会〟前に戻ると、聖堂へと続く正面扉が開いていた。

こっそり中を覗《のぞ》き込《こ》むと……

「おにーちゃ！　セイおにーちゃ返事して！　あああ……おにーちゃが死んだあああああ！」

案山子の前でニーナ嬢が地面に膝をついて泣いていた。ああ、むせび泣く姿まで可愛い。小さく握った手を赤いカーペットにトントン叩きつける姿には、なんとも言えない味がある。

と、もう少し浸《ひた》っていたいのだが、涙声で本気で俺が死んだと思っているニーナが気の毒だ。

「ご安心ください。私は生きていますよ。冒険者を蘇生させる神官が簡単に死ぬものですか」

ニーナは「ふぁっ⁉」と声を上げ、お尻を向けてうずくまったまま、首だけで後ろを向いた。

「セイおにーちゃ……セイおにーちゃ生きてるの⁉」

「少々席を外していたので、代わりに案山子のセイクリッドマーク2さんに任せていたんです」

幼女は立ち上がると、とってってって、と手足をばたつかせて俺の元に駆け寄るなり、ジャンプしながら抱きついてニッコリ笑う。

「よかったの！　おにーちゃが魔法でああなっちゃったかと思って、とっても心配でしたから！」

　俺はそっと彼女の金髪を優しく撫で上げて告げる。

「ご心配なく。私に呪いをかけようものなら、呪詛返《じゅそがえ》しとなって呪った本人に行きますから」

　頬を赤らめ小さな口を開いて幼女は大きな瞳をまん丸くさせた。

「ほえぇ～すっごいの」

「ところでご用件はなんでしょうか？　蘇生ですか？　治療ですか？　呪いを解きましょうか？　旅の記録を大神樹にお祈りしますか？　それとも、何か物語の本でも読んでさしあげましょうか」

　ニーナは首を小さく傾げると、少し考えるような素振《そぶ》りを見せてから、ぱんっと胸の前で軽く手を打った。小さく深呼吸をして俺の顔を見上げると「のろいをといてほしいの！」と、俺の予想を裏切る返答をした。

「おや、見たところニーナは呪われてはいないのですが」

状態異常かどうか見極《みきわ》めるのも神官のつとめだが、幼女の呼吸脈拍ともに正常だ。

「えっと、えっとえっと……えっとぉ」

もじもじするニーナの言葉を待っていると、背後に気配を感じた。

子犬のキャンキャンとした悲鳴のような声が俺の背中に浴《あ》びせかけられる。

「ちょ、ちょっとセイクリッド！　どうしてくれるのよ!?」

振り返るとステラが仁王立ちしていた。燃える赤毛に赤い瞳。整った顔立ちには気品すら感じられる美少女――だが、彼女の眉毛《まゆげ》だけは通常の三倍で太く濃くなっていた。溜め息交じりに確認する。

「どうしてそんな眉毛なんですか？　ずいぶんダイナミックなイメチェンですね」

ステラはびしっと俺の顔を指さした。

「本当はあなたがこうなるはずだったの！」

「はぁ……さては私にかけた呪いが反射しましたね」

「は、反射ってなによ？」

魔王のわりにステラはモノを知らない。魔法も呪いも才能だけで使っている節《ふし》がある。

「学生の頃から、よく呪われていたので呪詛返しは念入りにするようになったんですよ。というか、眉毛が太くなる呪いなんて前代未聞《ぜんだいみもん》ですね」

眉毛ボーボーのステラの顔が真っ赤《まか》になった。

「い、いいからこの呪い解きなさいよ！　自分で治そうとしたけど……その、反射？　っていうののせいか、自分じゃどうしようもできないの」

そうわめいている間にも、見る間にステラの眉がヒゲのように伸びていく。ニーナが涙目だ。

「ステラおねーちゃが……おねーちゃが死んじゃう！」

死にはしないがせっかくの美少女が台無しだ。俺は嘆息混じりに解呪を施《ほどこ》した。

「これからは私を呪うなら、もっと技術を磨いてください。解呪魔法……っと」

ステラの伸びて眉間で繋がりかけた太い眉毛が、内側に引っ込むように元に戻る。

「で、私を繋がり眉毛にしてどうするつもりだったんですか？」

魔王は自分の眉毛が元に戻ったか触って確認するやいなや、胸を張った。

「よくぞ訊いてくれたわね！　魔王は戯《たわむ》れに呪いをかけ人間世界を混乱の渦《うず》に陥《おとしい》れるものなのよ」

「自分が混乱してニーナに心配をかけているじゃありませんか」

「……ウッ。あ、あなたに呪いが効かないなんて思わないじゃない！　そ、それに死の呪いとかじゃなかったんだから、あたしって寛大《かんだい》よね」

「約束しましたよね。生存権を脅かさないと」

ニッコリ微笑みかけるとステラが自慢げに拳《こぶし》を握って振り上げる。

「眉毛が太くなってもあなたは死なないでしょ！」

つまり嫌がらせである。ニーナが俺から離れると、ステラの元にトテトテと駆け寄った。

「おねーちゃは、悪い子なの？　セイおにーちゃと仲良しって約束でしょ？」

「え、えぇとぉ……ほら！　男の人って眉毛が太い方が精悍《せいかん》でカッコイイと思って！」

姉の薄っぺらい嘘を見抜いたようで、ニーナは「むうう」とステラを見つめる。

「ご……ごめんなさいもうしません」

「おねーちゃ、ちゃんと謝れてえらいです。よしよし」

幼女に説教される魔王につい言葉が漏れる。

「ステラは魔王なのに良い子ちゃんですね」

「うううっ！　こんなハズじゃなかったのに。あなたが眉毛の呪いで困り果てて、あたしに解

呪を懇願して、それからそれから……ともかく違うの誤解なのよ！」

「はいはい。せっかくですから紅茶でも飲んでいきませんか？」

先ほど、昼食ついでに香辛料を手に入れたので、シナモンティーでもごちそうしよう。


私室でテーブルを囲み、俺は魔王姉妹を紅茶と、買い置きしてある焼き菓子でもてなす。

シナモンティーが珍しいのか、姉妹ともども「いつもの紅茶と違う！」と、驚いていた。

そんな午後の紅茶の席でのこと。あやうく繋がり太眉毛にされかけたものの、ニーナの働きかけもあり、無事魔王との講和《こうわ》が成立した。新たに設《もう》けられた条約は「双方呪いをかけないこと」だ。


「ステラおねーちゃ……ねむねむなのです」

焼き菓子と紅茶でお腹も温まり、なによりステラの眉毛が元通りになってほっとしたようで、ニーナは小さな頭をコクリコクリと揺らしだす。

「お送りした方がよいですかね」

「ちょっとあなたのベッドを貸してもらっていいかしら？　魔王城のこの子の部屋まで送っていくうちに目が覚めちゃいそうだし」

居城の広さを疎《うと》ましく思うように魔王は呟《つぶや》いた。

「そんなに広いのですか？」

「とても入り組んでいるの。外から見るよりもずっと広くて複雑なのよ魔王城って」

俺はニーナをお姫様抱っこで抱きあげ、ベッドに横にすると毛布をかける。

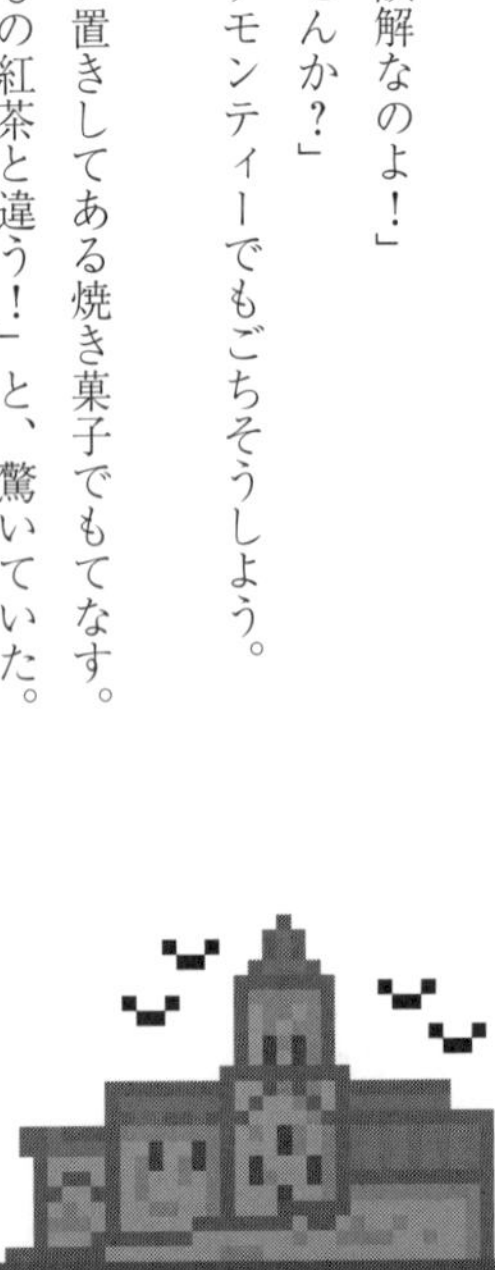

妹君はあっという間にすやすやと寝息をたてた。あら可愛い。天使は実在するのだ。

と、ステラも眠り姫に目を細めて、ホッと安堵《あんど》の息を吐く。

「ニーナは城の外にほとんど出たことがないけど、あなたの部屋なら安心して眠れるみたいね」

「ここは教会で魔王軍にとっては敵地なのでは？」

ティーカップを手にステラは思い詰めたような顔をした。

「あのね……似てないでしょ？　あたしとニーナ」

カップを置いて赤い前髪を指先で遊ばせながら、魔王は寂《さび》しげだ。

「私は貴方の赤い髪も大変美しく、魔王の威厳にそぐわないものだと思いますよ」

あっという間にステラの顔が赤くなる。

「は、恥ずかしいセリフ禁止よ！　本当に聖職者の風上にも置けないわ」

「事実を申し上げたままでですから」

「ま、まぁ……あたしの赤毛は母親譲《ゆず》りなの」

察するに、その赤毛を受け継いでいないニーナは訳《わけ》ありということか。

あえて沈黙で返した。何も言わず、相手の言葉にただ耳を傾けるのも神官の仕事のうちだ。

人は、これを懺悔《ざんげ》という。ステラの口はほどけるように、言葉を続けた。

「べ、別にあなたに言うつもりじゃないわ。これはただの独り言よ。魔王が光の神に仕える神官に相談なんてしないんだから」

はいはいと茶化しもせず、俺はそっとカップを手にしてシナモンの香りを楽しむ。

ステラは伏し目がちになって、言葉を紡ぐ。

「ニーナの母親は人間なの。先代の魔王……お父様がとある王国から誘拐してきた王族の姫で……とってもいい人だった。あたしがニーナくらいの歳《とし》だったかな」

ニーナから感じる〝王の器〟も、起源《ルーツ》を知れば納得だ。

「そうだったのですね」

「あっ！　独り言なのに反応してるー！　ウケるんだけどー！」

「茶化して誤魔化《ごまか》さなくてもいいんですよ。続けてください。相槌《あいづち》くらいなら打ってあげますから」

魔王は嘘や駆け引きと無縁で、すぐに顔に出る。しゅんとしおらしく下を向くと、百合《ゆり》の花のようだ。

「と、とととともかく、この子は……ニーナは半分は人間なの。あたしは両親ともに純血種の魔族だけど、もし他の有力魔族にニーナの事が知れたら……」

「いいんですか？　そのような事を私に言ってしまって」

「信頼してるわけじゃないし、だけどニーナがあなたのこと気に入っちゃって……うう、もう！　口が勝手に滑るんだけど！」

「紅茶とお菓子を囲めば自然とそうなるものです」

ステラはガタッと椅子を鳴らして立ち上がった。

「そ、そうじゃないの！　お願いだから……うう、呪い……解いて。あなたにしか解けないんでしょ？」

「はい？　先ほど眉毛の呪いは解呪したではありませんか？」

と、返しつつじっとステラを見る。

視診の結果――あと二つほど、俺にかけようとして反射した呪いがステラにかかっていたようだ。

「眉毛の他に、いったいどういう呪いを私にかけたんですか？」

「え、ええと……服従《ふくじゅう》の……呪い」

思わず笑みがこぼれる。

「それはそれは。込み入った話をしてしまうのも、素直なのも呪いの影響のようですね。今なら魔王様はなんでも私のお願いを訊《き》いてくださるようで……ふふ。考えるだけでわくわくします」

ステラが頭を抱《かか》えてしゃがみ込んだ。

「ああああああああッ！　鬼！　悪魔！　ダメンズ！　クズ神官！」

「魔王様、私はただの人間です。それにダメでもクズでもありません。有能だからこそ、この〝最後の教会〟を任されているのですし」

「お、お願いがあるんだけど……ね、ねえセイクリッド。服従の呪いだけ解いて、もう一つの呪いについては、そっとしておいてあげて！　それで救われる魔王の尊厳《そんげん》というものがあるの！」

そっとしておいてあげてとは、何を他人事《ひとごと》のように言うのだこの魔王様は。

「で、最後の呪いはなんですか？」

「訊くッ!?　こっちがお願いしたそばから、それを訊くのッ!?」

服従の呪いに抗《あらが》っているのか、ステラの呼吸は荒くなり苦しげだ。

かすかに涙目で、顔はますます赤くなり吐息に熱いものが混じる。

「大丈夫ですか。早く全てを告白して楽におなりなさい」

「い、嫌よ！　言えない！　言いたくないの！」

鼻声に甘さまで加わり、ステラは自分自身をギュッと抱きしめるようにしながら身もだえた。

「さあ、我慢《がまん》せずぶちまけるのです」

「い、いい……いん……いんら……淫乱《いんらん》の……呪いです」

最後が敬語になった。服従の呪いの効果は絶大だ。

「どうしてまた、そんな呪いを私に？」

「聖職者が堕落《だらく》すると思ったのよ！」

「考え方が魔王じゃなくて淫魔《サキュバス》ではありませんか」

ただ、そのやり方は間違っていない。禁欲も過ぎれば人間は誘惑に対して〝もろく〟なる。

なので、俺のように食欲でも物欲でも、適度に発散している方が強いのだ。

「ほんとは身体の内側が情熱の炎に焼かれていたのは、あ、あなたの方だったんだからね」

身体をひねるようにして少女は額《ひたい》にうっすら汗を浮かべた。

発汗、紅潮《こうちょう》、興奮。

魔王の力でそれらの呪いに抗ってきたようだが、その呪いをかけたのもまた、魔王自身だ。

「素直に言ったんだから呪いを解きなさい！　解いて！　お願いしますどうかこの凶悪すぎる魔王の呪いから、あたしをお救いくださいい神様！」

魔王が神頼みとは世も末だな。

「はいはい。解呪解呪っと」

適当に解呪を施すと、スーッと胸のつかえが下りたように、ステラは平静さを取り戻した。

椅子に座り直して紅茶のカップを手にして微笑む。

「利用されているとも知らず、本当にお人好しの神官だわ。ふふふ♪　この魔王であるあたしを解き放ったことを、いつか後悔する日が訪れるでしょうね」

「絶対こないと思いますよ」

真顔で「えっ⁉」と驚くポンコツ魔王にこっちが驚かされた。

そんなこんなでステラをからかっていたら、ニーナが「おしっこー」と目を覚ました。

美味しいからと紅茶を飲み過ぎたようだ。


「用事もすんだし帰るわよニーナ」

「ばいばーい……ふあぁ」

教会の出入り口まで俺は二人を見送った。

手を振りながらあくびをするニーナに手を振り返す。

二人の両親については結局最後まで訊けないままだが、服従の呪いなどなくても、そのうちひょっこり話してくれるかもしれない。こうして姉妹を見送るのは二度目だ。と、昨日と同じタイミングで同じ事が起こった。振り返ると大神樹の芽が定時連絡を聖堂内の壁に映し出したのだ。

「勇者のレベルが5になりましたか」

予想よりペースが上がっている……と、思ったその時――大神樹の芽に乗って、何ものかの〝死せる魂〟が教会に流れ込んできた。俺が赴任してから、まだ誰もこの教会では蘇生させてい

ない。

大神樹の芽に魂が送られてくるなど、本来あり得なかった。復活する冒険者は、みな最後に祈りを捧げた教会で復活を果たすものだ。聖堂内に戻り扉を閉めて、俺は大神樹の芽まで歩みを進めた。

間違いなく、冒険の最中に死んだ誰かの魂が宿っている。

「大神樹管理局は給料分の仕事もできないんですかね」

管理局の手違いで仕事が増えてしまった。……ハァ、よりにもよって〝最後の教会〟に魂を誤配送されるなんて、ずいぶん幸運値《ラック》の低い冒険者がいたものである。とりあえず復活させるとしますかね。

第二章　初めまして！　趣味は「人の家に勝手に入って壺や樽を割ったり宝箱開けること」です！

大神樹の芽に触れて俺は復活の呪文を唱えた。

「蘇生魔法《リザレク》」

魂《たましい》が光となって大神樹の芽から溢《あふ》れると、一つに集まって肉体が再構築される。

黒髪の小柄な少年が甦《よみがえ》った。ツンとした髪に赤紫色のマントと青い服にブーツという、ややもすれば派手めな冒険者風だ。額《ひたい》に青い宝玉のついたサークレットをしている。

剣も杖《つえ》も手にしていないところをみると、武道家だろうか。

そっと目を開き、黒目を丸くして少年は口を開いた。

「あれ？　あれれ？　いつもの教会じゃないんだけど」

この感じ……死になれているな。俺は軽く咳払《せきばら》いを挟《はさ》んでから、久々の通常業務をこなす。

「おお死んでしまうとは情けない。光の神の元に復活せし者よ。再び立ち上がり使命を果たすのです」

少年は俺の顔をじっと見つめて言う。

「ずいぶん若い神官だなぁ。あ！　ボクはアコ。よろしくね」

気さくな口振りだ。声も高めで中性的である。

「私はセイクリッドと申します。アコさんと言いましたね。まずは落ち着いて状況の確認をしましょう」

「さんとかいらないって！　遠慮しないでアコでいいよセイクリッド！」

俺の肩を平手でパンパンっと軽く叩《たた》いてアコは笑った。いきなりタメ口とは恐れ入る。

「さん付けはそういう性分なもので。貴方《あなた》は光の神の導きによって、本来復活するべきはずの教会ではなく、この地に魂を送られました。これも経験を積むべしという神のご意志にほかなりません」

「へー。そうなんだぁ。神様もやらかすときがあるんだね。ちょっと親近感湧《わ》いたかも」

光の神をも恐れぬ友達感覚っぷりだ。少々苦手なタイプなので、とっととお引き取り願おう。

「元の教会に戻して差し上げますので、最後に祈りを捧《ささ》げた街がどこか教えていただけますか？」

「ラスベギガスの街だよ！」

不夜城の別名で知られる街全体がカジノのような、一大歓楽都市だ。

学生時代には入り浸っていたので場所の把握《はあく》も十分だ、あちらの教会に直接送り届けられるな。

「そうですか。ではさっそく……」

転移魔法《ラボタル》を使おうとしたところで、アコが慌《あわ》てて声を上げた。

「ま、待った待ったセイクリッド！　せっかくだし、この街がどんなところか見せてよ。ほら、勇者たるもの経験を積まなきゃいけないし」

今、さらっと重要な事を言わなかったか？

「職業を確認してもよろしいですか？」

「ボクは勇者！　勇者アコだよ！　出身地はラスベギガスの街なんだ。まだレベル5だから他の街まで行ったことなくってさ」

勇者が生まれるのは、山奥の隠《かく》れ里《ざと》や王都の城下町というのが定番だったはずだが……。

「勇者様とは驚きました。が……イメージとずいぶん違うので、正直なところ驚き戸惑《とまど》っております」

「えぇぇ～司祭様ボクのこと疑ってるの？」

黒い瞳《ひとみ》を潤《うる》ませてアコは俺に詰《つ》め寄《よ》った。嘘《うそ》をついているようには見えないのだが、本当に勇者なのかうさんくさい。

「信じていないというわけではありませんが、聖印を確認させていただけないでしょうか？」

神によって勇者と〝選ばれし者〟には、その身体《からだ》に聖なる刻印が浮かび上がる。確認できれば勇者と認めよう。もし証明できなければ、神の名の元に教育的指導である。

「いいよ！　ちょっと待ってね」

言うなり勇者アコはマントを外すと、下からまくるように青い上着を脱《ぬ》ぎだした。

艶々《つやつや》と血色の良いお腹の上に、下着に包まれた大きな二つの膨《ふく》らみが顔を出す。

お前女だったのか。しかも着痩《きや》せするタイプでかなり大きい。

「えっとね、ボクの場合はちょっと変な所に聖印が出ちゃって。胸の谷間なんだよね。普段は見えないんだけど、ちゃんと確認してもらうには下着も取らなきゃダメかも」

と、その時――教会正面の扉が少しだけ開いて、外から視線が俺に向けられた。

魔王ステラである。帰ったと思ったのだが、アコが俺に胸をさらけ出しているというタイミングで彼女だけ戻ってきた。

「ちょ、ちょっと！　何してるのよエロ神官！　話したりないからわざわざ戻ってきてあげたら……どうなってるわけ⁉」

神は俺のような善良な人間に、なぜ誤解を生む試練を与えるのだろうか。

「あ！　こんにちは！　ボクはアコだよ！」

上着をたくしあげ、淡いピンクの下着に包まれた胸をさらしたまま、勇者アコは初対面のステラ（147代目魔王）に挨拶《あいさつ》した。こいつこそ紛《まご》うことなき真の勇者だ。ステラの顔が真《ま》っ赤《か》になる。

「お、おっきい……って⁉　べ、別にあたしのは普通だから！　自慢しないでくれる⁉」

魔王は混乱した。

「自慢はしてないよ。セイクリッドが見たいっていうから見せてるんだ」

アコの言葉にステラの赤い瞳が、炎のように燃え揺らいだ。

勇者は事実を述《の》べたが、言い方というものがある。ステラは拳《こぶし》を握《にぎ》って肩をプルプル震えさせる。

「ちょっとセイクリッド。神様の御前で女の子を脱がせるなんて……貴方って……貴方って……悪魔神官ね！」

びしっと顔を指さされた。魔王にとって悪魔神官が罵倒《ばとう》なのか褒《ほ》め言葉なのか、俺にはいまいち判断がつかないな。とはいえ、王立エノク神学校時代のあだ名で呼ばれるのは久しぶりだ。ま

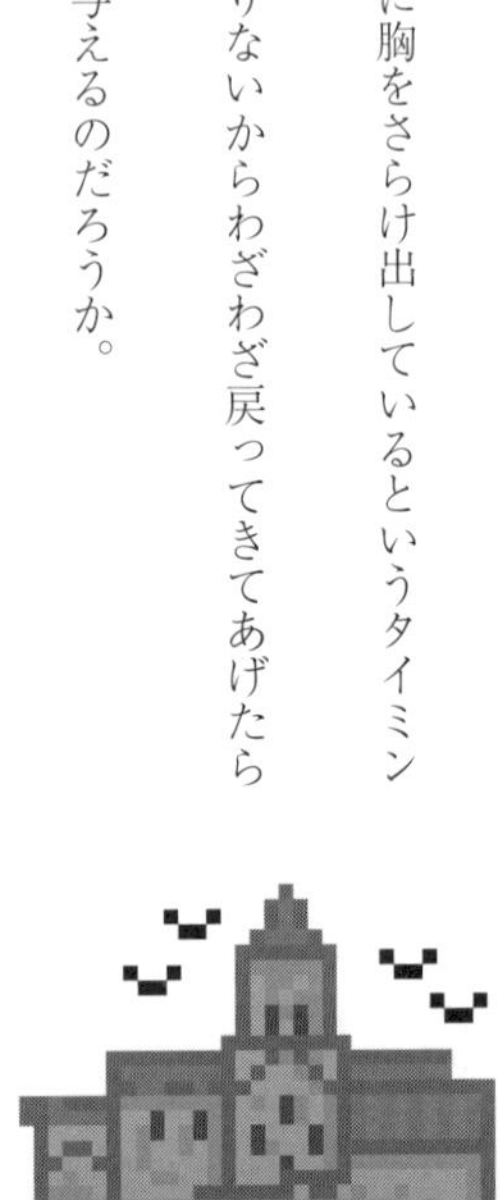

さか魔王にまで言われるとは思わなかったが。

「さあ説明してちょうだい悪魔神官セイクリッド！」

きちんと説明しなければ場が収まらないな。ただし勇者であることは伏せて。魔王と鉢合《はちあ》わせでは本日この場で最終決戦だ。

「彼女はアコ。手違いでこの教会で復活してしまった冒険者です。すぐ元の場所に送っていきますから」

「あ！　やっぱり間違えたんだね！　大神樹もポカやらかすんだぁ」

アコは肌をさらしたままケラケラ笑う。勇者はさらに付け加える。

「それに冒険者じゃなくて勇者だよ？　セイクリッドが証拠を見せろっていうから、こうして胸の聖印を見せようと思って」

あーあ。勇者を名乗った少女に魔王が臨戦態勢に入ったのは、言わずもがなである。

アコはステラが殺気立った理由がわからないためか、首を傾《かし》げてぽかんとした顔だ。

一方、魔王ステラはと言えば――

「最近おかしいわようちの近所！　神官の次は勇者って！　わかる？　勇者よ勇者ッ⁉」

「落ち着いてください。いつか出逢《であ》う運命だったものが、少々早まったくらいじゃないですか」

ステラが魔法をぶっぱなしても防御できるよう俺は身構《みがま》えた。途端《とたん》、アコが「あー！　ごっめーん！」と、間抜《まぬ》けな声を上げた。

上着を元に戻してステラに微笑《ほほえ》みかける。

「大丈夫だよステラさん。ボクが恋人のセイクリッドを取っちゃうって思ったんでしょ？」

「へ？　は？　はいいぃ？」

火炎魔法を今にも放とうと手のひらをこちらに向けたステラが、気の抜けた声を上げた。

同時にプスッっと、魔王の手から黒煙がちょろちょろ上がって魔法力が散る。

アコは腕組みをして、胸をゆさっと前腕で持ち上げるようにして笑う。

「別に隠すことないよ。あれ？　もしかして違った？　セイクリッドとはまだ付き合ってないの？　だったらボクが立候補しちゃおっかな。ステラさん美人だし、お肌も白くて綺麗《きれい》だし、小柄なところもすっごくタイプかも」

アコは口振りや仕草《しぐさ》こそ男の子のようだが見た目はきっちり女の子だ。ステラも言わずもがな。勇者は自由な恋愛観の持ち主のようだ。ステラの尻尾《しっぽ》が激しく揺れる。

顔は赤いが泣きそうだ。きっと、誰《だれ》かと付き合っていると噂《うわさ》されるのが恥ずかしい年頃なのだろう。それに魔族から見れば人間の神官なんて、不良か何か扱《あつか》いである。

純情可憐《かれん》な魔王様め。ステラの正体などつゆ知らずアコは俺に向き直った。

「で、どうなのセイクリッド？　ステラさんって超可愛《かわい》いよね？　もう手は握った？　もしかしてチューとかしたの!?」

その場でピョンピョン跳ねるアコ。控《ひか》えめさとは無縁の主張の激しい胸元が大きく波打った。

こちらも魔王に劣《おと》らず思春期ど真ん中だな。

「どうもなにも。確かに大変お美しい方とは思いますよ」

「だよねだよねー！　セイクリッドとは気が合うなぁ。けど、ステラさん、どうして怒ったのかな？　やっぱりセイクリッドに片想い？」

ステラは教会の赤いカーペットの上で跪《ひざまず》き、頭《こうべ》を垂《た》れた。

その姿は神の威光にひれ伏すようだ。だが、次の瞬間、赤髪を振り乱しステラは叫んだ。

「もういっそ殺して！　殺してよッ！　それから神に誓ってこんなダメ神官と、お、おお、お付き合いなんてしてないんだから！」

魔王の神様無断使用がひどい件。

しかし……偶然とはいえ、ステラの戦意をアコは根こそぎ奪い去り、地に膝《ひざ》を突かせた。

強さというのは、腕力や魔法力の大きさだけで、一概《いちがい》に計《はか》りきれないものだ。魔王ステラの涙の懇願《こんがん》に、アコは駆け寄って頬を伝う雫《しずく》をそっと指で拭《ぬぐ》った。それから手を差し伸べる。

「ステラさんに涙は似合わないよ。さあ、ボクの胸に飛び込んでおいで」

友情か愛情かその両方か。勇者の博愛主義が止まらない。

「つ、謹《つつし》んでお断りします」

魔王を敬語にさせる人間が俺以外に存在するとは。

「えええええッ!?　だって二人付き合ってないんでしょ？　ボクにワンチャンある流れじゃん今のー！」

「ないわよないない！　ぜんぜんないから！　あたしはノーマルなの！」

アコは真顔で言った。

「ボクは愛する人の性別にはこだわらないんだ！」

この調子だと、性別を超えて種族の違いさえも凌駕《りょうが》しそうだな。ステラが俺を睨《にら》みつける。その視線が「とっとと勇者を追い返して」と、切実に訴えていた。さて、仕事をするか。

「では勇者アコよ。地元住民とのふれあいはこれくらいにして、そろそろ元の街にお連れしましょう」

「えー！　ちょっと外を散歩してきたいんだけど？　ほら、普段行かないところとか、放浪《ほうろう》してみたくなるじゃん？　まだ開けてない宝箱とかあるかも！」

　ステラが後ずさって扉の前に立ち塞《ふさ》がった。

「だ、ダメよ！　外はダメ絶対に！」

「そうだステラさん案内してよ？　ステラさんみたいな可憐な人が、どんな所で育ったのかボク知りたいなぁ。きっと綺麗な小川が流れてて、森が豊かで美しくて、野生の馬なんかも草原を軽やかに駆け抜けているような、素敵なところなんだろうね」

　残念。扉を開けたら二秒でベリアル。勇者（レベル５）は死ぬ。ステラが声を震えさせた。

「ぜ、ぜんぜんアレだからドブ川！　すっごい臭《くさ》いの外！　生ゴミとか散らかってるし！　で、森もね……もっとアレなの。腐海に沈《しず》んでる感じ。キノコにょっきにょきだし、胞子《ほうし》が凄《すご》くて肺が五分で腐るから。もうね、毒の沼地よ。ほぼ全域にわたって見渡す限り。馬とか走ってないから。沼地でひっくり返って浮いてるからプカーって！」

　それも俺の知っている魔王城近辺じゃない。なんとしてでもステラは勇者アコが外に出て、魔王城に到達するのだけは阻止《そし》したいようだ。まあ、そうだよな。アコがここに来るのは早すぎる。

「勇者アコよ。それくらいにしておきなさい。街に戻るにあたり、確認すべきこともあります」

「なんだいセイクリッド？　ボクにできることならなんでも言ってよ！」

「では、まずは寄付《きふ》を」

全滅した冒険者は復活した際に、教会へ寄付をする。それが世界の常識である。

もし拒《こば》めば魂が汚れて、旅先で全滅したら二度と復活できない……というか、復活拒否のブラックリスト入りをした冒険者は、実質廃業だ。

ちなみに寄付金の使い道は各教会で様々だが、こちら魔王城前の〝最後の教会〟に寄付されたお金は、恵まれない最年少大神官の福利厚生《おやつだい》に使われます本当にありがとうございました。

真顔でアコが「えっ⁉　お金取るの？」と、俺に訊《き》く。

「当然です」

「ボクまだレベル5だよ？　死に放題プランが適応されるんじゃないかな？」

そんな名称の料金体系ではないが、一般的にレベル9以下の冒険者は復活にお金がかからない。

レベル10～49までは、レベル×1パーセントの所持金を。

レベル50以上になると一律、所持金の半分を寄付するというのが通例だ。

「うちは高いですよ。所持金の半分は必要ですね」

そもそもアコが初めての利用者なわけだが、今後、彼女の他にこの教会を利用する冒険者が現れるのかすら未知数だ。

ということで一般的な料金体系は無視することにした。取れるだけ絞り取る。慈悲《じひ》はない。

「ひどくない？」

「全部置いていけと言わないだけマシだとお考えください」

アコは口を尖《とが》らせながら、俺に銭袋を手渡した。スカッとした手応《てごた》えだ。

「あの、アコさん中身は？」

「0ゴールドだけど?」

「またまたご冗《じょう》談《だん》を」

「いや本当だよ！　別に惜《お》しんでるわけじゃなくて、本当に所持金ゼロなの！　剣も盾《たて》も売っちゃってさぁ。で、素手《すで》で行けるかなって思ったら、魔物に返り討ちにされて死んじゃったってわけ」

「話が見えてこないので、最初から順を追って死ぬまでの経緯《けいい》を教えてください」

「いいよ！　ほら、うちの街ってカジノがいっぱいあるでしょ?」

もうこの時点で嫌な予感しかしない。

「カジノの景品って普通じゃ買えないような、すっごく強い剣とかあるんだよね」

ステラも気づいたようで、両手で口元を押さえながらアコを「なんて浅はかで可哀相《かわいそう》な人」という視線で見始めた。

「でねでね！　聖印が出たから勇者として旅立てー！　って言われて、軍資金もらったんだけど、最初はそれで銅剣と小盾を買ってがんばってて……でも〝なんか違うなこれ〟って思ったの」

思うな。コツコツ戦ってゆっくりでも一歩ずつ着実に前進しろよ。思わず溜《た》め息《いき》が漏《も》れる。

「それで、どうなったのですか?」

「剣も盾も売って、きっかり1000ゴールド貯《た》めて、高額スロット一発勝負！」

「うあぁ」とステラのドン引きする声が響いた。概《おおむ》ね同意である。

「当たれば一等の覇者《はしゃ》の雷剣だったんだよ?」

「ハズレたからここにいる……と?」

俺の言葉にアコはうんうんと、首を縦に振る。ハズレだ。この勇者そのものが。

アコはさらに俺に手をそっと差し伸べた。

「だからお金貸して神官様！　明日三倍にして返すから！」

「転移魔法《ラボタル》」

有無を言わさず彼女を故郷に強制送還した。アコが「あれ？　ちょ！　待ってよ！」と慌てるが、もう遅い。抗議するようにその場で跳ねる勇者は、胸をゆっさゆっさと揺らしながら光に包まれパッ！　と、消えた。ステラが俺に歩み寄ると、そっと肩に手を置いて囁《ささや》くように言う。

「人間も大変なのね」

「貴方《あなた》が同情を禁じ得ない勇者を、私はこれからも待ち続けなければならないようです」

「ふーん。それって懲役《ちょうえき》何年かしら♪」

言い残すとステラは「今日は疲れたからやっぱり帰るわね」と、そそくさと退散した。

次にアコに会う時には、彼女が立派に成長していることを願おう。


――五分後。


「あっ！　ごめーんまた死んじゃった！」

「なぜこの教会に戻ってきたんですか？」

甦ったアコは舌をペロッとだして、ウインクしながら言う。

「だってステラさんに会いたいし、実家近くの教会でお祈りしちゃうと、復活地点《セーブポイント》が上書きされて、ここにこられなくなるでしょ？」

「私がブチキレる前に他の街の教会で祈りを捧げ、今後は死なないよう努力すると誓ってください」

「えー、まったまたぁ。教会の神官がキレるわけないじゃん。冗談だよねセイクリッド？」

「転移魔法《ラボタル》」

信じて送り出してやったので、戻ってくるならせめて大金拾ってからにしてくれ、マジで。


突然の勇者来訪の翌日。

「お歌をうたうの～！」

「では伴奏《ばんそう》は私がいたしましょう」

信者が祈ることもない聖堂に、調子の外れたオルガンの音色を響かせる。

講壇は今や、魔王の妹君のステージだ。伴奏に合わせて幼女が小さな口をいっぱいに開いた。


あーかいマカロンいちご味～♪

きいろいマカロンぱいなっぽ～♪

みどりは野菜でヘルシーよ～♪

つぶして食べるとノーカロリ～♪


幼い妹に堂々と嘘を教える悪い姉魔王にマイナス15点。サンドウィッチでもなんでもパンを潰《つぶ》せば減るのは嵩《かさ》だけで、栄養価は変わらない。

満足そうに歌いあげ、えへんと胸を張るニーナに伴奏を止めると拍手をする。

「大変お上手でしたね」

「えへへぇ。セイおにーちゃのほめろーす」

「それを言うなら褒《ほ》め上手《じょうず》ですよ」

ぴょこんと講壇から降りると、ニーナは講壇の脇に置いていた本を手にして長椅子の端に座る。

空《あ》いている隣《となり》をぽんぽんと、優しく撫《な》でるように叩いて俺をじっと見る。

「おにーちゃ、今日はご本を読んでくれますか？」

「ええ。たしか絵本を持ってきたんですよね」

「これなの。魔王様のだいぼうけん！」

「それは楽しそうですね」

ニーナから本を受け取り開く。絵柄は水彩画のやわらかいタッチのもので、文章も言葉を嚙《か》み砕《くだ》いてわかりやすく、それでいて優しい。

絵本の中の魔王様はみんなと仲良くなりたいので、色々とがんばるものの誤解されてばかり。

それでもひたむきにがんばる魔王様は、だんだん受け入れられていくという内容である。

ずっと俺の隣にぴたりとはりつくようにして、絵本の中に飛び込んでしまいそうなニーナが長椅子から立ち上がった。

「どうされましたか？」

「セイおにーちゃ、お願いしていい？」

「ええ、なんなりと」

モジモジと膝をすりあわせて、恥ずかしそうにうつむきながらニーナは言う。

「あのね、あのね、ニーナね、おにーちゃのお膝の上に座りたいなぁ……けど、セイおにーちゃ、ニーナが座ったら重たいよね」

お願いしておいて心配というか、俺を気遣う幼女の優しさプライスレス。

「さあどうぞ。好きなだけ座ってください」

「わーいなの！　おにーちゃだーい好き！」

眩《まぶ》しすぎる笑顔でニーナは俺の膝の上にちょこんと座ると、軽くもたれるように体重を預ける。

「では、お話の続きを読みましょうか」

「早く早く！」

ウキウキするニーナの前に絵本をもっていって、次のページを開いたところで――

『セイクリッドいるんでしょー！　また死んじゃったから生き返らせてー！』

大神樹の芽が光を帯びて、死せる冒険者の魂が来たことを知らせる。

芽から光が溢れて壁に文字が投影された。死者からのメッセージ付きというのは初めてだ。

大神樹管理局は無駄な機能追加《アップデート》よりも、先にやるべきことがあるだろうに。

膝の上にニーナを座らせたまま、俺は大神樹の芽に告げる。

「この本を読み終えるまでお待ちください」

『ちょ、ちょっと早くしてよ！　あんまり長くこのままだと魂が溶けて消えちゃうんだけど！』

そのまま召《め》されて大神樹の養分になってしまえ。

俺はゆったりとした口振りでニーナに物語を読み聞かせた。が、幼女はそわそわしている。

「おにーちゃお仕事しなくてだいじょうぶなの？　ニーナはご迷惑ですか？」

「いいえ。ニーナさんは何も心配しなくていいんですよ」

『うわああ溶ける！　溶けちゃうう！　助けて神様ぁ！』

俺は渋々、ニーナを膝にのせたまま蘇生魔法《リザレク》で勇者アコを甦らせた。光が人の形になり、肉体が再構築されて勇者は復活を果たす。ツンツンの黒髪を揺らして、少女が黒い瞳をぱっと見開いた。

「ありがとうセイクリッド！　ボクは信じてたよ。ちょっと怖かったけど」

「礼には及《およ》びません。仕事ですから」

「ねえ、ところでセイクリッドはロリコンなのかい？」

膝の上のニーナが不思議そうに首を小さく斜《なな》めにした。

「ろりこん？」

「耳を傾けてはいけません。悪魔の言葉です」

アコが声を上げ抗議する。

「ひどいよセイクリッド！　悪魔じゃなくて勇者だよ！」

銭袋はぺたんこで相変わらず文無《もんな》しのようだ。レベルも据《す》え置《お》きで武器すら持っていないなんて、まるで成長していない。アコは俺からニーナに視線を落とす。

「ところでその子は？　近所に住んでるの？　毎回誰もいないから気になってたんだけど、セイクリッドって大丈夫なのかな？　この街の人たちと、ちゃんとうまくやれてる？」

まだ外に街があると思い込んでくれているようで、なによりだ。アコはエヘンと胸を張って揺

らした。

「うちの教会なんか、毎日スって懺悔《ざんげ》したりギャンブル運が上がるようお参りする人たちでいっぱいだよ。あとみんな昼間からお酒臭いんだ。っていうか、司祭の神官様が葡萄酒《ワイン》の瓶《びん》を手にして回転説法《スパイラルブリーチ》するんだから！　口から赤い噴水《ふんすい》出したりもして、もうちょっとしたショーなんだよねぇ」

勇者は目を細めて笑った。次にまたどこかに左遷《させん》……もとい栄転する時には、どんな手を行使してでもラスベギガスはリストから外すよう担当者に働きかけよう。

ニーナが俺の膝から「よいしょ」っと降りて、アコの前に駆けていき瞳を輝かせる。

「もっと、もっとお話聞きたいの～」

「いいよ。ボクは勇者アコ」

「ニーナはニーナだよ」

「あははぁ可愛いなぁ。ちょっとセイクリッドだけずるくない？　ニーナちゃんみたいな育てたくなる子まで膝の上にのっけてるとかさぁ。ボクものせてよ！」

のせるものか。ニーナは両手を万歳《ばんざい》させて「わーい！　ニーナ育つー！」と、なぜか喜んでいる。

俺は溜め息とともにアコに告げる。もはや所持金の確認さえも面倒だ。

「では勇者アコよ再び立ち上がり使命を……以下、略式にて転移魔法《ラボタル》」

「ストップ！　待って！　ニーナちゃんはボクの生まれ育った街の事を知りたいんでしょ？」

「うん！　ニーナね、ずーっと同じとこにいたから、冒険したいんだぁ。けど、まだ小さいです

から。だから、大人《おとな》のれでぃーになるまでは、冒険のお話をいっぱいきくの！」

アコは腕組みをしてうんうんと頷《うなず》く。

「勉強熱心なんだねニーナちゃん。次世代をになう冒険者のためにも、先輩冒険者であるボクがアドバイスをしてあげるよ。ニーナちゃん……最初にもらった軍資金は大事に使うんだよ」

お前が言うな。そしてその反省は自身に活《い》かせ。

「はーい！　アコちゃんせんせー！」

「おっ！　師匠と呼んでくれてもかまわないよ！　これからも時々様子を見に来てあげよう」

俺はアコをじっと見据《みす》える。

「死ぬ前提ですね。無償で蘇生《そせい》させられる神官がいるということを、ご存じないのですか？」

「セイクリッド。光の神の愛は降り注ぐように、無償で人々を照らし続けるんでしょ？」

「聖典の一節から引用するだけの知性があるのに、どうしてこうも残念なのでしょうね」

やはり苦手だ。この勇者は。そんなアコの服の裾《すそ》を幼女がくいくいっと引っ張る。

「アコちゃんせんせー、冒険者のお仕事しなくてだいじょうぶ？」

「ウッ⁉　だ、だだ、大丈夫だよニーナちゃん」

俺が甲高い裏声で付け加えた。

「アコちゃんせんせーはニーナさんの手本にならないといけませんね。ハハッ！」

「甲高い声やめて！」

「ニーナもやるー！　はは！　はは！　はは！」

俺とニーナが追い回し、アコは「うあああああ！　助けてステラさああああん！」と、あろうこ

とか赤いカーペットを駆け抜けて教会の外に出ようとした。

勇者が金属製の扉を開くとそこには――紫色の巨体がどしんと出入り口付近を塞ぐようにそびえ立っていた。まさか実在したのか「扉を開けたら二秒でベリアル」現象。

アコがプルプルと震えながら扉をそーっと戻すように閉めようとする。

「GRUAAAAAAAAAAAAAAAAAAAAAAAAAAAAAAAAAッ!!」

ベリアルが吼《ほ》えた瞬間――アコはその場で失神《しっしん》した。ニーナがアコとベリアルの間に入って言う。

「もう！　ベリアルおねーちゃはすぐおっきな声だすからぁ」

ニーナがプンスカと腰に手をあてて、巨大な魔物に抗議する。半歩下がってベリアルは「すみません」と呟《つぶや》いた。ベリアルお前……女だったのか。

今日も一日イベント山盛りで遊び疲れたニーナは、ベリアルに手を引かれて魔王城に戻っていった。

「おにーちゃまたねー！」

「いつでも遊びにきてくださいね」

手を振って二人の背中を見送ると、床に転がる勇者を見下ろす。完全にノビちまってるな。

「転移魔法《ラポタル》……っと」

気絶したアコをそのまま転移魔法《ラポタル》で地元に送り返した。これに懲《こ》りて真面目《まじめ》になればいいのだが。

第三章　ラスボスよりも強きモノ

ある朝――清掃用具を手に礼拝堂の掃除《そうじ》をしようと思ったところで、大神樹の芽から光が溢《あふ》れて大聖堂が真っ白に染まった。

「朝からなんなんですかいったい」

光が止《や》むと講壇の上に、青い正八面体の水晶のような物体がふわふわと浮かんでいた。

同時に大神樹の芽からメッセージが壁に映し出される。

『危険地域に神官を配置するのは非人道的という意見が出たので、自立防衛型記憶水晶の試験的配備を行います。

敬具

大神樹管理局：設備開発部』

なるほど、これが噂《うわさ》の記憶水晶《セーブポイント》というやつか。

神秘的な輝きの巨大な水晶は、十字架のように広がる大神樹の芽を背にして、空中にぴたりと静止している。講壇のど真ん中で、まるで教会の主《あるじ》は自分だと言わんばかりだった。

と、聖堂の扉がゆっくり開いて、ひょっこり赤い髪の少女――すっかりこの教会の常連となった魔王ステラが顔を出した。

「お、おはようセイクリッド。あのね……あ、朝ご飯一緒にどうかしら？　もちろん作るのはあ

なただけど……って、ちょっとなによその大きなサファイアは？」

気づくなという方が無理なレベルで、青水晶は鎮座《ちんざ》している。

「ついさっき、本部から送られてきたんですよ」

ステラはスタスタと赤いカーペットを進み、腕組みをして講壇を見上げた。

「はは～ん♪　さては魔王であるこのあたしへの貢《みつ》ぎ物《もの》ね。安物の宝石でもこれだけ大きいならお高いんでしょ？」

「貢ぎ物ではないと思いますよ。マイナス15点の魔王ステラ」

「なんで朝一番、会って早々減点されなきゃなんないわけッ⁉」

「貴方《あなた》の日頃の行いがそうさせるんですよ」

ステラはほっぺたをぷくっと膨《ふく》らませた。

「もう！　で、それじゃあこれはなんなのかしら？」

「神官の代わりに業務をこなす魔法装置の一種ですね」

青い水晶にそっと触れてみる。ヒンヤリと冷たい感触だ。

俺が触れると反応して輝き、水晶はその身にまとう青さを深めた。

フォーン……フォーン……フォーン……フォーン……

〝女性の歌声〟のような神秘的な音が聖堂内に響く。ステラが片方の眉を上げた。

「なんだか不気味ね」

「そうですね。しかしこれで私も……」

実は今日で赴任《ふにん》からちょうど一週間。長いようで短い教会の司祭生活だった。ようやくベッドの硬さにも慣れてきたところだが、俺の代わりが来たということは、つまり別れの時である。

　ステラがビクッとした。

「え？　ちょっと、ねえセイクリッド？　なんでそんなに寂《さび》しそうな顔をするの？」

「もうニーナさんに会えないのかと思うと、そればかりが心残りで。彼女が立派なレディーになるまで見守ってあげたかった」

「嘘《うそ》でしょ？」

「まだ何も申し上げていませんよ」

「ロリコンがロリの成長を祈るなんてあり得ないわ！」

「何か勘違いなさっていませんか？」

　ステラは尻尾《しっぽ》をピーンと立てた。

「この前、ニーナが『おにーちゃのお膝《ひざ》にのっけてもらったのー！　うれしいのー！』って、すごく喜んでたのよありがとね！　じゃないわこのロリコン魔界紳士！」

「罵倒《ばとう》するなら神官の要素を入れてください。紳士はあっていますが、魔界と私は無関係です」

　ほっぺたを膨らませてステラは青い記憶水晶をビシッと、指さした。

「だいたい、こんな石ころにあなたの代わりなんて務まらないわ！」

「ちゃんと旅の記録ができますし蘇生《そせい》も可能。毒の治療や解呪だけでなく、触れれば体力が全快するみたいです。大神樹の芽から魔法力を供給されていて、完全無料と良いことずくめですよ」

　少女の赤いツインテールが激しく揺れた。

「ニーナを膝に乗せてくれないし、絵本だって読まないし、一緒に王都へ買い物にも連れてって

くれないでしょ？　あたしが求めてるのは……あ、あなたよ」

　そのままステラは小さな肩を落としてシュンっとうつむく。普段は何かにつけて勝負だのクレームだのチョッカイだのをかけてくるのだが、今日の魔王は珍しく素直だ。

「ステラさん……」

「このごにおよんでさん付けなんて……ねえセイクリッド？　本当に行っちゃうの？」

「正式な辞令はまだですが、じきに届くでしょう」

　ステラは慎《つつ》ましやかな大きさの自分の胸にそっと手をあてた。

「ねえ、教会なんて辞めて魔王城《うち》で働かない？　この魔王の軍門に降《くだ》るなら、特別に悪魔神官の椅子《ポスト》を用意するわ！　しかも今なら副賞としてニーナの家庭教師の称号もあげるわよ！」

「買うともう一つプレゼントみたいな言い方ですね。あと悪魔神官より特典の方が魅力的です」

「でしょでしょ!?　オマケ付きっていうのはみんなオマケが欲しくて買ってるんだから！」

　どうしてこうもステラは俺を引き留めようとするのだろう。俺は溜《た》め息《いき》を一つ。

「貴方よりも強い神官がいなくなるのですから、魔王としては喜ばしいのではありませんか？」

「あ、あなたを倒せるのはこのあたししかいないわ！」

　親指を立ててステラは自身の顔を指さし、口元を緩《ゆる》ませた。

「それは魔王じゃなくてライバルのセリフです」

「と、ともかくダメなものはダメよ！　人の手の温《ぬく》もりが感じられる憩《いこ》いの場として、この〝最後の教会〟の存続を認めてあげたけど、石ころなんかに任せられないんだから！」

「私の仕事ぶりを評価していただいて光栄に思います魔王様」

「ちゃかさないでよ！　ほんとに……帰っちゃうの？」

赤い瞳《ひとみ》が涙に潤《うる》む。少々意地悪くなりすぎてしまったか。

「そうですね。ただ……こういった魔法装置というものには破損や故障はつきものですから。うっかり壊れてしまわなければいいのですが」

俺がそう言うと、ステラはそっと手を握《にぎ》ってきた。

白くて柔らかい小さな手の感触は可憐《かれん》で、魔王の恐ろしさなど欠片《かけら》もない。

「こっち来て。うんそうそう。もっとね。はいストーップ」

わざわざ教会の戸口まで俺の手を引いていき、金属製の扉を開け放つ。俺を教会から連れだしステラは荒野に出た。魔王城を背にして呪文を唱え、破滅の祈りとともに魔王は声を上げたのだ。

「極大爆発魔法《カオティックフレア》ッ!?」

王《キング》でなければ使うことのできない上級以上の黒魔法が解き放たれた。

教会の建物が大神樹の芽によって護《まも》られているからといって、いきなり極大魔法とは……。

「建物が吹き飛んだらあたしが素敵な闇の神殿を建て直してあげるから！」

ステラが両手を開いて前に突き出し、魔法力を絞り出すようにして魔法を放った。

ゴポワアアアアアアアアアアアアアアアアアアアアアアアアアアアアアアアアアアッ！

一瞬の閃光《せんこう》——そして大爆発。教会を渦巻《うずま》く爆風が襲い、曇天《どんてん》を貫《つらぬ》いて青空が顔を出した。

「な、なによ……なんで無傷なわけ!?」

が——こぢんまりとした白い教会は、爆発前の姿のままだ。小さな鐘楼《しょうろう》も無事残っている。

その教会の奥で、ステラが魔法の標的とした青い水晶は、何事もなかったように静かに光をた

たたえていた。光の戦士たちを導きそうな威風堂々《いふうどうどう》としたたたずまいである。

フォーン……フォーン……フォーン……フォーン……フォ

奇妙な歌のような音が止んだ。青い正八面体はその場でぐるっと回転すると、頂点の一つをステラに向ける。

「え？　な、なによ？　なに？　なんなのやろうっていうの!?　こっちは魔王様よ？　セーブポイントごときがこの魔王ステラに角を向けるなんて良い度胸……」

ステラの口上の間に、記憶水晶の端《はし》に魔法力が集中した。

「魔法力が極所に増大。いけませんね。防壁魔法《マシルド》展開」

俺は前面に集中させる形で防壁《マシルド》を三重で張る。その終わり際《ぎわ》――

ドガガガガガガガガガッ!!

青い水晶体から放たれた魔法力の火線が走り、ステラの胸を射貫《いぬ》こうとした。

間一髪《かんいっぱつ》――俺の防壁《マシルド》の二枚を一瞬で突き破った威力は、かなりのものだ。

「は、は、反撃するなんてあり得ないわ！」

その間に二発、三発と記憶水晶は魔法の火線をステラめがけて放ち続ける。

防壁《マシルド》をミルフィーユのように積層しながら俺は思う。あれ、こいつ魔王《ラスボス》より強くね？

井戸端対策会議in魔王城門前。

おおむね、どうするか打ち合わせが終わったところだ。俺とステラと門番のベリアルが、城門前にずらりと並ぶ。

教会が記憶水晶によって、完全に乗っ取られてから三十分が経過していた。

うかうかしていると、ニーナが起床して教会に遊びにやってきかねない。

俺たちに残されている時間は、残り僅《わず》かだ。鎮座する青い水晶を見据《みす》え俺は口を開いた。

「まさに自立防衛型の名に恥じない記憶水晶ですね」

隣《となり》で魔王が俺を横目に睨《にら》む。

「誰《だれ》かさんが壊せって言うからこうなったのよ！」

「別に指示した覚えはありませんよ」

会議の八割はこういった水掛《みずか》け論《ろん》である。作戦はおざなりだが、魔王と神官ということもあって責任のなすりつけあいには余念《よねん》がない。普通、逆だよね。

さて、ここで記憶水晶のスペックをおさらいしよう。火力はシンプル故に強力だ。魔法力を凝《ぎょう》集《しゅう》し、照射する火線——ざっくりだが魔力粒子砲とでも定義しておこうか。

最強クラスの防壁魔法《マシルド》三層重ねのうち、二層を貫通し最後の一枚でようやく止まった威力は、大神樹の芽から魔法力供給を受けてのものと推察《すいさつ》された。

聖堂の赤いカーペットを踏もうものなら問答無用で〝撃って〟くる。専守防衛という教会の理念を体現してか、記憶水晶側から積極的にバカスカと攻撃してこないのは救いだが……。

ともあれ魔王をかばったのが気に入らないらしく、俺も敵勢力に認定されてしまったようだ。

俺から仕事だけでなく命まで奪おうというのか無機物《クリスタル》め。そもそも感情など持ち合わせていないだろうに、寄らば撃つと、青い水晶は静かに剣呑《けんのん》な光をたたえたままだ。

攻撃もやっかいだが、防御も厚い。ステラの極大爆発魔法《カオティックフレア》に耐えたのも、水晶の背後にある大

聖樹の加護あってのこと。その光の力を帯《お》びた教会の建物によって、出入り口以外すべて魔法防壁に囲まれているようなものだ。

あ〜〜〜王都の大神樹爆発しないかな……管理局と開発部もろとも。

そうこうしている内にベリアルが一歩前へ出た。

「いや、やはりここは……この命を賭《と》してでも」

太く低い声が荒野に哀《かな》しげに響く。ステラが巨体にしがみついた。

「あなたじゃ無理だから！　犬死にっていうか熱線に焼かれてステーキにされちゃうわよ！」

「GRRRRUUUUUUUUUU……」

小声でうめくようにベリアルは吼《ほ》える。声は太いが勢いは仔猫のようだ。

俺は顔を上げてベリアルに告げる。

「まあ、元はと言えばこちらの落ち度なわけですし、この場は私たちに任せてください」

「人間よ……魔王様を頼む」

「ええ、承知いたしました。彼女が傷つくようなことは絶対にさせません。この身を賭《と》しても守ると誓います。攻撃は苦手ですが神官は防御と癒《い》やしが得意ですから」

途端《とたん》にステラが俺の顔を指さした。

「ちょ、ちょっと！　いっぱい傷ついてるんだからね！　心ない神官のさりげない一言に！　マイナス15点じゃなくて、１００点ちょうだい！」

「ははははステラさんの笑顔はいつも１００点満点ですよ」

「ええそうよね笑顔が素敵よねぇあたしって……セイクリッド目が死んでるじゃない！　欠片も

本心じゃないでしょ？」

「私は元々こういう顔です」

魔王はむぅとうつむいた。

「ニーナがいる時はあんなに優しいのに……あなたこそ素材が良いんだからもっと笑顔を絶《た》やさず生きなさい魔王命令よ」

常に笑っている人間がいたら……逆に怖い。

「小さな子には優しくするものでしょう。貴方はお姉さんなのですから、しっかりなさい」

「はい。……って！　つい頷《うなず》いちゃったじゃないの！　もー！　お姉さんとかお姉ちゃんとか言われると弱いんだからぁ」

魔王ステラのこういう素直なところ、可愛《かわい》くて嫌いじゃ無い。まあ、好きと言ってしまうのは立場上よろしくないので、適度な距離感はこれからも保《たも》ち続けていこう。

「では、あの忌々《いまいま》しい開発部の作り上げた無機質な欠陥品《けっかんひん》をバラバラに砕《くだ》いてやりましょう」

ステラは軽く握った右の拳《こぶし》を開いた左手にパンッ！　と叩《たた》きつけた。

「ええ、やってやろうじゃない。今日が魔王軍の……いいえ、人間も魔族も……この世に生きるありとあらゆる生命《いのち》が立ち上がる記念日よ！　石ころなんかクソ食らえだわ！」

「あまり汚い言葉は使わない方がいいですよ。雑魚《よわ》く見えます。それに人間の生存権を脅《おびや》かす魔王が命の尊《とうと》さを訴《うった》えかけるのはいかがなものかと？」

「今のぶっちゃけ、ノリで言ってみただけだから！　かっこよかったでしょ？」

子犬よろしく尻尾をブンブン振って魔王様は胸を張った。身構《みがま》えて、二人で呼吸を整える。

「いつでもいいわよセイクリッド！」

「六十二秒もあれば十分ですね。さて、ちょっと教会内の様子でも見に行きましょう」

「見に行って帰ってこない死亡フラグ連発するのやめて！」

ピアノの連弾をするように、俺と魔王《ステラ》は同時に動く。

作戦は至って単純明快。俺が防いで魔王が壊す。

まず、俺が前に出て赤いカーペットの敷《し》き詰《つ》められた聖堂の入り口に踏み込んだ。と、同時に正面から魔力粒子砲が連射される。

バシュッ！　バシュッ！　バシュッ！

強烈な一撃ではなく、少しずつタイミングや攻撃する位置をずらしての三連射だ。

揺さぶり削《けず》るような連続攻撃に、あっという間に一枚目の防壁《マシルド》が砕かれた。が、すでに二枚目の防壁《マシルド》が間に合っている。魔力粒子砲の連射に耐え、それを上回るペースで防壁《マシルド》を張り続けながら俺は前進した。少しずつだが、確実に距離を詰める。

青水晶に肉薄したところで、俺の背後からステラがジャンプした。俺の肩を踏み台にし、ふわりと宙を舞うステラ。白い布地がスカートの中に眩《まぶ》しく見えた。

たぶん見られたと気づいていないだろうが、あとで「今日の貴方の下着の色を当ててさしあげましょう。これがメンタリズムです」という遊びができそうである。

さて、先手、地上から迫る俺と空から強襲するステラによる挟撃。

これに対して後手、石ころの反応は――跳《と》んだステラを撃ち落とそうと、射角を上方に調整した。

「極大雷撃魔法《ラグナトロン》ッ！」

勝負は一瞬――魔王の放った最強クラスの雷撃と記憶結晶の熱線は、ほぼ同時にお互いに到達した。ただ、魔王には俺が生み出した三重の防壁《マシルド》があった点だけが違う。そしてその違いは決定的な差となる。ほとばしる雷撃に撃ち抜かれ砕け散る青い結晶。稲妻が聖堂内を暴れ回った。

そして――直撃ではないが、のたうつ稲光は俺をも穿《うが》ち、熱と衝撃が全身を駆け抜けた。

着地と同時にステラが握った拳を振り上げる。

「やったわセイクリッド！　作戦通りばっちり……え？　なんで黒焦げなの？　あなた防御は大丈夫って……心配いらないから全力の魔法で攻撃しろって!?」

ステラは俺の願い通り、きっちり忌々《いまいま》しい水晶を砕いてくれた。

「……お約束したでしょう。貴方に傷一つつけないと」

「あ、あたしだって大丈夫よ！　防壁《マシルド》なんて二枚で良かったのに、なんで三枚全部こっちに張ってくれてるの？　バカバカバカ！　人間なんて脆《もろ》いんだから、そんな無茶したら死んじゃうじゃない！　誰か助けて！　ここに回復魔法を使える神官の方はいませんかッ!?　誰かッ！　誰かあああああああああッ！　死んじゃうセイクリッド死んじゃうからあぁ！」

どうやらステラは回復魔法はからっきしの完全攻撃特化型魔王のようだ。

俺は赤いカーペットの上に膝を突く。泣きながらステラが俺を包むように抱きしめた。

「あなたがいなくなったら……えっぐ……あたし……ううっ……ニーナもっ！　あうぅ」

「あんまり強く抱きつかないでください。死んでしまいますよ。ああ、いや私を倒す絶好のチャンス到来ですね魔王様」

「バカなこと言わないで！　死なないでセイクリッド！」

「私は死にませんよ」

ステラが「へ？」と、少々間抜《まぬ》けな声を上げた。

「完全回復魔法《フルキュアル》」

これぞ大神官だからこそなしえる治癒の力。どれほどの死の淵《ふち》に立たされていようとも、即座に全回復ができるのである。呆気《あっけ》にとられているステラに構わず、スッと立ち上がると俺は溜め息をついた。

聖堂内の講壇や椅子などは大神樹の芽の加護で護られたが、魔王の全力攻撃を受けて耐えきれず砕け散った青い水晶は、砂利《じゃり》をばらまいたように礼拝堂のそこかしこに四散していた。

「ずいぶん派手に粉々にしましたね。掃除を手伝ってくださいますか魔王様？」

今朝、使わず立てかけておいた清掃用具《ほうきとちりとり》を手にすると、ステラが顔を真《ま》っ赤《か》にして吼えた。

「あたしの涙返してよバカアアアア！　恥ずかしいこと言いまくっちゃったじゃないのおおお！」

「こんなにも魔王様に思われているなんて、私は幸せな人間ですね」

「ううっ！　思ってないし全然思ってないし！　に、ニーナが寂《さび》しがるって思っただけで、あたしはそんなんじゃないんだからあああ！　メッチャ傷ついたからベリアルに言いつけてやる！」

泣きながら尻尾をブンブン振り回して、ステラは教会から走り去っていった。おいおい配下に言いつけるな首領だろ魔王。

一瞬ベリアルと目があったが、ステラが泣いているからか怒りのオーラで空気が歪《ゆが》んでゴゴゴッている。ゴゴゴ系女子ベリアルさん。はぁ……これは誤解を解くのに骨が折れそうだ。

第四章　酒！　飲まずにはやってられないッ！

王都の東――広大な葡萄《ぶどう》畑の広がるブリューニュ地域はワインの名産地だった。

王都を流れるローヌ川の源泉を有する水と緑の豊かな土地だ。馴染《なじ》みのワイナリーで手頃な赤ワインの樽《たる》を一つ買い求めた。蔵の前の農道で初老の働き盛りのワイン職人が驚いたような顔をする。

「樽ごとなんて珍しい。宴会でも開くんですかい？」

「いいえ。一人で飲みますよ。では失礼……転移魔法《ラボタル》」

代金を渡すと俺は魔法で〝最後の教会〟に戻った。ワイン職人の「へっ？」と、少し間の抜けた声がかき消えて、目の前に小さな教会がスッと現れる。教会の正面に建つ、魔王城の城門前にはいつも通り、アークデーモンの巨体がデンと鎮座《ちんざ》していた。それに向かって手を振る。

「すいませんベリアルさん。運ぶのが面倒なのでこちらに来ていただけませんかー!?」

両手に三《み》つ叉《また》の槍《やり》を構えて、警戒するようにじわじわとベリアルの巨体が迫ってきた。

「人間よ……なんのようだ？」

「いつも門番お疲れ様です。考えてみれば、貴方《あなた》への引っ越しのご挨拶《あいさつ》の品がまだでしたので」

そっと樽に手を添えると、ベリアルが震える低い声を上げた。

「爆弾で……殺すというのか？」

「中身はワインですよ。というか、樽を爆弾にするなんて発想はありませんでしたね」

「ワインでベロベロに酔わせ眠らせてから、わたしにひどいことをするというのだなッ!?」

槍の先端をこちらに向けるが、その切っ先は細かく震えている。

「怖がらなくても大丈夫ですよ」

「魔王様先立つ不孝をお許しください」

最初に少々やり過ぎたせいか、すっかり怯《おび》えられてしまったな。

「貴方とも和解したいのです。これは貴方個人への貢《みつ》ぎ物《もの》ですから。ブリューニュの一級品ですよ？」

樽には地方公認の刻印が焼きごてで記《しる》されている。経費で落ちないかな……コレ。

俺の言葉でベリアルは「……じゅるり」と、喉《のど》を鳴らす。

魔物の中には人間の嗜好品《しこうひん》を好んで、略奪《りゃくだつ》を繰り返すが滅《ほろ》ぼさないなんていう連中もいるらしい。

「さあ、遠慮なく」

「ま、魔王様にはどうか内密で頼む」

太く低い声が荒野に広がった。自分からバラしていくスタイルとは恐れ入る。

言うやいなや、見る間にベリアルの小山ほどある大きな身体《からだ》が、しゅんしゅんと縮《ちぢ》み始めた。

その魔物らしい魔物の見た目が、人間のシルエットをとり始める。

そうしてベリアルは紫の長い髪をした、うす褐色肌《かっしょくはだ》の美女へと姿を変えた。黒光りする鎧《よろい》に身を包み、三つ叉の槍を手にした黒騎士という風体だ。鎧を着込んではいるが、胸元のもりあがり方をみるに……かなりでかい。アコと良い勝負……いや、ベリアルの方が若干《じゃっかん》大きいか。

「わたしの真の姿を見た人間はきさまだけだ」

声も大人《おとな》びた落ち着きのあるもので、少女と美女のちょうど中間という雰囲気《ふんいき》だ。

「私はその姿の方が親しみやすいですね」

「戯《ざ》れ言《ごと》を」

口調とは裏腹に、先ほどからベリアルの眼差《まなざ》しはワイン樽に注《そそ》がれっぱなしで俺には目もくれない。

「ヨダレを垂《た》らしながらキメ顔で言われても困ります。ところで、どうして元の姿に？」

「決まっているであろう。わたしが小さくなればそのぶんワインが増えるのだ」

ベリアルは樽をひょいっと片手で持ち上げた。

「では参《まい》るぞ。勤務時間内に主《あるじ》に見つからず酒が飲める場所など、きさまの教会以外なかろう」

あ、これ酒で人生駄目にするタイプの魔物だ。

「着いて来るのだ人間よ。きさまが持ってきたのだから、当然付き合ってもらうぞ」

がっはっは！　と、今にも笑い出しそうな雰囲気である。古来より、巨大な魔物を相手に酒で酔わせて寝込みを襲うという、卑怯《ひきょう》な……もとい知略を尽くした英雄譚《サーガ》は少なくないが、それは酒好きな魔物さんサイドにも問題があるのではなかろうか。

それから、グラスとつまみを買いに走《パシ》らされた。酒を献上《けんじょう》したのは俺なので断りづらかったというのが本当のところだ。王都でハムやチーズにバケットなどを買い、酒樽に取り付ける蛇口

まで手に入れて日の高いうちから酒盛りである。聖職者である俺の私室で。

テーブルの上に買ってきたつまみを並べ、二人だけの宴《うたげ》が始まった。

「……ぷはーっ！　美味《うま》い酒だ。どうやらわたしは、きさまを誤解していたようだ。しかし、栓《せん》をひねれば美酒が出るのは素晴らしい。ああ今日は本当に良い日だ！　がっはっは！」

本当にがっはっはって笑ったよこの魔族《ひと》。

「まるで良い事がずっとなかったような言い方ですね？」

俺がグラス半分ほど呑《の》む間に、ベリアルは三回樽の蛇口の栓をひねっている。

「ふぅぅ……暑いな。脱《ぬ》ぐ！　手伝え人間」

彼女の鎧を脱がせる手伝いをさせられた。厚手の布の鎧下まで脱ぎ捨てると、中身はタイツのようなぴっちりとした服だった。下着のラインも出ていないところをみると、これが最後の一枚だ。

腰のくびれはキュッとしまり、鍛《きた》え抜かれた臀部《でんぶ》や大腿部《だいたいぶ》のボリュームはさながら駿馬《しゅんめ》のようである。身体のラインに張り付くようなタイツは、屈強な彼女の六つに割れた腹筋をも浮き彫りにしていた。そして予想通りか、それ以上に大きな胸である。それがぴったりとしたタイツの下で苦しそうに押さえ込まれていた。

「どうした人間？　暑いならきさまも脱げ」

ベリアルが胸を張ると、ぴったりと薄布に包まれた水蜜桃《すいみつとう》がぶるんと大きく揺れた。

「いえ、私は大丈夫ですから。お気になさらずに」

「しかしどうだ人間よ。神に仕える神官が昼間から酒浸りとは堕落《だらく》したな」

うす褐色肌の美女は嬉《うれ》しそうに目を細めて笑う。

「さあもっと呑め！　堕《お》ちるところまで堕ちようぞ！」

言ってるそばからカパカパとグラスを空《あ》けては栓をひねりを繰り返す。大酒飲みを大蛇《うわばみ》というが、これからはアークデーモンでもいいかもしれない。と、ジトっとした目つきでベリアルが俺に言う。

「酒が進んでいないではないかッ！　情けない！　きさまそれでも男かッ！　軟弱者ッ！」

「貴方のペースが早すぎるだけですよ」

「……ふぅ。まったく、ううッ……ああッ！」

笑っていたかと思えば怒ってさらに泣きだした。グラスを置くとタイツ姿で立ち上がり、椅子に座ったままの俺に抱きついて胸を顔に押しつけてくる。

とても柔らかい。マシュマロと温かいお湯の入った薄手の革袋を足して二で割ったような感触だ。

「ああああああああああ！　きさまが来てからというもの魔王様もニーナ様もきさまの話ばかりするのだ！　わたしから何もかも奪うつもりか！」

ベリアルに俺を誘惑《テンプテーション》する意図《いと》はないらしい。ふにふにと二つのたわわな果実を顔に押しつけたまま「えっぐ！　ひっぐ！」と泣き続ける。魔王城の住人は泣き虫だらけだ。大人はいないのだろうか？

「奪うつもりなどありませんよ。むしろ退屈《たいくつ》な日常に、あのお二人が彩《いろど》りを与えてくださって感謝の言葉もありません」

「そ、そうなのか⁉　それは良かった！」

良いんだ。俺は満足げに笑うとベリアルはそっと離れた。棒立ちの彼女に訊《き》く。

「込み入ったことを訊くのは気が引けるのですが、お二人には保護者はいないのですか？」

ベリアルの口振りからして、彼女がその〝代行〟を続けていたのだと感じた。

さっきまで醜態《しゅうたい》をさらしていたベリアルは、真顔になると椅子に掛けなおした。

「ふむ。ステラ様からは言いにくかろう」

ニーナとは母親が違う異母姉妹だということも、心の片隅《かたすみ》に引っかかったままだ。

空《から》のワイングラスを手に遊ばせて美女は遠くを見るような視線で俺に告げる。

「先代勇者と戦い相打ちになった先代魔王様は、二人の奥方をもうけたが……」

「ステラさんとニーナさん、それぞれの母親ですね」

「知っておったか。ニーナ様の母君は人間だ。だが、魔王である先代を心から愛していた。だが、もとより身体が弱く、幼いニーナ様を残して……」

魔王であればハーレムの一つも築くだろうに、嫁が二人というのはむしろ慎《つつ》ましやかな方だったのではなかろうか。

「ではステラさんの母は？」

「……謀殺《ぼうさつ》されたのだ。そのショックから先代は力を失い、先代勇者と戦うも相打ちに終わったのだ」

そして魔王城から保護者は失われ、今は玉座に嫡子《ステラ》がついたということか。

「しかし物騒《ぶっそう》ですね」

「なあ人間よ。魔王が世界の半分を手にしているというのは半分は本当だが、半分は嘘《うそ》なのだ」

酔いが回っているからかベリアルの口も回る。ずっと秘めていたものを誰《だれ》かにぶちまけたがっているようにも感じられた。一口ワインを飲んで訊く。

「どういうことでしょう？」

「魔族の世界は、今や乱世乱世。魔王城には先代から仕える臣下がいるが、この島の外の魔族たちは、それぞれが魔王を称し世界を手にしようとしているのだ」

「独立した勢力が別にいる……と？」

魔族は一枚岩ではなく、有力者がそれぞれ魔王の座を狙い争っているというのだろうか。

ベリアルは深く息を吐くと続けた。

「結界の外側にステラ様に忠誠を誓うものはおらぬ。ただ、この島と魔王城の守りは堅《かた》く、手が出せぬというだけのことだ。どこか一つの勢力が、他の魔族の勢力を倒すなり吸収していけば、いずれ数の暴力でステラ様に魔王の座を降りろと迫るやもしれぬ」

「ステラさんは苦しい立場ですね」

「恐らく求婚を迫られるだろう。ステラ様と契《ちぎ》りを結べば魔王となる正統性も得られる。そうなれば我らも従うよりほかない。悔しいのだ！　わたしは悔しくて仕方ない！　このまま時の過ぎゆくのを待つだけだなんて」

拳《こぶし》を強く握《にぎ》り締《し》めてベリアルはぽろぽろと涙を落とす。そっとハンカチを差し出した。

「ブビイイイイイイッ！　感謝する人間よ」

鼻をかまれた。粘液《ねんえき》まみれのそれを突っ返される。洗って返すという発想はないようだ。

「ステラさんはどうするつもりなのでしょう？」

「ニーナ様のことだけを考えておいでだ。独立勢力の魔族にとって、必要なのはステラ様と魔王の玉座だけ。魔族と人間のハーフであるニーナ様を殺すこともいとわぬか、もしくはステラ様を言いなりにするためニーナ様を人質にとるか……」

「なるほど。それは良いことをうかがいました」

俺の言葉に、ガタッと椅子を蹴《け》るようにしてベリアルが立ち上がった。

「き、きさま！　ニーナ様を人質にステラ様を脅《おど》すつもりではあるまいなッ⁉」

「それはいつもやっていますよ。ご安心ください」

「やっているのかッ⁉　ああ、今日は最悪の一日だ！」

独立勢力の魔族がどういった連中かはわからないが、連携《れんけい》していないのであれば各個撃破で潰《つぶ》していきやすい。もしくは魔族同士を争わせて疲弊《ひへい》させることもできそうだ。

人間は彼ら魔族の権力闘争においては、突然現れてそれぞれの勢力圏内で暴れ回る蛮族《ばんぞく》の如《ごと》き存在なのかもしれない。最強蛮族——勇者アコ次第では、ステラが他の魔族と婚姻しニーナが脅かされる未来を変えられる可能性すらあった。

と、その時——耳にしたことのある声が聖堂から響いてきた。

『セイクリッド早くしてよー！　おーい誰かいませんかー！　どうせヒマしてるんでしょってばー！』

大樹管理局の設備開発部め。今度は音声まで送れるようにしたのか。

「すいませんが少々仕事をしてまいります」

「あっ！　きさま待て話は終わって……」

「睡眠魔法《ドリムル》」

立っていたベリアルは「クカーッ！」と寝息を立てると、そのまま後ろに倒れて俺のベッドに身体半分預けるような格好で、ヨダレを流しながら眠りについた。眠りの魔法が効くとは、やはり格下だ。

聖堂に向かうと大神樹の芽が光を帯びていた。

「蘇生魔法《リザレク》」

光が溢《あふ》れて以下略。

「よかったぁ死ぬかと思ったよ」

「死んだんですよ勇者アコ」

黒目をくりっとさせてアコは笑う。見れば彼女は腰に剣をつけていた。

鞘《さや》から引き抜き、美しい刀身をさらすと自慢げに胸を張る。

「ねー！　見て見てすごいでしょ！　やっと手に入れたんだ覇者《はしゃ》の雷剣！」

名剣だというのは透き通るような刃《やいば》を見れば一目瞭然《いちもくりょうぜん》だ。

「これすっごいんだよ！　道具として使えば雷撃魔法が出るんだ！」

「どうやって手に入れたんですか？」

アコは握った手を上下させた。レバーをガチャンと引き下ろすような仕草《しぐさ》はスロットだな。

「人生一発大逆転ってね！」

「けど、死んだんですよね。死んだからここに送られたと」

「もう剣なんて振り回してらんないじゃん。雷撃魔法でイケるっておもって、ちょっと先に進んだんだけどさ、雪の城の冬将軍みたいな魔族の強いやつがいるとこで足止めくっちゃって」

　魔族の独立勢力の一つだろうか。こんな勇者にステラとニーナの将来がかかっているとは、さすがの俺も苦笑いしか出ない。俺はそっと手を差し出した。

「良い剣ですね。見せてください」

「いいよ！　ほらここの雷マークが超かっこいいよねぇ」

　剣の柄《つか》には宝玉《オーブ》がはまっている。これが初級とはいえ雷撃魔法を発生させるコアパーツのようだ。

「ところでアコさん。お金どうしたんですか？」

「覇者の雷剣を当てる……じゃない、手に入れるのに全部使っちゃって」

「そうですか。では……半分いただきましょう」

　俺は覇者の雷剣の構造を解析すると……。

「肉体強化魔法」

　右手に一点に力を集約して、剣と柄の間に手刀を叩きつけた。

　バキンッ！　と、柄から刃が折れ、床にカランカランと落ちる。瞬間――アコの顔が真っ青になった。

「うわあああああああ！　何するんだよっていうかなんなの！　剣を素手で割るなんて！」

「大神官ですからこれくらいのことはできて当たり前です。それよりアコさん。蘇生《そせい》費用として半分いただきたいのですが、刃と柄、どちらを持って帰りますか？」

「半分って……装備の半分を奪うなんて追《お》い剥《は》ぎじゃないか!?」

「仕方ないでしょう。無料だからと死ぬ輩《やから》には、現品徴収で対応するとたった今、決定しました。それに他にいただけそうなものがないのですからね。靴《くつ》の片方やマントや上着に下着の半分を奪うほど、私は鬼でも悪魔神官でもありません」

　アコはしょんぼりとうなだれて「じゃあ……柄で」と呟《つぶや》く。

「はいどうぞ。いいですか勇者アコよ。武器の性能にたよりきった戦いをするから死ぬのです。自身のレベルに見合った装備を調《ととの》えてください。まずは死なぬよう防具からですよ。武器はきっと洞窟《どうくつ》などの探索中に、宝箱から見つかりますから」

「はーい。チェっ……ステラさんやニーナちゃんにカッコイイ勇者のポーズを見せてあげたかったのに」

「ではがんばってくださいね。貴方の努力がきっと報《むく》われ世界を救うと私は信じていますから」

「え？　ほんとに!?」

「本当ですとも。では、転移魔法《ラポタル》」

　勇者に柄だけ持たせて送り返すと、奥の私室からよたよたとベリアルが目をこすりながら礼拝堂にやってきた。全裸《ぜんら》で。というか脱ぎかけの靴下のように、彼女の右足にタイツが引っかかったままだ。

　それをずるずると引きずりながら、腐った死体のように俺の方へとゆらゆらやってくる。

「暑いぞ……いや、身体の芯《しん》が……熱い」

「どうして脱いでしまったんですか」

「熱いぞおおおおお！　なんとかしろおおおおお！　だれが牛頭だあああ！」

俺に向かって正面から覆《おお》い被《かぶ》さろうとしてきた。初対面の時に「牛頭」とディスったのは、酒で自分を見失っていても覚えているのか。

「おやめくださいベリアルさん。これ以上やると一度死んでもらいますよ」

「殺してくれええええ！　殺して蘇生すればだいたいの状態異常はなおるううう！」

昔、学生時代にその方法で毒の治療をやって教官に怒られたなぁ。

と、ベリアルの膝《ひざ》がガクッと落ちた。酒で足腰フラフラじゃないか。助け起こそうと彼女の方へ、一歩踏み込んだ――が、罠《わな》だ。彼女はグッとこらえてもちなおした。続けざまベリアルは俺めがけて、正面から雪崩《なだれ》るように倒れ込んでくる。強制的にほぼ全裸の女性を、前から抱きかかえるような格好にさせられた。だけでは終わらず、ベリアルの長い足が俺の足を刈り取るように払う。そのまま大ぶりな胸の果実と体重をかけて、女騎士は俺を押し倒した。

ドテンッ……赤いカーペットの上でのしかかられてしまった。逃げようと俺が身をよじると、蛇《へび》のようにベリアルが絡《から》みついてきた。

「きさまに本物の絡み酒を教えてやろう。この身をもって！」

この酔っ払いめ。いちいちたちが悪い。と、そこにである――

「おにーちゃいますかー？」

「あ、あんた……ベリアルになにしてるのよ！」

門番不在を心配してか、ステラとニーナが教会の扉を開けて俺を見る。というか、ステラは両手でニーナの目を覆った。

もしニーナが一緒にいなければステラの両手はフリーとなり、どんな魔法を放っていたことやら。

泥酔状態でベリアルが顔を上げた。

「こ、これはステラ様ニーナ様！　このベリアル！　命をかけておまもりいたしましゅー！」

全裸で神官に上からのしかかって言うセリフではない。

言い終えると再び「くかー！」と寝息を立てて俺に体重を預けるベリアル。

取り残された俺とステラの間に奇妙な空気が広がる中。

「わーい！　かくれんぼなのー！　ニーナが鬼さんね。いーち、にー、さーん、しー！」

ニーナは自分の手で目を覆うようにしてカウントを始めた。ステラの両手が自由になったが、俺はアイコンタクトで「ほぼ全裸ベリアルの痴態《ちたい》をニーナに見せるのはまずい」と伝える。

ステラは怒りの形《ぎょう》相《そう》だが、理解してくれたようで頷《うなず》いた。

ここはベリアルの尊厳《そんげん》を守るためにも、大神官と魔王が協力するより他ないのである。

ニーナが三十を数える前に、俺とステラで彼女に服を着せ鎧をつけることに成功した。

「詳しく事情を訊かせてもらおうかしら」

「神に誓って嘘は申し上げません」

「もーいーかーい！　もーいーねー！」

ニーナがカウントを区切ると、俺は荒野へと飛び出した。魔王との死の鬼ごっこが幕を上げる。

第五章　過ぎ去りし時が追いかけてきて

翌朝のことだ。教会前の扉のあたりを箒《ほうき》で掃き清めていると……。

どしん……どしん……と、足音を響かせてベリアルの巨体が近づいて来た。

「おはようございますベリアルさん」

無言のまま俺を上から見下ろすと、ベリアルは膝《ひざ》を折ってしゃがみ、指先につまむようにした手紙の封筒をよこした。受け取ると無言で伏し目がちのまま、ベリアルは背を向け門番の仕事に戻る。

「はて、なんでしょういったい」

ラベンダー色の封筒には、赤い蜜蠟《みつろう》で封印がされていた。

べりりと破いて手紙の文面に目を落とす。

『前略――セイクリッド殿
先日は酒の勢いとはいえ、大変失礼した。
記憶がおぼろげだが、ともかく多大なる迷惑を掛けたという気がしてならない。
以後、このような不祥事を起こさないよう、再発防止に努めると約束する。

追伸、もしよければ、あの酒をまたともに酌《く》み交《か》わしたく思っている』

魔王城門番ベリアルより

再発防止に努めるといったそばからフラグ立て。おつとめご苦労さまである。

酒癖は悪いが飲ませなければどうということはないと、判明したのは収穫《しゅうかく》だ。今後は大人《おとな》のお付き合いができるだろう。手紙を手に聖堂内に戻ると、大神樹の芽が輝きを増した。

「おや？　やけに静かですね」

アコが蘇生《そせい》を希望する時は、決まって俺を呼ぶのだが――

大神樹の芽に魂《たましい》をそのままにしてもおけないので、俺はひとまず仕事をすることにした。

「蘇生魔法《リザレク》」

光が人の姿を形作り、魂が宿る。見知らぬ少女だ。だが、その服装には見覚えがあった。

王立エノク神学校の制服だ。この少女は学生なのだろう。ぱっと見たところ高等部所属だな。

背は小柄なステラより少し高いくらいだが、ほとんど変わらないな。頭に白い大きなキャスケット帽を被《かぶ》っているが、髪色は水を連想させる青だ。魔法力の高い者には珍しくない。

眼鏡《めがね》をかけており、手には杖《つえ》といかにもな「かけ出し神官」という風体だった。

レンズの奥で閉じていた瞳《ひとみ》がゆっくり開く。

「――ハッ!?　こ、ここは……どこでありますか？」

まだ幼さの残る声色だった。どうやらアコの時と同じらしい。管理局のミスで魂が本来向かうべき教会ではなく、この〝最後の教会〟に導かれてしまったんだろう。

「お名前をうかがってもよいですか？」

神官の正装をした俺を見て、彼女はかかとをそろえるようにきをつけをして背筋を伸ばすと、敬礼とともに口を開いた。

「自分はカノンであります！」

少々カタブツな気配はするものの、勇者アコよりはよっぽどまともそうだ。

「私はセイクリッド。この教会をあずかる神官です」

「セイクリッド殿でありますな。どうして自分はここにいるのでありましょうか？」

一歩前に出て俺に近づくと、カノンは眼鏡のブリッジを中指で押し上げた。

「管理局のミスで魂の誤転送が行われたようです」

ある意味身内と言っても差《さ》し支《つか》えないため、他の冒険者などに比べて話が早い。

「そのような事故があるとは訊《き》いていましたが、まさか自分がその被害者になろうとは」

ああ、本当に楽でいいな。

「転移魔法《ラボタル》は使えますかカノンさん？」

「いえ、自分は戦術教科専攻の高等部二年でありますので、そちらは使えないであります！」

戦術教科――たしか俺が大学院を出るか出ないかという頃に設立された、戦闘に特化した対魔族戦のスペシャリストを育てるエリートクラスだ。

いずれは転移魔法《ラボタル》といった便利な魔法を覚えることにはなるのだが、それらを後回しにして戦う術を集中特訓するというのを、卒業後に耳にしたのを思い出す。

成績上位者が希望して、なお高難度なテストをパスしなければ転科を認めないという徹底ぶり

だ。

カノンは優秀なのだろう。死んでしまったのも、魔物と戦う実戦訓練の激しさゆえか。

「ではお送りいたしましょう」

こんな場所にいては、勇者や魔王から悪影響を受けかねない。早く送り返す方がいい。

ガチャリ……ギギィ……

「様子を見に来てあげたわよセイクリッド！」

手遅れだった。重い金属扉を開き、教会の正面扉からステラがズケズケと赤いカーペットを踏んでやってくる。毎度思うが、魔王なのに教会に入《い》り浸《びた》るのはいかがなものか？

「せめてニーナさんでしたら良かったのに」

「な、なによいきなり失礼しちゃうわ！　というか、また新しい女の子を連れ込んだのね？」

「私が少女たちをたぶらかしているような言い方は、誤解を生むのでおやめください」

「事実じゃない！　そして……そのうちの一人があたしよ！」

初対面の神官見習い少女に向かって、魔王は胸を張った。開いた手のひらを自身の心臓のあたりに添えてみせる。ステラのお尻《しり》のあたりで悪魔の尻尾《しっぽ》が自慢げに、ゆらゆらと揺れていた。

魔王はカノンに胸元から手を差し伸べ告げる。

「さあ、あなたもわたしと一緒に、このロリコン神官と戦いましょう！」

カノンはじっと揺れる尻尾を見つめてニッコリ笑う。

「お断りするであります」

「あら、連れないわね。ええと……そっか！　わかったわ！　自己紹介がまだだったのがいけなかったのね。あたしはステラよ」

「自分はカノンと申しますであります」

帽子を押さえるようにしてカノンは頭を下げる。魔王様は満足げだ。

「あらあら、どこかの誰《だれ》かさんと違って神官みたいな服着てるけど、礼儀がなってるじゃない？　ねえセイクリッドそう思わない？」

「私ほどできた神官はいませんよ」

「まったまたぁ」

魔王の馴《な》れ馴《な》れしさが留まるどころか有頂天な件。カノンは顔を上げた。ステラを見つめる。

「ところでステラ殿のその頭のは……」

言いよどむカノンにステラは笑う。

「あっ！　これはね、魔族のつ……」

思わず魔王の後ろに回り込んで、その口を手のひらでサッと封じた。

「もごごもげげげー！」

どうしてこんなに迂闊《うかつ》なんだ魔王《こむすめ》よ。口をぎゅっと押さえ込んだことに抗議でもするように、その尻尾はビタンビタンと暴れて俺の身体《からだ》をムチのように打つ。

地味にスネ狙いで痛いじゃないか。ローキックの鬼か貴様は。

噛《か》みつこうと口をあけたので、より強く押さえ込んだ。鼻まで塞《ふさ》げば窒息死させることができるな。

「もげげげげ！　れろれろれろ！」

押さえ込んだ俺の手のひらをベロベロとステラは舐《な》め始めた。

ナメクジが這《は》うような感触だ。しぶしぶ彼女の〝口〟を解放する。

「ぷはー！　苦しいじゃないの何するのよ⁉」

ステラの唾液で汚れた手のひらに溜《た》め息《いき》しか出ない。

「カノンさんは王立エノク神学校の高等部で学んでいる現役生です。ちなみにエノクとは創立者の聖人の名で、一流の神官司祭聖職者を育成する王立の学校なのですよ」

「セイクリッド殿の仰《おっしゃ》る通りであります！」

先ほどから背筋はシャンと伸ばしたままだ。

「そして、そんな神学校において、彼女は魔族と戦う戦術教科を専攻している、対魔族に特化したいわば私の後輩です」

ステラの目つきが鋭《するど》くなった。

「それじゃあ敵……もげれろれろ！」

俺が再び口を塞ぐと、即座にステラは手のひらを舐め返してきた。

これなんてプレイ？　斬新《ざんしん》な舐めプに俺の手のひらもふやけ気味である。

拘束《こうそく》を解いてから、俺はステラの正面に回って両肩を摑《つか》むようにしてじっと彼女の顔を見る。

「いいからもう少しだけ、私の話を訊いていただけませんか？」

「あ……ガチで怒ってるやつだ。わかったわよ。あと、あたしの肩で唾《つば》拭《ふ》くのやめてよね」

灰は灰に、塵《ちり》は塵に、唾液は本人に還すのが道理だ。

ステラと約束を取り交わしたところで、俺は振り返りカノンに告げる。

「ステラさんはこの教会の近くに住む黒魔導士です。神官とはある意味対極の存在と言えますね。ですから敵という言葉に深い意味はありません」

「なるほどそうでありましたか⁉　セイクリッド殿、ここはどこの街でありましょうか？」

「地図にはまだ載《の》っていない街です」

「そのような場所が未《いま》だに存在するとは驚きであります。是非《ぜひ》、外の見学の許可を！」

「不許可です」

ステラが「いきなり不許可は可哀相《かわいそう》じゃない？　ねえあなたはそれでいいの？」と、余計なことをのたまった。頼む――黙れ。が、カノンはうんと首を縦に振る。

「階位が上の神官の命令は絶対であります。上官が不許可というからには、不許可であります」

カノンはそれで納得しているようだが、ステラが俺に視線を向ける。

「なにそれ怖い。じゃあ、あいつが死ねといえば死んじゃうわけ？」

キャスケット帽の少女は首を縦に振った。

「それが世界のためであれば、この身を喜んで捧《ささ》げるでありますよ」

なにそれ怖い。噂《うわさ》に訊いた以上の〝教育〟をしているんだな戦術教科は。

「カノンさんにうかがいたいのですが、最近のエノク神学校の戦術教科の方針は、大まかにどのような感じなのでしょう？」

「見敵必殺・一撃爆殺・一日一善であります」

前の二つが物騒《ぶっそう》すぎて、最後の一つでかばいきれない危険《あやう》さだ。

「いったいまた、どうしてそのような方針に……」

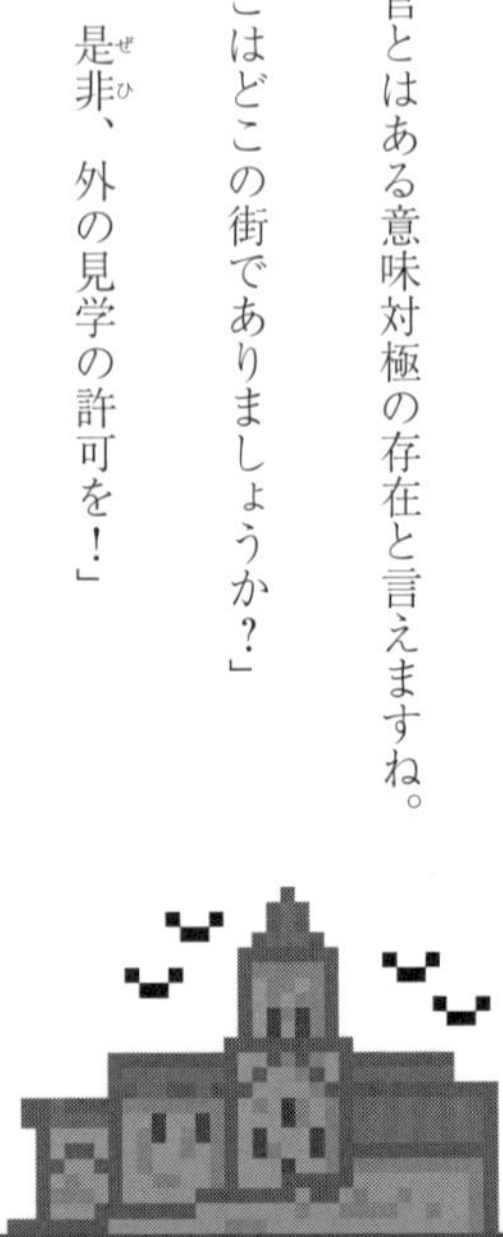

「戦術教科創設のきっかけとなったのは、ある学生の方針に倣《なら》ってのことであります。個人のことゆえ、その名前は秘匿《ひとく》されているのでありますが、エノク神学校創立以来の最強聖者にして魔物ハンターであります！　魔族が道の片隅《かたすみ》に避《よ》けて通る〝まぞさけ〟の異名もあるのであります。超かっこいいであります！」

カノンの青い瞳がキラリと輝いた。軽く引き気味でステラがキャスケット帽の少女に訊《たず》ねる。

「へ、へーすごい人がいたものね。いつ頃まで学校にいたのかしら？」

「自分は直接存じ上げないのでありますが、二年ほど前とうかがっているであります。これは噂話の域を出ないでありますが、大学院を卒業後、教皇庁の中枢で働いているのだとか。きっと、今頃は最年少大神官になって、これからの教会の導き手になられていることでしょう！」

ステラの視線がじわじわと俺に向いた。理解したな……こいつ。

「セイクリッド。トンでもない人があなたの同期にいたものね」

赤髪の少女の言葉にカノンが飛びついた。

「ほ、本当でありますか!?　セイクリッド殿はかの有名な〝名前を伏せられしあのお方〟と、同期生なのでありますか？」

俺はニッコリ微笑《ほほえ》む。答えは――沈黙。それしかなかった。

聖堂内無言タイム。の、後に俺は咳払《せきばら》いを挟《はさ》んで告げた。

「では、そろそろお送りいたしましょう。王都でよろしいですかカノンさん？」

「ま、待って欲しいであります！　上官としての命令でなければ、どうかお待ちを！」

カノンの表情は真剣だ。俺の隣《となり》にやってきてステラが肘《ひじ》で軽く小突いてくる。

「カノンはあなたに聞きたい事があるみたいだし。相談に乗るのも先輩の役目でしょ？」

ステラの助け船にカノンは「ステラ殿はとても人間ができたお方であります」と、瞳を潤《うる》ませた。

こちらにおわすは、人間でもなければ人格者でもないぞ後輩《カノン》よ。

哀願するような見習い神官の視線が俺に突き刺さる。

「そわそわ……そわそわ……で、あります」

直立不動だったカノンが、お尻の辺りをもぞもぞもじもじとしだした。

「ここは迷える子羊のお悩み相談所ですか？」

隣で赤い髪の少女がニヤリと口元を緩ませる。

「教会ってそういうものじゃない？」

ステラの「俺をイラっとさせる発言」で打線《レイド》が組める件。

カノンは「ご、ご迷惑でありましたか？」と、俺を心配し始めた。

「いいえ。ですが私も噂で耳にした程度なので、カノンさんが知る以上のことは存じ上げないかもしれませんよ」

見習い神官は深呼吸をすると、深くゆっくり頷《うなず》いた。眼鏡のレンズがキランと光る。

「単刀直入で伺《うかが》うであります。あのお方のお名前をご存じないでありますかセイクリッド殿!?」

今、自分の口で言ったそれだよ。カノンに背中を向けると尻尾をブンブン揺らして、ステラはお腹を抱えて前屈《まえかが》みになりながら笑いをこらえるのに必死だ。

「プークスクス！　あひゃひゃ！　ら、らめ！　面白すぎぃ！」

今すぐ生き埋めにしたい魔王ランキング第一位《die》（※俺調べ）おめでとうございます。

さらにステラは言う。

「聖職者なんだから、光の神の御前で嘘《うそ》などつかず正直に話してあげたらいいわよ！　あひゃ！　あふっ！　呼吸《いき》が……」

過呼吸に陥《おちい》るステラを横目に、俺はカノンに告げる。

「存じ上げませんね」

ステラが俺の顔を指さす。

「神様こいつです！」

急募：光の神に告げ口する魔王への対処法。ここまで俺に攻め込んでくるとは、大神官を相手に良い度胸の魔王だな。カノンは俺とステラのやりとりに目を細めた。

「お二人はとても仲がよろしいのでありますな」

言われた瞬間――魔王の顔が真《ま》っ赤《か》に染まる。

「い、いい、いいわけないでしょ！　セイクリッドはら、らら、ライバルよ！」

「そのようには見えないであります。まるで長らく連れ添った夫婦《めおと》のような呼吸《いき》の合いっぷり。それにお互い遠慮することなく、本心を言い合える関係は羨《うらや》ましいであります。自分もいつか、あのお方に相棒と呼ばれるような立派な神官になって、教皇庁でバリバリ仕事をするのが夢でありますから！」

希望に胸を膨《ふく》らませ天を仰ぐカノンに幸《さち》アレ。と、ステラが唇《くちびる》をプルプルと震えさせた。

「え？　カノンはその憧れの人のこと、顔も名前も知らないのに好きになっちゃったの？」

「じ、自分などおこがましいにもほどがあるのでありますが、尊敬の念を禁じ得ないのであります。噂ばかりですが、大変お優しい方だったとも伺っております。私財から孤児院に多額の寄付《きふ》をなされたり、薬草学にも精通しておられて薬効のある植物を集めた花園を造られたとか……。あげればいとまはないのであります。自分はなにより、あのお方の強さにも増してにじみ出る優しさに心打たれたのでありますよ」

　悪行を並べられた方がマシだ。そろそろカノンにはお引き取り願おう。

「神官見習いカノンよ。再び立ち上がり使命を果たすのです。ちなみにこの教会のレートは半分です」

「どうかこれをお納《おさ》めいただきたいのであります！」

　律儀《りちぎ》にカノンは所持金の半額を寄付した。この教会に赴任《ふにん》して以来、初めてまともな収入だ。

「半分とはいいましたが、学割を適用しましょう。半分の半分をお返ししますね」

　この教会のルールは俺だ。異論は認めない。

　ステラから「身内びいきね！　そういう甘さが組織を腐敗させるのよ！」と指摘が飛んだ。

「妹に激甘な貴方《あなた》が言っても説得力はありませんよ」

　カノンが眼鏡のブリッジを中指で押し上げながら「ステラ殿には妹君《いもうとぎみ》がいらっしゃるのでありますな。さぞや可愛《かわい》いのでありましょう」と、興味津々だ。

「ええ！　とっても可愛いの！　天使ね！」

　魔王よ天使という言葉を使うことに、なんのためらいもないのか。

自慢げに胸を張るステラの頭をカノンはじーっと見つめる。

「それにしても、やっぱり気になるであります。その頭のは角《つの》でありましょうか？」

ステラが失言するより早く、俺が解答する。

「カノンさん。ステラさんの頭飾りは魔族を模《も》したものです。黒魔法の威力を高める、特別なサークレット……でしたよねステラさん？」

キョトンとした顔で「え？　そうなの？」とのたまうステラに、俺は笑顔で続けた。

「そ　う　で　す　よ　ね？」

「え、ええそうそう！　そうよ！　魔王モデルなんだから！」

カノンがいぶかしげに眉をひそめる。

「作り物のようには見えないであります」

ステラが慌てて口を滑《すべ》らせた。

「ほ、本物の魔王から剝《は》ぎ取《と》った素材で作ったのよ！」

いやいやいや、ないだろその言い訳は。キャスケット帽の少女はカッと目を見開いた。

「それはすごいでありますな！」

カノンもしっかりしているようで、残念系女子の予感がしてきた。この教会にやってくる女子、幼女をのぞいてまともなやつ0人説。軽く頭を抱える俺の顔を、魔王と神官見習いが揃《そろ》ってのぞき込む。

「どうしたのよセイクリッド？　元気がないわね？」

「なにかお気に障《さわ》るようなことを言ってしまったでありましょうか？」

「いいえ。両手に花で薄暗い聖堂が華やかだと、幸せな溜め息が漏《も》れてしまっただけですから」

ステラは「当然じゃない！」と笑顔になり、カノンは「は、恥ずかしいであります。恐縮《きょうしゅく》であります」と、肩身を自分から狭くしてうつむいた。

そんな神官見習いの視線が、ステラの自慢げに揺れる尻尾に注がれる。

「ところでステラ殿のお尻のそれは……」

「あ、これはしっ……」

「それはアクセサリーですよカノンさん」

ステラの返答に声を大にしてかぶせて、強引に打ち消した。

発言の邪魔をされてステラはムウッと俺を睨《にら》む。が、無視しよう。

「動くアクセサリーとは不思議であります。これも黒魔法を強化する装備でありましょうか？」

ステラのお尻の側に回り込んで、しゃがんで観察するカノン。

「ちょ、ちょっとあんまりマジマジ見ないで恥ずかしいじゃない！」

「自分は気になると放っておけないタチなのであります！　まるで生き物……いや、これはもう身体の一部みたいでありますな」

ツンツンと遠慮なしにカノンが指で尻尾をつつくと、途端《とたん》にステラがビクン！　と、肩を揺らした。

「や、やめて！　そっと触るのダメ！」

俺のスネをローキック攻めしておいて、人に触られるのは嫌だというのか。

「失礼したであります！　けど、気になるであります！　どうやって動かしているのでありま

しょう？　できれば自分もつけてみたいであります！」

このままではステラをゆで卵の殻のように引《ひ》ん剝《む》いて、尻尾が本物だと判明しかねない。

「ちょっとセイクリッド！　あなたの後輩をなんとかなさいよ！」

仕方ない。俺はカノンに耳打ちした。

「ですから……で……こうなって……という感じなのです」

俺が説明を終えると、神官見習いの顔が耳まで真っ赤にゆであがる。

「そのような方法で。本来出すべき器官に挿入《そうにゅう》、結合しているとは大変失礼したであります！」

頭を下げる神官見習いに、ステラの顔が軽く青ざめた。

「え、ちょっと……何を言ったのセイクリッド？」

俺の代わりにカノンが言う。

「黒魔法のためにそこまで……どうかお尻を大切にしてあげるでありますよステラ殿！」

「ああああああああああああああああああああああああああああああああああッ！」

穴があったら入りたい。と、魔王はその場で膝から崩れ落ちて神の御前に跪《ひざまず》いた。

このあと、カノンが無事王都に帰ってから魔王《ステラ》にめちゃくちゃ怒られた。


今日も最果ての地にぽつんと建つ教会の、聖堂内に信者なし。

講壇に上がるのも馬鹿らしいので、長椅子に腰掛けしばらく。そんな俺の膝の上にちょこんと座って、ニーナが絵本を開いて楽しげにページをめくる。俺が朗読すると「わぁ！」やら「ふぇぇ！」と、小さな口から声をもらした。そろそろ物語もクライマックスだ。

俺（地声）「たとえこの身がドラゴンの炎に焼き尽くされようとも！　僕は死にましぇーん！」

俺（裏声）「まあ素敵！　抱いて！」

一人二役もこなせなくて、何が大神官か。ニーナが足をパタパタさせた。

「まあすてき！　だいて！」

変なフレーズを覚えてしまったようだ。最後まで読み終えたところで、柔らかな金髪《きんぱつ》が目の前でふるふると揺れた。小さなあごをあげて、こちらを見上げる。幼い純真な上目遣いもまた、良いものだ。ステラやアコにもこんな時代があったのだろうか。

「セイおにーちゃはステラおねーちゃのことすき？」

「ええ。とても美しく気高く、それでいて気取らない気さくさも持ち合わせたニーナさんの素晴らしい姉君《あねぎみ》ですからね」

なぜか「そうですかー」と、敬語になりつつニーナはうんと、頷いた。

「ニーナはセイおにーちゃが、ステラおねーちゃのことを、もっといっぱい大好きになってほしいなぁ」

絵本の「結ばれた王子と姫のハッピーエンド」を、ニーナは気に入ったようだ。どう答えたものか。

「いっぱい好きになるよう努力いたしましょう」

「わあい！」

あくまで努力目標だ。するとニーナは体重をそっと預けるようにして、小さな耳を俺の胸にぴたっとくっつけた。

「おにーちゃの心臓はいっぱいドキドキしてないのー」

「神官たるもの平常心を忘れないよう、普段から鍛《きた》えているんです」

密着すると甘いミルクのような香りがした。幼女の体温が神官のローブの上からでも伝わってくる。

「あ！　おにーちゃちょっとだけドキドキ？」

「ニーナさんには隠し事はできませんね」

「おにーちゃがステラおねーちゃと結婚したら、おにーちゃが王様なのー」

うっかり世界の半分を手に入れた上に、こんなにかわいい妹ができるとは。

「またおにーちゃ、ドキドキ早くなった？」

「気のせいですよ」

お茶でも淹《い》れて一息つこうかと思ったところで、大神樹の芽が光を帯びた。

『遊びにきたよー！　セイクリッドいるよね？　いっつも暇《ひま》そうにしてるんだし』

『おや？　貴殿もセイクリッド殿のところで復活でありますか？』

『初めて会うね。ボクはアコ。光の神に選ばれた勇者さ』

『そ、そ、それはなんと！　さすがセイクリッド殿であります。勇者殿が信頼し、その復活を委《ゆだ》ねられるだなんて』

魂のまま会話をするな。ニーナが声は響けど姿が見えない二人の少女を、キョロキョロと探し出す。

「どこですかー？　どちらさまですかー？」

なにさまですかと俺の代わりに言ってほしいくらいだ。

トコトコとニーナは講壇の裏手やオルガンの後ろや、大神樹の芽の反対側まで回り込んだが、誰もいない。

「おかしーのです。アコちゃんせんせーの声なのに」

「いいですかニーナさん。アコさんがおかしいのは今に始まったことではないんですよ」

『ちょっとセイクリッドまだー!?　あとがつっかえてるんだけど？』

『じ、自分は良いであります！　あ、あう……た、魂が……ここは自分に任せて、勇者アコ殿は先に復活するでありま……』

「蘇生魔法《リザレク》&蘇生魔法《リザレク》」

そして殺す。とは、さすがにできないのだが、アコの後ろに後輩《カノン》がいては、放ってもおけなかった。

復活するなりアコとニーナの視線がぴたりと合う。

「アコちゃんせんせーだぁ！」

アコはしゃがんで視線の高さをニーナに合わせると、優しく彼女の頭を撫《な》でた。

「ニーナちゃんに会いたくて、命懸けでやってきたのさ」

「ニーナはとってもかほうものです」

自分のほっぺたを両手で包むようにして、ニーナはぽっと赤くなる。先ほどの絵本で覚えたばかりの果報者という言葉を、恐らく意味もわからぬまま使っているのだろう。

そして、もう一人——帽子を被った青い髪の眼鏡少女が、俺にびしっと敬礼する。

「恥ずかしながら戻ってきてしまったであります！」

「どうして王都の教会に復活地点《ブックマーク》を移動させなかったのですか？」

「そ、それは……もう一度、セイクリッド殿にお会いしたくて。自分は未熟者でありますから、セイクリッド殿からもっと学びたいのでありますよ！」

「別に何も教えていませんよ？」

「お、教えていただいたであります！　黒魔導士の尻尾の秘密については、あのあと学校の友達みんなに広めて知識を共有したであります」

黒魔導士への熱い風評被害。とりあえず死因を訊いてみるか。

「それでカノンさんはまた、どうして死んでしまったのですか？　戦術教科《エリート》クラスが情けないですよ」

「返す言葉もないであります。もっと強くなりたいと、一人で鍛錬《たんれん》に出たのでありますが……やはり見習い神官一人では限界があったであります」

俺は小さく息を吐く。

「ハァ……我々神官は回復や防御に補助を得意としますからね」

カノンはぎゅっと拳《こぶし》を握《にぎ》り込《こ》んだ。

「ですが、名を伏せられしあのお方は単身で上級魔族をいとも容易《たやす》く倒しておられたとか。『これから毎日魔族焼こうぜ！』の名言をご存じではないのですか!?」

「存じ上げませんね」

初耳だ。誰だそんな発言を捏造《ねつぞう》したのは。心当たりがなくもないが。

この手から抜き払われる〝光の封殺棒〟（打撃属性）で、毎日は言い過ぎだが週に三、四回ペースで魔族をしば……人間の領域に出てくる魔族にお引き取り願うよう、説得した時期があるにはあった。

　ともあれ――ハーフ魔族のニーナには、あまり訊かせたくない内容だな。

　ニーナはケラケラと笑った。

「これからまいにち、まぞくやこうぜ！」

「ニーナさん、それ以上いけない」

　幼女は不思議そうに「ほえ？」と、目をまん丸くしながら首を傾げる。本当に育ち盛りすぎて、悪い大人の影響を排除しきれないな。アコが俺とカノンの間に割って入った。

「ねえねえボクの死因も訊いてよセイクリッド！」

「転移魔法《ラボタル》」

「ちょ待ってよ！　これでもレベル6に上がったんだから！　それに装備だってセイクリッドのアドバイス通りにしたんだよ？」

　腰のベルトに紐《ひも》で覇者《はしゃ》の雷剣の柄《つか》がぶら下がっている他は、ライトバックラーに武器は――

「じゃーん！　青銅の剣だよ！　ちゃんと盾《たて》は買って、剣は道中で見つけたんだ」

「鎧《よろい》は着ないのですか？」

「高いしガチャガチャしてて動きづらいだけなんだよね」

　重戦士というよりは、軽装な剣士という出で立ちのアコに「良い判断だと思います。死ななければ」と、返す。アコは恥ずかしそうに後ろに腕を回して後頭部をぽりぽり掻《か》いた。

「やだなーもう。恥ずかしい。けどセイクリッドがちゃんと褒《ほ》めてくれて嬉《うれ》しいよ。ボク、なんだかやる気が出て来た！」

褒めてない。死んでなければという部分だけ、アコの耳には届かずバッサリカットされたようだ。

だが、アコは心底嬉しそうに目を細める。

「厳しいことも言うけど、セイクリッドのおかげかも。ありがとね」

そんなアコにカノンが熱い眼差《まなざ》しだ。

「あ、あの！　勇者殿！　もし……もしよろしければ自分が……お供したいであります！」

緊張で杖を握る手を震えさせながら、思い切って告白するようにカノンは告げる。

「いいよ！　オッケー！　パーティー組もうね。わーい仲間ができたよ！　やったねボク！」

悲劇的な結末を予感してしまった。が、少女二人は俺の目の前でギュッと握手をかわした。

アコがカノンに言う。

「ボクはアコ。勇者殿じゃなくて、アコでいいよ」

「じ、じじ、自分はカノンであります。王立エノク神学校に在学中の駆け出し神官であります」

「へー。神官なんだ」

白を基調とした神官と同じ紋様の入った制服を着ているだろうに。

アコとカノンが握り合った手に、ニーナがそっと小さな手のひらを重ねた。

「ニーナも仲間になるうー！」

勇者がニッコリ微笑む。

「いいよ。ニーナちゃんもボクらの仲間だ。一緒にがんばろうね」

「おー！　ニーナもがんばります！　お茶をいれるののお手伝いができるのー！」

俺が止めようと近づくと、ニーナは俺の手をとってアコとカノンの握手する手に重ねた。

「セイおにーちゃもなかーま！」

俺に手を重ねられてカノンの顔が赤くなる。

「あ、ああ！　お、男の人と手を繋《つな》ぐのって……初めてであります」

繋いでないぞ。俺の手の甲にニーナが背伸びしながら、えいっと自分の手のひらを改めてのせた。

アコが満足げに頷く。

「最強パーティー完成だね！」

勇者、大神官、神官見習い、幼女。一見すると最強に見え……ない。いったい何と戦おうというのだ。俺はニーナに告げる。

「ニーナさんは冒険に出るのは、もう少し大人になってからの方が良いのではありませんか？」

「あ、うぅ……ニーナうっかりしてたかも」

握手を解いてアコが膝を折りニーナに告げる。

「ニーナちゃんが大きくなるまで、冒険をいくつかとっておかないとね」

「ほ、ほんとにアコちゃんせんせー？」

「本当だよ。全部冒険しないって約束するから」

勇者《アコ》のくせに生意気な。ニーナは恋する乙女《おとめ》の表情でアコに抱きついた。

「まあすてき！　だいて！」

アコがすっとニーナの小さな身体をさらうように抱き上げる。いわゆるお姫様抱っこというやつだ。

「これでいいかなニーナちゃん」

「わーい♪　アコちゃんせんせーって女ったらしだねー」

どこで覚えたその言葉。

「そうだよー！　ボクは可愛い人なら女の子もウェルカムさ！」

クッ……ニーナを人質に取られているので強制送還《てんいまほう》できない。アコが来たら蘇生と転移を一つに組み合わせた合成魔法《マクロ》を自動発動する記憶水晶の生産待ったなし。

カノンが眼鏡をとって目尻にたまった涙を指でぬぐった。って、今のどこに泣く要素があるんだ？

「まるで竜にとらわれた姫を救った初代勇者様のような神々《こうごう》しいお姿でありますな」

もうだめだこいつら。俺が教育してやらないと。

この日、出逢ってはいけない二人が出逢ってしまい、勇者はぼっちから神官見習いという最良の相棒とパーティーを結成したのだった。

のちにこれが伝説と……なるわけがないか。


野犬の遠吠《とおぼ》えすら聞こえない静かな夜――

照明を落として自室のベッドで横になる。マットレスは気休め程度で寝心地は悪いが、静けさ

は代《か》えがたかった。

この〝最後の教会〟には、刺客《しかく》や暗殺者がやってこない。

安眠の妨げがないのは実に素晴らしい。

なぜなら教会の扉はいつ、いかなる時も開かれる。

何人《なんぴと》も拒《こば》まぬという方針をこうして実行できるのも、周囲に魔王城しか存在しないという、まれに見る立地あってのことだ。

だんだんとまどろむ意識の中、不意に頭の中に声が響いた。

（――聞こえますか……聞こえますか）

慈愛《じあい》に満ちた女神のような声は静かに語りかける。

（――今まさに……眠りの底へと落ちようとする我が子よ……あなたの信じる光の神です……今、あなたの心の中に……直接……呼びかけています。ご近所付き合いを……しっかりと……するのです……赤い髪の少女を……敬《うやま》い……優しく……接するのです……）

ずいぶんと具体的な神託《オラクル》だな。

（――いいですか……赤い髪の少女がやってきたら……今日も素敵だと……言うのです……恥ずかしがることは……ありません）

そっと目を開く。ベッドの上で俺の腰のあたりに馬乗りになった赤毛の少女が声を上げた。

「な、なんで起きちゃうのよ!?」

「こんな夜中に教会になんの御用ですか？　蘇生ですか？　旅の記録ですか？　毒の治療ですか？　呪いを解きましょうか？」

指示書《マニュアル》通りの対応をしつつ、ベッドサイドの魔力灯《ランプ》を点灯する。

赤毛の少女はぷいっとそっぽを向いた。

「そ、そんなんじゃないし」

「重たいので降りていただけませんか？」

「あ、あたしはそんなに重くないんだから！　そ、そりゃあニーナを膝に乗せるのとはわけがちがうでしょうけど」

　ぶつくさ言いながら少女――魔王ステラは降りる気配もみせず、俺の腹と腰の間にぺたんと座り込んで体重を落とした。

「人間椅子ね」

「生存権について一度、きちんと話し合いの場を設けた方がいいかもしれませんね？」

「えーッ!?　だって教会の扉開いてたじゃない？　あれって『入って良し』ってことでしょ？」

　俺は仰向けのまま溜め息を天井《てんじょう》に向けて解き放った。

「ハァ……教会は閉ざす扉を持たないというのが原則ですから」

　当然、治安の悪い地域などでは例外だが。ステラは俺に乗ったまま、その場で上下に身体を揺らした。ベッドがギシギシと音を立てる。

「じゃあじゃあ問題ないじゃない！」

「神を騙《かた》る魔王は大いに問題ありですよ」

「か、騙ってないわよ。別に……」

　伏し目がちになって目を背《そむ》ける魔王。バレバレすぎて嘘つくってレベルじゃない。

ペロッと舌を出してステラは尻尾を揺らした。

「ねえねえそれで、神様はなんて言ってたの？」

「近所に住む赤い髪の少女に気をつけろと」

「そ、そうは言ってないわよ！　あっ……神様はそうは言ってないわよ！」

魔王は墓穴を二度掘る。

「ああ、思い出してみればたしか、少女には気を遣えとか、どうとか」

ステラは赤毛のツインテールを焚《た》き火《び》の炎のように振《ふ》り乱《みだ》した。

「そうそう！　それよ！　話のわかる光の神ね。ほら、今夜から心を入れ替えて、あたしを敬いなさいセイクリッド！　もっと手加減とかして、優しく接してあげるべきよ！　あと光の棒で叩《たた》くのもなしね！　それから遊びに行った時には、ちゃーんと良いお茶とお菓子でもてなしてよね！　ついでに何か失敗しても許してあげる寛大《かんだい》さが神官には必要だと思うの」

フフン♪　と、胸を張って鼻を鳴らす魔王よ。自分で言ってて情けなくならないのか？

「ところで魔王様。この体勢というか姿勢について、何か気づきませんか？」

「マウントポジションとっただー！」

拳を握り両腕を上げるステラに、溜め息すら出ない。

「わざとですか？」

「え？　ち、違うの？」

ぽかんとした顔をしないでくれ。

「ともかく降りてください。そして魔王城にお引き取りを」

「ちぇー。添い寝くらいならしてあげてもよかったのに。あ！　もしかしてずーっと寝たままの格好なのって、ひそかに添い寝希望だったりするの？　しょうがないにゃー」

語尾をかみかみになりながら、ステラは俺の毛布をスカートの裾《すそ》でもつまみ上げるようにめくる。

むくりと俺は身体を起こした。

「独《ひと》りはなれていますから、ご心配いただきありがとうございます」

「寂《さび》しいこと言うわね」

諦《あきら》めたのかようやくベッドから降りて、ステラは部屋を出ようとする。

「ね、ねえ玄関まで送ってくれてもいいんじゃない？」

「迷うような薄暗い夜道でもなければ、途中で誰かに襲われることもないでしょうに」

「そういうことじゃなくてッ！　ねえお願いだからぁ！」

俺の腕をとってぐいぐい引っ張る。

「わかりました。お送りいたしましょう」

せっかくのまどろみもすっかり消えてしまった。軽くあくび混じりに立ち上がると、ステラを教会の出入り口まで送る。金属製の扉を開いたところで――

「じゃあまた明日ね！」

いったいなんだったんだ。俺の眠りを妨害する以外に、目的があったのだろうか？

薄暗い魔王城の正面口にステラがたどり着く。だが、門は開かなかった。なにやら騒ぎ立てるが開門する気配はない。しまいには、ステラは半べそかきながら、教会に戻ってきてしまった。

「いったいどうしたんです？」

「うぐっ……ひうっ……閉め出されたかも……」

静かなるクーデター、ここに成立。ステラ、まさかの魔王から、ちょっと迷惑なただの魔族《ひと》に降格である。赤髪の少女は俺の胸に飛び込んできた。

「どうか一晩！　一晩でいいから、この哀《あわ》れな魔王を一泊させてくださいお願いします！」

断る理由は一瞬で七つほど思いついたが「いいですよ」と返す理由が見当たらない。

「魔王が教会に一泊なんて許されるんですか？」

「仕方ないじゃないの！　自動施錠《オートロック》なの忘れてたのよ！」

そういえば、門番《ベリアル》の姿も見られなかった。

「仕方ありませんね。ベッドを使ってください」

「わーい！　ありがとねセイクリッド！　べ、別にあなたのベッドだからってクンクンハスハスとかしないから安心してね」

「少しは『自分がベッドを使うなんて本当にいいんですか？』的なリアクションを、ポーズだけでもとってほしいものです」

ステラは泣き顔が笑顔に変わると、意気揚々と俺の私室に向かいつつ言う。

「そういうまどろっこしい女子じゃないわよ、あたしは！」

赤いカーペットの上をスキップしつつステラは聖堂を抜けて、再び俺の部屋に入るとベッドに飛び込み、毛布にぐるぐるとくるまった。

「ステラロールよ！　どうかしら？」

「私は聖堂の長椅子で休ませてもらいますね」

「スルーッ!?　スルーなのッ!?」

いちいち全部に反応もしていられない。

と、彼女に背を向け部屋を出ようとしたところで、ステラの声のトーンが変わった。

「あのね……本当に……ありがと」

「お気になさらずに」

「ねえセイクリッド……振り返らないでこのまま訊いて」

夜のしじまが二人の距離を遠のかせるように、沈黙が部屋に満ちる。

ステラは落ち着いた、どこか哀《かな》しげな声色で続けた。

「もしね……もしもだけど……あたしがいなくなってニーナだけ残るようなことがあったら……ニーナのこと……お願いしたいの」

「ベリアルさんがいるではありませんか？」

「ベリアルが守らなきゃいけないのは、魔王だもの。言ったでしょ。もしものことだって」

振り返ったなら、ステラはどんな顔をしているだろう。

よほどの決意がなければ、本来敵対するべき神官に願い出ることもないだろうに。

魔王であることよりも、ステラは姉であることを選んだような……そんな気がした。

「構いませんよ。安心して死んでください」

「なによその言い方！　あなたらしいじゃない」

怒ったような、それでもかすかに嬉しそうに少女は言う。俺は咳払いを挟んで続けた。

「さっそくですが貴方を倒してニーナさんの親権を奪うとしましょう」

「えっ⁉　嘘やだなにそれ怖い⁉」

今度は本当に怯えるような声だ。ゆっくり振り返って俺はステラに告げる。

「冗《じょう》談《だん》ですよ。目が覚めてしまいましたし、夜は寒いですから紅茶を一杯お付き合いしていただけませんか魔王様？」

「貴方が言うと冗談に聞こえないんだけどッ‼」

夜中にこっそり飲む紅茶は、二人だけの秘密が溶け込んだ味がした。


ある日の午後――ステラが独り教会に姿を現した。

聖堂の赤いカーペットをまっすぐ歩み、彼女はやってくるなり俺の顔をビシッと指さす。

「今日はお願いがあってきたの！」

「神官の私にできることでしたら、なんなりとお申し付けください」

裏を返せば無茶振り禁止とくぎを刺したのだが、効果はなかった。

慎《つつ》ましやかな胸を張り、ステラは続ける。

「なら命じるわ！　ここであたしを雇《やと》いなさい！」

「今日は大変良い天気ですね。普段より空を覆《おお》う雲が薄いように感じます」

「ちょっとサラッと流さないでよ！　こっちは本気なんだから」

ほっぺたを膨らませる魔王に俺は小さく息を吐く。

「ハァ……教会で働きたがる魔王というのは問題しかないかと思うのですが」

「ベリアルには敵情視察と内偵《ないてい》って言ってあるから問題なしね！」

大ありだ。いきなり機密《きみつ》をバラすとは恐れ入る。というかベリアルがよく許したものだ。

と、視線をあげると開いたままの教会の扉の先で、城門前にアークデーモン姿のベリアルがゆっくりと正座の姿勢をつくった。牛の顔の魔物の瞳が強く訴えかけてくる。

あーはいはい完全に理解した。ここは穏便《おんびん》にお引き取り願うとしよう。ベリアルが土下座る前に。

「わかりました。教会で働きたいとおっしゃるのですね無職のステラさん」

「無職じゃないわよ魔王よ！　副業にちょっとだけぇ興味がありましてぇ〜〜〜」

急にモジモジと膝をすりあわせるようにしながら、ステラは媚《こ》び媚《こ》びな甘え声だ。

「では、面接をしましょう」

「ほ、ホントに!?　ねえコネって使える？　いくら払えばいいの？」

もうこの時点で落としたい。これからのステラの活躍をお祈りしたい。祈り続けたい。

「ともかく落ち着いてください。ではまず、志望動機からお願いします」

ステラは首をひねるようにした。どうやら何も考えていなかったらしい。

「働きたいって言ってあげてるんだから、それでいいじゃない？」

「良くはありませんよ。雇用する側にも選ぶ権利があります。雇うとなれば優秀な人材を。でないと教会の激務はこなせませんから」

ステラがフフンと口を緩ませた。

「そうなの？　いつも本を読むかお茶を飲むか昼寝してるばかりに見えるけど」

「それは歪《ゆが》んだ情報です」

危うく事実と認めるところだった。俺は講壇の上にある聖典を手にする。

「この聖典の研究なども、神官のやるべきことなのです。丸暗記できますか？」

「えー。面倒ね。三日ちょうだい」

できるんかい。これで八割門前払いできるのだが、通じなかったか。

ステラはすっかり合格したつもりでいるようだ。

「これであたしも聖者の仲間入りね。神官のローブって王都で売ってるのかしら？　ちょっと連れてってよ。あっ！　お尻に穴あけなきゃね。手先は器用だからローブの尻尾穴のカスタムは自分でやるわ」

前に袖を切られたローブを、彼女が手縫《てぬ》いで修繕してくれたことがあったな。切ったのも魔王《ステラ》だけど。言われてみれば、彼女は妙に魔王らしくないところがある。

「まだ合格とは一言も申しておりませんよ」

「ケチー！」

この我がまま魔王を力ずく以外の方法で、納得させ神官の仕事を諦めさせるにはどうしたら良いものか。妙案が浮かんだ。

「いいですかステラさん。いきなり仕事に就《つ》きたいと願い出るよりも、まずは紙にご自身のプロフィールなどを書いて提出するのが良いですよ」

「人間って面倒なのね。いいわ！　ちょっと待ってて！」

魔王は尻尾をフリフリしながら急ぎ足で城に帰っていった。このまま戻ってこなければいいの

に。

………………十五分で戻ってきた。

おかしい。ステラのことだから、面倒臭がって諦めると思ったのだが。彼女は立派に履歴書《プロフィール》を作成して、自慢げな顔で提出した。住所氏名年齢家族構成にスリーサイズ。体重は秘密である。

「虚偽《きょぎ》の申告はありませんよね？」

「ぬ、脱いだらすごいんだから！」

バストサイズには言及しないでおこう。150％（※ステラ比）さばを読んでいたとしても。

読み進める。志望動機は「徒歩圏内だから」……ってそりゃあそうだが、もうちょっとこう……あるだろ。さらに文字を追うと——

「特技は極大爆発魔法《カオティックフレア》とありますが？」

「ええ、読んで字の通りね。敵全体にダメージを与えるわ」

「その極大爆発魔法《カオティックフレア》が教会で働くうえで、何のメリットがあるとお考えですか？」

「そんなの決まってるじゃない！　敵が襲って来ても教会を守れるのよ！」

初日に教会を破壊しようとした人物《やつ》のセリフとは思えない。

「いや、教会に襲撃《カチコミ》をかけるような輩《やから》は、貴方しかいませんよ魔王ステラ」

「でも、ちゃんと当たりさえすればだいたい勝つわよ」

「私に負けたではありませんか？」

ステラが眉間《みけん》にしわを寄せながら口を尖《とが》らせた。

「あれあれ？　あたしを怒らせていいのかしら？　使うわよ？」

「ご自由に。結果はわかっているでしょう。では、使って満足したらお引き取りください」

「あーんもー！　セイクリッドの意地悪！」

俺が履歴書を突っ返すと、彼女はその場でビリビリと破り捨てた。

「どうしてそこまでして働きたいのですか？」

「だって理由もなく教会に来たら変でしょ？　ちゃんと働くって目的なら……いいかなって」

もじもじと彼女はうつむく。

「いいですかステラさん。本来なら理由があろうとなかろうと、教会に魔王が入り浸るのはおかしな話なのですよ」

「えっ⁉」

真顔になるな。ステラがぽかーんと半分口を開けたその時——大神樹の芽が光を放った。

『あちゃー。めっちゃ強いよね冬将軍』

『まだ第一層の中ボスとも戦ってないであります。それに将軍じゃなくて皇帝であります』

『やっぱりレベル足りないのかなぁ。ボクのレベル低すぎ⁉』

『戦力不足は否《いな》めないでありますな』

魂の会話に俺は溜め息交じりで、一度教会の正面口まで行くと、金属製の扉を閉めてから蘇生魔法《リザレク》を二度唱えた。光が二人分のシルエットを描く。勇者アコと神官見習いのカノンだ。

「やっほー！　あれ？　ステラさんじゃん！　今日はついてるなぁ」

「恥ずかしながら死んでしまったであります。ところで、ステラ殿は今日もお尻にそれを……あわわ」

カノンはステラを見るだけで眼鏡が曇《くも》るほど発熱した。

「ちょっとなんで眼鏡曇るくらい発熱してるの!?　あたしを見て熱を上げないでよ！」

ステラの抗議にアコが微笑む。

「ボクはいつだってキュートなステラさんにお熱だよ」

「嬉しくないから！」

「フフフ……照れるところもまた可愛いなぁステラさんは」

俺は咳払いをして冒険者二人の視線を自分に誘導した。

「おお死んでしまうとは情けな以下略」

アコが目をキラキラさせる。

「ねえセイクリッド！　学割あるんでしょ？　けど今日もボクは無一文なんだ！」

「じ、実は自分もであります。アコ殿にお金を貸すと返ってこないのでありますよ」

「大丈夫だよカノンは心配性だなぁ。そのうち三倍……いや、五倍にして返してあげるから！」

「ほ、本当でありますか!?　さすが勇者アコ殿であります心強い」

誰だこの二人にパーティーを組ませたのは。アコが〝縛るやつ《ヒモ》〟になってるじゃないか。

と、そんな二人を見ながらステラが呟《つぶや》いた。

「そうだわ。働くのが無理なら利用者に……あたしも冒険者になればいいのよ！」

アコが途端に飛びつく。

「じゃあじゃあボクらとパーティー組まない？」

キャスケット帽の少女もうんうん頷いた。

「それは名案であります！　ちょうど攻撃担当がいなかったであります！」

おいおいまさか、やめてくれよ。お前はまがりなりにも魔王だろうに。ステラは胸を張った。

「このまお……黒魔導士ステラの力が必要っていうのなら、考えてあげてもいいわよ！」

思いとどまれって。

勇者、神官見習い、黒魔導士（魔王）――

なかなかバランスの良いパーティーが編成されてしまった。ステラが俺に微笑みかける。

「これで教会で働かなくても、あなたに会いに行く口実ができたわね」

頬を赤らめそっと呟く魔王よ……いったいお前はどこへ向かおうというのだ。

勇者パーティーにお忍び参戦、（魔王軍的には）ないと思います。


そんなパーティー結成からしばらく――聖堂内の大神樹の芽がぼんやりと光を帯びた。

俺は懐中時計を手に時間を計測する。すると――

「ハァ……ハァ……セーフ⁉　セーフよねセーフって言って！」

赤毛を振り乱してステラが教会の正面扉を開け放ち、きっちり後ろ手で締《し》めて「閉鎖よし！」と指さし確認。その後、猛然と赤いカーペットを走る。ゴールの大神樹は目の前だ。

「到着～ッ！　ハァ……なんなのよもぅ」

「そろそろ一分を切れそうですね」

「タイムアタックじゃないから！」

タイムアタックスピード魔王略してＴＡＭＡ。猫の名前のようである。

ステラがゼーハーと肩で息をしながら抗議するのを横目に、俺は二度、光る大神樹の芽に蘇生魔法《リザレク》を掛けた。光が人のシルエットを作り、ステラを挟むように左右に少女たちが姿を現す。

勇者アコと神官見習いのカノンだった。

「いやー。また負けちゃったよ。けど、氷の牙城の第二層までいけたのは今回が初めてだし、ボクらがんばったよね！」

「それにしてもステラ殿の火力はとんでもないであります。自分も見習いたいでありますよ！　やっぱり秘密はその尻尾に……あうぅ」

眼鏡を曇らせるカノンに、ステラが尻尾をピーンと立てて抗議した。

「神官のカノンがまお……黒魔導士のあたしを見習わなくていいでしょ!?」

アコは首を傾げた。

「けど不思議だよね。死ぬとボクとカノンはいっしょなんだけど、ステラさんとは別れちゃうなんて」

カノンも腕組みしつつ、うんうんと首を縦に振る。

「なんだか一緒に帰れないのは寂しいでありますよ」

死が移動手段になりだしたら危険な兆候《ちょうこう》。現金を金庫に預けるなどする小賢《こざか》しい輩が、寄付金《うりあげ》に貢献《こうけん》しなくなるパターンだ。ステラは頬の筋肉をこわばらせながら、ニッコリ微笑んだ。

「途中で別れちゃうのはきっと、この大神樹の芽とかいう不具合だらけのポンコツのせいよ！」

不具合だらけのポンコツという意見には概《おおむ》ね同意だが、実際はこうだ。

ステラは死んでいない。アコたちは厳密に言えば全滅を免《まぬが》れているのである。

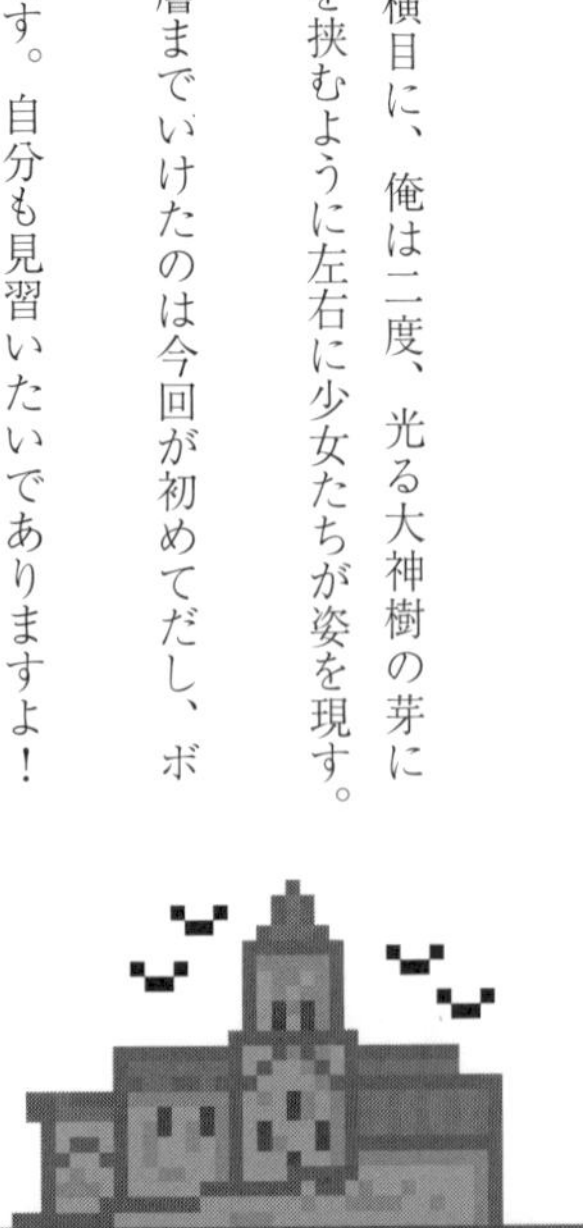

では〝何が起こって〟いるのか？　答えは簡単。腐っても……失礼、さすがは魔王ステラである。

駆け出し勇者と見習い神官とは、そもそも基本性能《スペック》からして違うのだ。二人が倒されてステラだけが生き残った。ただ、それだけのこと。ステラはアコとカノンを教会送りにした魔物を倒すなり、鳥魔物《ハーピー》の羽というアイテムを使って、魔王城に〝帰還〟する。

このままでは魔王城の鳥魔物が、一体残らず裸に引ん剝《ひむ》かれてしまいかねない。

で、魔王城に戻ったところで全力ダッシュで〝最後の教会〟に滑り込み、しれっと合流。さも自分もやられてしまった的な雰囲気《ふんいき》で、しれっとアコとカノンの仲間に加わるのだ。

この茶番《やりとり》が始まってもう三日ほどが過ぎた。

連日、アコはラスベギガスの街の北部に連なるホワイトロックキャニオンを根城にする有力魔族――氷牙皇帝アイスバーンに挑み続けているのだとか。

凍結した路面のような名前のこの魔族は、その名に恥じぬ氷の力を操る実力者だそうだ。

まだ一地方の有力魔族でしかないが、皇帝を名乗り勢力を拡大し、いずれは魔王の玉座に手を伸ばそうという野心家……とは、ベリアルの話だった。

人間とは敵対的で、ラスベギガス近隣のいくつかの集落や村は、まるごと氷漬けにされて「笑ったり泣いたりできなく」なってしまったのだとか。おお、怖い怖い。カノンが悔しそうにぎゅっと拳を握った。

「自分にもっと、ステラ殿のような力があれば。あ、あの……な、何センチくらいでありますか？」

顔を真っ赤にするカノンにステラが「はい？」と、真顔になった。

「直径何センチであの威力でありますか？　魔物の群《むれ》を鎧袖一触《がいしゅういっしょく》でありましょうかッ!?」

「だから違うって言ってるでしょー!!」

アコが「まあまあ二人とも落ち着いて。ここで言ったらセイクリッドにお尻の穴の大きさがバレちゃうよ」と、追い打ちをかけた。もうちょっと言い方に手心を加えましょう。勇者アコマイナス10点。

カノンは帽子をとって俺に頭を下げる。若干《じゃっかん》、頭からゆらりぽわ～んと、湯気《ゆげ》が上がっているぞ。

「も、ももも、申し訳ないであります！　またしても全滅した上に、神官見習いながら……は、恥ずかしいことを言ってしまったであります！」

真面目《まじめ》なカノンがステラの力に憧れるのはわからないでもない。

が、さすがに戦術教科《エリート》といっても学生レベルでは仕方ないか。俺はそっとカノンの肩に手を添えた。

「いいですかカノンさん。それにアコさんも。お二人はまだ成長段階にあります。すでに超一流クラスのステラさんとは経験の差があっても仕方のないことです」

途端に赤毛が嬉しそうに揺れた。

「え？　ええ!?　あたしのこと褒めてくれるの!?　い、あのセイクリッドがッ!?」

「事実を申し上げたに過ぎません」

い、あのは余計だ。調子に乗ってふんぞり返る……と、思いきやステラは身体をよじるようにして

「嬉しい！　もっとがんばるからね！」と、大変素直な反応をみせた。

拍子抜けである。一方アコはといえば——

「ボクは別に気にしてないから心配はいらないよセイクリッド」

えへんと胸を張ると、服の上からでも大ぶりな果実がたゆんと揺れるのがわかった。

もう少し実力不足を気にして欲しいものだ。

「はうぁ……が、がんばらないとでありますな」

カノンはますます萎縮《いしゅく》して肩身を狭めるように縮こまってしまった。アコの自信を分けてあげてちょうど良いかもしれない。勇者が大口を開けて笑う。

「わっはっは！　いつかステラさんに追いついてみせるからね！」

ステラも対抗するように胸を張り返した。揺れたり震えたりしないのは仕様である。

「その間にあたしはもっと先に行ってるけどね！」

びしっとアコの顔を指さして、どことなくだがステラは楽しげに見えた。

学生時代を思い出す。仲間たちとのこういったやりとりが懐《なつ》かしい。と、アコが俺に顔だけ向けた。

「ねえセイクリッド！　死んだ時どうにかステラさんと一緒に戻ってこられないかな？　セイクリッドならなんとかできちゃうんじゃないの？」

さすがに死んでいない魂を大神樹に導かせるわけにはいかない。

それが魔王の魂ともなれば——魔王が冷や汗交じりで俺をじっと見つめた。

「残念ですがアコさん。私にできるのは蘇生や解呪や毒の治療に旅の記録を大神樹に留めること

くらいですから。不具合ではなく仕様です」

魔法の言葉にアコは「そっかー。じゃあしょうがないね」と引き下がった。

カノンが眼鏡のブリッジを中指でそっと押し上げる。

「ど、どうするでありますか？　もう一度挑戦でもいけるでありますよ！」

その表情は焦り、何かを取り戻そうと必死にも見える。

アコも察したらしく「今日はおしまい！　王都で何か美味《おい》しいモノでも食べようよ！」と、言いながら、勇者の手のひらが俺に向けられる。

「だからお小遣いちょうだいセイクリッド！　持ち合わせがないんだぁ」

今日も教会に寄付金なし。

「靴底でもかじってください」

「そんなぁ～！　じゃあじゃあお金貸して！　ボクに投資してくれたら金額に応じておっぱい揉《も》ませてあげるよ！　まずはこれでどう？」

なんのためらいもなく、三本指を立てる勇者の強気っぷりだけは褒めてやろう。

カノンとステラが悲鳴をあげた。

「そ、それはダメであります！　勇者殿の威厳と尊厳《そんげん》にかかわるでありますよ！」

ステラはどちらかといえば俺を睨みつけて――

「揉みたいって思ったでしょ!?　思ったわよねそうよねだってセイクリッドだって男だもんね！

ふえええええん！　ニーナに言いつけてやるんだから！」

きゃんきゃんとやかましい。俺はローブの裾を正して返す。

「投資をお望みでしたら王都銀行本店にお送りしますよ」

勇者は「ちぇー。良いアイディアだと思ったのになぁ。セイクリッドも心がほっこりするような、幸せな気持ちになれてボクらもお腹いっぱいパンの耳が食べられるのに」と、普段の食生活のすさみっぷりを露呈《ろてい》させた。

カノンが「革靴なら煮込めば食べられると耳にしたことがあるであります！」と、俺の冗談にマジレスありがとうございます。

アコがステラに手を差し伸べる。

「これからステラさんも革靴鍋パーティーいっしょにどうかな？」

「い、いかないわよ！」


こうして嵐のようにアコとカノンは王都に戻っていった。

ステラとはまた明日、ラスベギガスで合流とのことだ。

教会に二人きりになると、肩の荷が下りたのかステラはへなへなと長椅子にお尻を着けた。

「ふえぇ……本当にあの二人といると大変なんだから。教会に引《ひ》き籠《こ》もってるだけのあなたがうらやましいわね」

「その割には楽しそうにしているじゃありませんか」

「そ、そんなこと……自分の力を発揮《はっき》して二人が喜んで……二人してこの力に屈服《くっぷく》するのが気持ち良いだけよ。命を救うようなファインプレーも一度や二度じゃないわ」

三度目か四度目に失敗して、今日のような結果になったのだろうに。ふと、疑問が湧いた。

「ところで同じ魔族や魔物を相手に戦って良いのですか？」

「人間だって魔族と似たようなものじゃない。命の奪い合いをするところなんかそっくりでしょ」

「お説ごもっとも」

ぐうの音も出ないな。実際、魔族の脅威があるから教会の威光は保《たも》たれ、人間の国々も団結できる。もしなくなれば今度は人間同士で戦争を始めるだろう。

ステラが長椅子の背もたれにもたれかかって、胸をそらしながら聖堂の天井画を見つめた。

「けど、どうしてカノンってああなのかしら」

「私の後輩がなにか失礼を？」

「別にそんなんじゃないんだけどね、カノンってなんていうか……回復魔法使わないのよ。あと防壁魔法《マシルド》とかも」

「では、彼女はなにを？」

「光の攻撃魔法でガンガン攻めるスタイルでびっくりしたわ。戦闘になると、あたしなんて可愛い子犬よ。あの子、ほとんど狂犬ね。なんでも憧れの誰かさんを見習ってのことらしいんだけど。あれあれ〜〜〜セイクリッド何か心当たりでもあるのかしら〜〜〜？」

学生時代に蒔《ま》いた俺の種がカノンという姿で花開いた。時代のあだ花だ。

光系統の攻撃魔法を研究していた頃に、ついたあだ名が〝光輝く破壊神《デストロイヤー》〟だった。

なるほど道理でアコたちが全滅しまくるわけだ。

「再教育……もとい、カノンさんに神官がどうあるべきか認識を改めてもらう必要がありそうで

すね」

カノン――まるで多声音楽《ポリフォニー》のような美しい響きの名の彼女には、どうやら俺の知らないとんでもない一面があったようだ。攻撃特化――恥ずかしがりながらもステラの尻尾に執着したところを見るに、これは案外根が深そうだ。

聖堂奥の講壇の上に立ち、光輝く大神樹の芽に祈りを捧げる。大神樹管理局の問題部署――設備開発部に宛《あ》てて、発注書を転送した。

すぐに「個人的な用件では受付できない」という旨の返答が当該部署より戻ってくる。お役所仕事め。先日そちらが送りつけてきた自立防衛型記憶水晶《ラスボスよりもつよきもの》の問題点について、上層部に報告すると脅す……ではなく、誠意をもって説得をしたところ、開発責任者は快く、俺の〝試作プラン〟を採用してくれた。世の中、持ちつ持たれつ《やるかやられるか》である。

オーダー品の完成までしばらくは動きようがない。が、プランBも同時に進行中だ。

ワインを三樽《たる》、ワイナリーに発注をかけておいた。これで口説《くど》き落とせないわけがない。

諸々《もろもろ》、準備が整うまで、ステラには気の毒だがアコとカノンの保護者をしてもらおう。

ん？　なんだろうか……この感じは。

「意外ですね。私がステラを頼りにしているなんて」

彼女の力を計算に含《ふく》めて考える自分に、思わず苦笑してしまった。俺も光の神に祈る魔王をバカにはできないな。

毎日催促したところ、開発部に発注したオーダー品は三日で完成した。

無駄に仕事だけはできる部署である。

大神樹を介して転送された四角い金属製のケースには、鞄《かばん》のように取っ手がついていた。

「使わずに済めば良いのですが……」

中身の動作確認を終えたところで、ケースにしまって蓋《ふた》を閉じたところで――

「今日もきっかり定刻通りですね」

アコとカノンの死亡を告げるように、大神樹の芽が光を帯びる。

そこから一分と経《た》たずして、教会の扉を勢い良く押し開き、ステラが聖堂内に転がり込んでくるのだった。

「今日のタイムはッ⁉」

俺の元にやってくるなり、ステラは瞳をキラキラさせる。そういえば今日は懐中時計こそ持っているのだが、時間は計っていなかった。

「すみません。少々立て込んでおりまして。計測をおろそかにしてしまいました」

「えーッ⁉　今日こそ一分の壁を突破したと思ったのにぃ」

タイムアタックに精を出す前に、ホワイトロックキャニオンを根城にする魔族――氷牙皇帝アイスバーン撃破をがんばれ僕らの魔王様。講壇の机に置かれた金属ケースにステラの視線が注がれた。

「なにこれ？　銀ピカね。宝箱にしてはちょっとデザインがシンプルすぎるけど」

「勝手に開けたりしないでくださいね。災《わざわ》いが貴方に降りかかりますから。この箱の中身には一

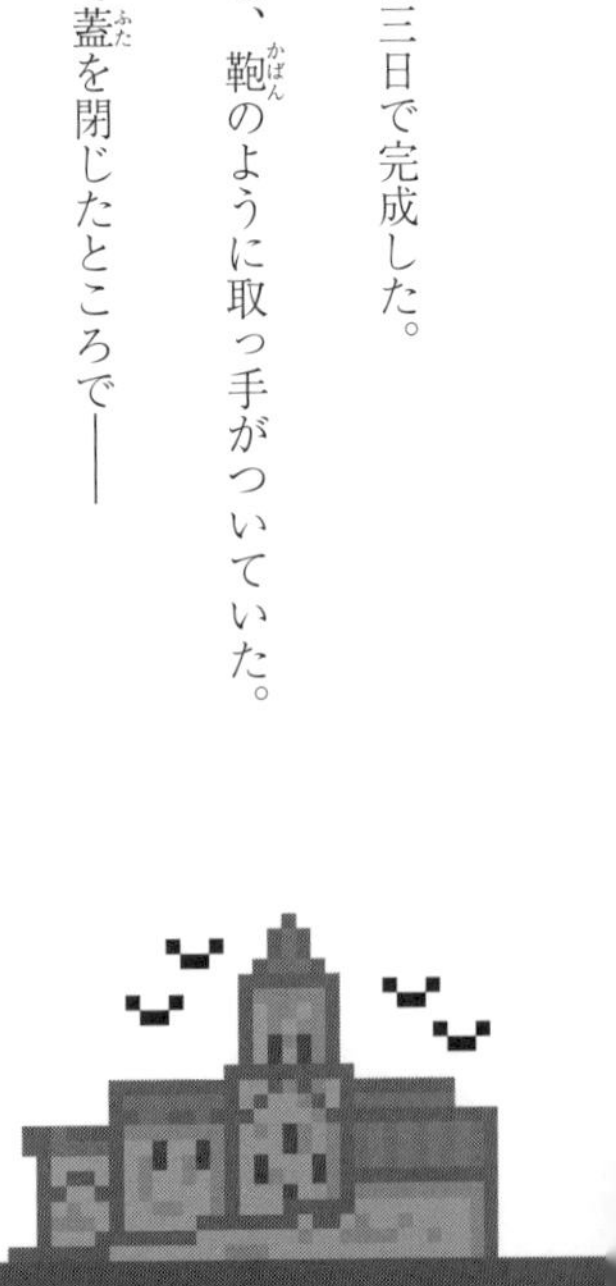

切の希望はありません」

「へ、へー。そこまで言うなんてよっぽどね。セイクリッドの大事なものかしら？」

「ええ。とても大切な絶望《もの》ですよ。そろそろアコさんとカノンさんを蘇生いたしましょうか」

ステラが赤いカーペットの真ん中に立つ。合わせて蘇生魔法《リザレク》で二人の少女を復活させた。

アコが目をぱちりと開くなり、俺の元にやってくる。

「今日は薬草しか持ってないけど、半分食べるかいセイクリッド？　え？　口移しだって？　もー！　そこまで言うなら一肌脱いじゃおっかな」

「けっこうです。もしかして、蘇生費用を払えないことに良心の呵責《かしゃく》を？」

勇者の少女は腕組みをした。

「そうそうかしゃくかしゃく！　知ってるよ！　うん……えっと、セイクリッドにはいつも助けてもらって、いくら感謝してもしたりないからね。カノンやステラさんにニーナちゃんみたいな、素敵な女の子たちと出逢わせてくれたし」

呵責知らずの破天荒《はてんこう》勇者様め。

「その感謝の気持ちをぜひ、向上心につなげていただきたいものです」

アコは「えへへぇ……照れるなぁ」と、褒めてもいないのにほっぺたを赤らめた。

この精神的なたくましさだけは立派に勇者の器だ。問題はカノンである。

「こ、今回もダメであったであります」

カーペットに膝から崩れ落ちて、いわゆる「orz」な姿勢になってしまった。

俺は膝を折って前にしゃがみこみ、そっと手を差し出す。

「カノンさん。まずは立ち上がってください」

「う、うう……セイクリッド殿。助言いただいた通りにやろうとはしているのであります。アコ殿やステラ殿がダメージを受けた時には、即座に回復を……なのに……気づくと魔物に向けて光弾を掃射《そうしゃ》してしまうのであります」

ヘイトばかり集めて集中攻撃を受けるヒーラーにあるまじきパターンのやーつー。

「いいですかカノンさん。貴方の名前についてもう一度深く考えてみるのです」

涙目になりながらカノンが顔を上げる。まるで雨に濡《ぬ》れた子犬のようだ。心細そうに眼鏡の少女は首を傾げた。

「名前……で、ありますか？　じ、自分の名前は……自分で言うのもおこがましいでありますが、人と響き合う音楽のような存在になってほしいと両親が……」

俺はゆっくり首を左右に振る。

「いいえ。貴方の名はおそらく大砲《カノン》からとられたものです」

「いえ、ちゃんと両親が音楽からとったと……」

俺は懐中時計を取り出して、チェーンの端を手に持つと振り子のように揺らす。

「カノンさん、貴方は大砲。巨砲です。最初の一撃にすべてをかけるのです。あとの事などむしろ撃ってから。考えなさい。撃たないことで後悔するなら、撃って後悔する方が良いと……」

カノンの瞳が少しずつぼんやりとし始めた。振り子のように左右に動く金時計を、レンズの向こうの青い瞳が追う。神官見習いの口から言葉が漏れた。

「は、はいであります。一撃でありますな……一撃……ぐふふ……ふはは……デュフフコポォオウフドプフォフォカヌポウ」

　殺《や》る気スイッチオンである。

「ええ、そうです。神官たるもの魔物を一撃にて葬《ほうむ》りさらずして、なんとしますか？」

「はいであります。見敵爆殺一撃必中であります」

「それでこそ私の後は……王立エノク神学校の学生です。今後は一体の相手のみ集中して確実に倒すことだけを考えてください」

　振り子を止めると、カノンは俺の手をとって立ち上がった。

「やってやるであります！」

「ええ、そのイキです」

「やってやるでありますよおおおお！」

　やらせはせんぞと言いたくなった。なぜだろう。声を上げるカノンを見て「あ、元気になった！　セイクリッドの言葉って魔法みたいだね！」と、アコがのんきに言う。

　勇者と神官見習いはハイタッチまでかわした。

　すぐさま赤毛と尻尾を激しく左右に揺らして、ステラが声を殺して俺の耳元で囁《ささや》く。

「ちょ、ちょっと催眠術を使えるなんて知らなかったわよ。まさか、あたしにかけてないでしょうね？　あなたを見てるとドキドキするとか、そういうの……」

　後半、蚊の鳴くような声になってかき消えてうまく聞き取れなかったが、まあ、自分がなんらかの暗示をかけられているんじゃないかと、心配になるのも無理はない。

「本で読んだ知識と見よう見まねでしたが、案外できてしまうものですね。それにカノンさんはかかりやすい体質のようですし」

「えぇ……ううん、もうあなたのことは出来ないことの方が希《まれ》って考えることにするわ。っていうか悪化させたんじゃないの？　攻撃を止めさせるのが目的でしょ？」

「攻撃中毒患者《のうきん》は、少しずつ攻撃回数を減らしていくことで完治に向かうんですよ。我慢《がまん》はさせずガス抜き程度に攻撃を許してあげましょう」

「なにその病気怖いい⁉　っていうか人間怖いッ⁉　この聖堂の中に殺人鬼が二人もいるじゃない！　こんなとこいられないわ！　頭の中シックスパックに割れてるんじゃないの⁉」

人間恐怖症の魔王。なにそれ弱い。カノンはどこか遠くを見つめるようにして笑った。

「あはは……あはは……お空綺麗《きれい》でありますな……真っ赤で……夕日よりも真っ赤で……」

（※脚注：室内です）

「安心してください。カノンさんが特別ヤバイ人なだけで、この世の他の大半の人間など、貴方にとってはとるにたらない存在ですから」

「さらっとそういうこと言えるあなたが一番危険ね。けど、そんなあなたを倒すか、な、仲間に引き入れるかしちゃえば……世界を獲《と》れるわッ！」

「勝手に話を進めないでください。大神官が欲しいなら、王都の茂みとか探せばいいですよ。きっと野生の大神官が飛び出してきますから」

魔王《ステラ》は頬を膨らませた。

「まるで大神官のバーゲンセールね。けど、大神官なら誰でもいいんじゃないわよ。ばかぁ」

俺のローブの裾を小さな子供のようにギュッと掴むステラを、アコが見て笑顔になった。

「手を繋がないの？　セイクリッドは鈍感だね。ステラさんは手を繋ぎたいみたいだよ？」

俺がステラの顔をのぞき込むと――慌てたように少女はパッと裾から手を離した。

「そ、そそそ、そんなわけないじゃない！　ちょっと手汗がすごかったから、セイクリッドとかいう神官をおしぼり代わりに使ってあげただけよ」

魔王はべーっと舌を出した。そんなステラに俺は告げる。

「貴方のお役に立てて大変光栄です」

「ごめんなさいごめんなさいもうしません許してください」

ステラが全身をぶるっと震えさせた。いや、そこまで怖がられると……少し照れる。

アコが心配そうに俺の顔をのぞき込んだ。

「だめだよセイクリッド。あんまりステラさんを怖がらせちゃ」

そして、くるっと身を翻してアコはステラに両腕を広げてみせる。

「ほら、ボクの胸に飛び込んでおいで。いいこいいこしてあげるから」

「い、嫌よ！」

一瞬抱きつこうと半歩踏み出した魔王が、勇者の誘惑に陥落《かんらく》して光堕《お》ちするまで、あと一・二メートル。そんな魔王と勇者の間に飛び込んで、カノンが両手でそれぞれの手を握った。

「も、もう一度チャレンジするでありますか？」

「いいよ！　やろうやろう！」

少年のような爽《さわ》やかなトーンのアコの声が、聖堂に響いた。

ステラは渋々付き合うという顔だ。俺は三人に告げる。

「おっと。お待ちください。実は貴方がたパーティーに足《た》りないものがあるんです」

アコは「足りないものだらけすぎて見当がつかないや！」と、あっけらかんと言う。

この最凶チームに四人目のメンバーを、こっそり裏から手を回して呼んでおいたのだ。

「どうぞ、入って来てください」

俺の私室のドアから姿を現したのは——ワイン瓶《びん》を手にした黒い甲冑の女騎士だった。

ステラの目が点になる。

「え、ちょ、どうしてベリアルがここにいるのよ⁉」

とろんとした目で女騎士が言う。

「まお……ステラ様をお守りするため！　どうか、このわたしに同行の許可をッ‼」

美麗なる酔っ払い女騎士の登場にアコはというと。

「あ、あれ……美人のお姉さんはだーいすきなのに、ひ、膝がガクガク笑ってるよ」

一度、本気モードのベリアルに気絶させられたことを、勇者の本能が察しているのだろう。

カノンはといえば「な、なんと立派な騎士殿でありますか！」と、感激のあまり涙する。

ステラが俺に詰め寄った。

「ちょ、ちょっと！　城の守りはどうするわけ？」

「ご安心ください。魔王城はともかく、ニーナさんだけは私がお守りいたしますから」

「それなら安心……ハッ⁉　はめたわね！　誰にも邪魔されずニーナと二人きりになれるって思ってるんでしょ⁉」

「ははは。あなたの目にはそう映りますか？　偶然とは恐ろしいですね」

かくして勇者パーティーの強化計画は実行に移されたのだった。

魔王場前の門番に〝ベリアル看板〟が置かれるようになって三日ほど。

看板は顔の部分が丸く切り抜かれており、後ろに立って顔を出すことができた。記念の魔法光画は一枚300ゴールド。悲劇！　観光地と化した魔王城。温泉街の上に建てられた秘宝館か何かか。

「しかし、本当に有能だったのですね……ベリアルさんは」

勇者アコのパーティーに魔王と門番が加わった途端、一日一回は全滅して戻ってきたアコとカノンが、今日も戻ってこなかった。

冒険者二人と違い、その日の目標を達成するとステラとベリアルは帰還する。

昨日戻ったばかりのステラに確認をとったところ、一日一つずつ階層をクリアして、現在第六階層だとか。氷牙皇帝撃破待ったなし！　と、自信をうかがわせる魔王様。これでいいのか魔王軍。

加えてカノンの洗脳完了……もとい、脳筋症候群の治療も進んだようで、回復役が下手《へた》にヘイトを稼《かせ》いで集中砲火を浴《あ》びることもなくなったようだ。

勇者一行の生存能力は数倍に高まった。元が低すぎたことは、この際考えないこととする。

そして俺はといえば――監視されていた。

「じ――っ」

空気の入れ換えのため、開け放たれた聖堂正面の扉。その裏に隠れるようにして、小さな影がこちらの様子をうかがっている。俺が気づくと小鳥のように逃げてしまうので、最近は気づかないフリに余念《よねん》がない。

　正面口に背を向けて、大神樹の芽にひざまずき祈りを捧げながら俺は呟く。

「ああ、今日も素敵な薄曇りですね。この辺りでは晴天のようなものです。とても気分がいい。そうだ、せっかくですからお茶でも飲みましょう。ちょうど先日、王都で買ってきた美味しい焼き菓子もあることですし」

　シュバババババッ！

　赤いカーペットの上を足音を立てないようにして、気配が俺の背後に近づいてくる。

　ゆっくり立ち上がると、振り返らずに自室に向かった。そーっとした足運びで、小さな影がトコトコとついてくる。なんて愛らしい。振り返って抱きしめ……あぁっと。

　焦《あせ》りは禁物だ。もう少し引きつけてからである。扉を開き、ミニキッチンに向かうとお湯を沸《わ》かす。

　できるだけ、彼女が視界に入らないよう気をつけながら、ポットにお茶を作りテーブルに焼き菓子を並べたところで——

「あうあぁさくさくのお菓子なのー」

　テーブルの下から昇る太陽のように、ほわーっとした少女の顔が、天板という名の水平線をゆっくりとせり上がってきた。

「おや、ニーナさんいらしていたのですか。気づきませんでした」

「やったー！　セイおにーちゃに気づかれなくてニーナはえらいのです」

「そうですね素晴らしい。では、よくできたニーナさんには紅茶をごちそういたしましょう」

ティーカップとソーサーをもう一組用意した。ニーナのために王都の木工職人に製作してもらった、少し座面が高めの椅子を並べる。お値段的にもお高めだ。もちろん経費で落ちないが、彼女の笑顔はプライスレス。ニーナが椅子に座って「いただきます」と紅茶に口をつけた。

「セイおにーちゃの紅茶はとっても美味しいなぁ」

「淹《い》れ方は適当ですが、茶葉にだけはこだわっていますから。ところで、まったく気づかなかったのですがニーナさんは将来、ニンジャを目指しているのでしょうか？」

「にんじゃー？　にんじんは苦手なのー。セイおにーちゃはにんじんだいじょうぶ？」

「大人になると大丈夫になるものです」

「そ、そっかぁ。ニーナもおっきくなりたいから、がんばってにんじんをあいします」

汝《なんじ》よニンジンを愛せよ。聖典に新たに書き加えるべき名言だ。

小さな手でカップを両手に包むようにして、ニーナは紅茶を一口飲むと、齧歯類《げっしるい》系小動物のようにクッキーをサクサクサクサクっと食べる。そして笑顔。

「とっても甘くてサクサクなのです」

「ニーナさんはクッキーもお好きなんですね」

「ステラおねーちゃと、セイおにーちゃの次に好きぃ」

「ベリアルさんは？」

「ベリアルおねーちゃは……ほんのちょっとこわいから」

「クッキーは怖くないですからね。仕方ないですね」

ステラがニーナに激甘な分、門番が損《そん》な役回りを演じている姿が目に浮かぶ。

クッキーを食べ終えてニーナは俺をじっと見つめた。

「どうかなさいましたかニーナさん？」

「あのねあのね、ひみつなの」

「秘密の告白ですね。どのようなことでもご相談ください」

「えっとね、ニーナはステラおねーちゃとベリアルおねーちゃがおしごとだから、ニーナもおしごとです」

「どのようなお仕事ですか？」

「えーと、うわきちょうさ？　ここにかわいい女の子がきたらご用心なの」

目の前のかわいい張本人に言われた件。ニーナはえへんと、姉よろしく胸を張る。

「セイおにーちゃがわるいことしないように、ちゃんと見守ってあげるおしごとなの。セイおにーちゃがわるい子にならないように、ニーナがとめるのです」

「ご安心ください。神に誓って悪い事などいたしません」

「だよねぇ。ニーナもセイおにーちゃなら、わるいことしないなぁっておもってたんだぁ」

安心したようにニーナはホッと息をついた。

「ところでニーナさんは、どなたからお仕事をお願いされたのでしょう？」

「えーと、しゅひぎむがあるから、言っちゃだめってステラおねーちゃが言ってたのぉ」

言っちゃいましたね。

「大変ですね。ちゃんと守秘義務を守りましょう。ニーナさんは良い子なのでできると思いま

す」

「ニーナ、がんばってセイおにーちゃのうわきちょうさして、しゅひぎむもがんばるからねー！」

さて、ニーナの天然系自白は聞かなかったことにして、俺がステラを「あなたを犯人です」する流れに決まったな。


日が落ちる前にステラとベリアルが魔王城に帰還した。が、二人はその足で教会にやってくる。

「六階層の仕掛けはだいたい把握《はあく》したし、今回も全滅せずに帰還したわよ！　もしかしてあたしって、冒険者の才能あるのかも！」

ステラがカーペットの上で子犬のようにピョンと跳ねる。赤い髪と尻尾も上機嫌に揺れた。

「守護騎士たるこのわたしがいる限り、退却の判断ミスはありえません」

酒さえ飲まねば優秀な魔王城の門番は、戦闘指揮能力も高いらしい。二人の話から察するに、今日もアコとカノンは死なずにすんだようだ。ニーナがぱたぱたとステラの元に駆け寄る。

「おかえりなさいなのー！　ステラおねーちゃ、ベリアルおねーちゃ、おしごとごくろうさまです」

金髪碧眼《へきがん》の幼女をしゃがんでステラはぎゅーっと抱きしめる。

「ただいまニーナ。寂しくなかった？」

「セイおにーちゃがいっぱい本を読んだり、お歌を教えてくれましたからぁ……今日はいっぱい、いーっぱい遊んで……ふああぁ」

頭をフラフラさせて大きなあくびをし、涙目になったニーナをステラはさらにぎゅっと抱きしめる。

そして、顔を上げるなり魔王は俺に笑顔で告げる。

「ニーナが無事でよかったわ」

「私が何かするとでもお思いですか？」

「神に誓ってしないんでしょ？」

信頼されている？　なら、ニーナを監視役にしたのは……まあ、ステラの事だ。きっと何も考えていないに違いない。ベリアルが半歩前に出た。

「ニーナ様はお疲れのようです。わたしとともに城に戻りましょう」

ステラがそっとニーナを解放すると、幼女は甲冑《かっちゅう》女騎士と手を繋いだ。

「はぁい。またあしたねセイおにーちゃ！　あのねあのね、クッキーが美味しいのぉ」

ニーナは今日あったことをベリアルに話しながら、城へと戻っていった。

ステラが俺を横目にちらっと見つつ言う。

「マカロンの次はクッキーでニーナを……やるわね」

「最近、ニーナさんが隠れて私を監視してくるのですが、いったいどなたの差し金でしょうかね魔王様」

「ウッ……さ、さぁ？」

口を尖らせ調子の外れた口笛を奏《かな》でる魔王に、俺は目を細める。

「まあいいでしょう。では本日の戦闘記録を教えてください」

「しょうがないわねぇ。けど、不思議とあなたの分析って当たってるし……。五階層の中ボスの弱点なんて、見てもいないのによくわかったわね」

紅い瞳をまん丸くするステラに頷いて返す。

「ステラさんが詳細を憶《おぼ》えて教えてくださってこそですよ。ああ、よろしければ紅茶はいかがですか?」

「いただくわ!　っていうか……クッキー残ってる?」

「もちろんです。ちゃんとステラさんの分とベリアルさんの分もありますから、ご安心ください」

「ベリアルにはお土産《みやげ》ね」

今日二度目の紅茶タイムは、ステラとのミーティングになりそうだ。早速クッキーが一枚消えた。

「っていうかこのクッキー美味しいんだけど!」

「ニーナさんもとても喜んでいましたね」

「そっか。えっと……どうやって作るのかしら?　ほら、作ってる人間を誘拐《ゆうかい》しちゃダメなんでしょ?」

修道士のクッキーは秘密の製法で作るのだが……まあいいか。魔王が教会の商売敵《しょうばいがたき》になる日など、きっとやってはこないのだから。

「今度、材料くらいなら教えて差し上げますよ」

「ほ、ホントに!　いくら払えばいいの!?　脱げばいいの!?」

「人を守銭奴《しゅせんど》か変態のように言わないでください。ただの気まぐれな善意ですから」

魔王は「ひゃっほー！」と声を上げて喜んだ。なぜ俺は、こんな魔王を心配に思うのだろう。

「そういう善意なら、これからもジャンジャン捧げなさい！」

勝ち誇った笑みの魔王に、きっと好意ではなく哀れみとかそっち方面の気持ちなのだと確信した。


数日で勇者アコはホワイトロックキャニオンの最終層――氷牙皇帝アイスバーンとの決戦場である〝凍土《とうど》のコロセウム〟に到達した。が、不親切なことにコロセウムの入り口付近には、回復や復活のための拠点《きょてん》がないというのだ。一度アイテムなどを使って帰還すると、最終層手前の第九階層を、まるまるやり直さなければならない。私室で俺の淹れたお茶をすすってから、ステラは言った。

「魔王城だって目の前に教会があるのよ？　おかしくない!?」

「おかしいと思って極大爆発魔法《カオティックフレア》をこの教会に撃ち込んだ方がいましてね」

「あ、あれはセイクリッドが悪い大神官かもしれなかったからでしょ！」

プルプル俺悪い神官じゃないよ。ちょっと素行不良だが。

「ステラさんの仰る通りです。さて、直近の報告をお願いしますね」

魔王は今日も勇者パーティーの現状を教えてくれた。アコのレベルは15まで上がり、神官見習いカノンは現在レベル18である。それに魔王ステラと上級魔族《アークデーモン》のベリアルという編成は変わらず。

ティーカップをソーサーの上にコトリと置いて、赤毛が小さく下を向く。

「アコも最初の頃よりは強くなったし、装備にもちゃんとお金を掛けるようになったんだけど、二人とも九階層で息切れしちゃって……魔物は急に強くなるし」

「ダンジョンとは得てしてそういうものですよ。奥に行くほど魔物も強くなるものです……が、魔王城はどうやら違うようですね」

　ステラが「う、うちの奥にはもっと凶暴で凶悪で、神官なんか丸呑《まるの》みしちゃうようなすっごい魔物がいるんだから！」と、顔を真っ赤にした。おお怖い怖い。

　しかしすぐに魔王はシュンとなる。

「ね、ねえ。セイクリッドも一緒に戦ってくれない？　ほら、あたしがおおっぴらにアイスバーンをやっつけちゃうのは、ちょっと違うっていうか……」

　ステラが本気を出しすぎれば、極大レベルの魔法が使える＝魔王とバレてしまいかねない。アイスバーンはもちろん、アコやカノンにも。そこで代役として俺に白羽の矢を立てた。目の付け所は魔王《ステラ》にしては、悪くない。がっ……駄目っ……！　そのアイディアは通さない。そういうキマリだ。

「私に貴方の代わりは務《つと》まりませんよ。教会を任された神官の役目は、冒険者を蘇生復活し、旅の記録を記《しる》し、毒や呪いの治療をして寄付を募《つの》ることですから」

「寄付ッ!?　お金ならちょっとくらいは……小さな国一つ買えるくらいはあるんだから」

「それは貴方が魔王としてやっていくための大切な軍資金ではありませんか？　あくまで私への……もとい、教会への寄付は、お気持ちとして納めていただくものですから」

　一度も死んでいない上に、教会のサービスを受けていないステラから金銭を供与されれば、立

派な賄賂《わいろ》である。魔王の尻尾が力なくぺたんとなった。

「じゃあ、どうすればいいのよ……アコにも装備を買ってあげるって言ったのに『自分の身の丈にあった武器を使わなきゃね！』って断られちゃったし。それでね、折れた剣の柄を『大切なお守り』って見せてくれたのよ。意味がわかんないんだけどぉ！」

「さあ？　少々変わった方ですからね、あの勇者様は」

覇者の雷剣――柄だけでも売れば二束三文以上にはなるのに、アコはまだアレを持ち続けていたのか。ステラは涙目だ。小声で「いじわる。悪魔。悪魔神官」とブツブツ呟いた。俺は小さく息を吐く。

「何も手伝わないとは申し上げておりませんよ。勇者アコの成長を陰ながら支えるのは、教会の神官の務めでもありますから。それより紅茶のお代わりはいかがですか？」

魔王はガタリと音を立てて椅子から立ち上がった。

「けっこうよ！　セイクリッドの薄情者！　もう知らないんだからッ！」

去《さ》り際《ぎわ》にお茶受けのクッキーをトレーから三枚強奪《ごうだつ》して、魔王は部屋を飛び出すと魔王城に帰っていった。自分用、ベリアル用、ニーナ用といったところか。俺はベッドの下に収納しておいた、銀色のケースを取り出す。大神樹管理局《ボンクラ》の設備開発部《ボンコツ》謹製《きんせい》の特殊装備《パンドラボックス》だ。

「あまり長く引っ張るのも魔王が可哀相ですし、明日にも仕留《しと》めるとしますか」

ニーナのお昼寝のタイミングは、この数日で把握済みである。ステラ経由の助言で氷牙皇帝に挑む時間帯も決まっていた。さてと、久しぶりにお仕事しますかね。

第六章　聖職者はつれぇわ

翌日の昼頃、ニーナが教会にやってきた。今日もステラとベリアルはお仕事で、ニーナは俺とお留守番だ。聖堂の赤いカーペットの上に、小さなピンクのシートを敷いて、ニーナがそこにちょこんと正座する。ニーナのもってきた赤いスライムのようなぬいぐるみは、ステラの代役だそうな。

「セイおにーちゃはだんなさまなの。お仕事をして、ニーナママのところに帰ってくるところからねー」

「ええ、では……あー今日も一日働いたなぁ。働いた働いた。ただいまニーナさん」

靴《くつ》を脱《ぬ》いでピンクのシートの上にあぐらをかくと、ニーナがにぱっと嬉《うれ》しそうに笑う。

「おかえりなさいだんなさま。きょうもニーナママとステラちゃんはいいこにしてました」

赤いスライムぬいぐるみを胸にぎゅーぎゅー押しつけて、ニーナが告げる。

「ステラちゃん……ですか？」

「あらやだ、だんなさま。ステラちゃんはニーナママと、だんなさまの愛の結晶でしょ？」

そういう設定か。ステラが知ったら悶絶《もんぜつ》するやつだ。

「ああ、そうでしたね。ええと、ステラちゃんとニーナママはなにをしているんですか？」

「だんなさまはそんなしゃべり方じゃないのー！」

「なにをしているのかな？」

「うふふぅ♪　はやくステラちゃんがおっきくなるように、おっぱいをあげてるんですのよ」

なぜ令嬢風のしゃべり方にッ!?　意外性の申し子め。ニーナはハッ!?　と目を丸くした。

「そういえば、だんなさま！　ごはんにしますか、おふろにしますか？」

「ごはんで」

「夕飯はステーキですよぉ。ビーフ50％くらいなのー」

なにそれ怖い。残りの半分は何でできてるんだ？

「それじゃあいただきまーす。もぐもぐもぐ。かけいがつらいから、いっぱい稼《かせ》いでね、だんなさま」

「が、がんばるよ。二人のためにも」

「やだもー。おなかにもうひとり、ベリアルちゃんがいるのにー」

衝撃の事実である。

「それじゃあニーナはいっぱい食べないといけないね」

「うん！　ニーナね、男の子もほしいなぁ。アコちゃんせんせーみたいな、かっこいい子がいいなぁ」

早く、早く来てくれニーナの眠気。無邪気《いたいけ》な幼女の発言は、大神官の健全な思考に対する悪影響や、幼女への依存をより強めます。周りの人から勧《すす》められても決して吸ってはいけません。

ん？　なにを吸うんだ俺？

おままごとが無事終了すると、ニーナは頭をゆらゆらとさせ始めた。

「お昼寝の時間ですね」

「ふああああい」

あくびまでまったり可愛《かわい》いニーナを抱き上げて、俺は私室に戻るとベッドに寝かせた。

「おやすみなさーい」

「おやすみなさいニーナさん」

すぐに小さな胸を上下させて、幼女は眠りについた。それを確認すると、俺は部屋に結界魔法を張り巡らせる。彼女に害を及《およ》ぼす者からこのベッドの上の聖域を守り、かつ、異常があれば俺にわかるよう知らせる術式だ。効果は二時間——移動の手間を考えると、あまり悠長《ゆうちょう》にしてもいられない。

「では、行きますか」

俺は銀のケースの取っ手を握《にぎ》り、持ち上げながら転移魔法《ラポタル》を使う。

聖堂の講壇には案山子《かかし》を立たせ、向かった先は——ラスベギガスの北にあるホワイトロックキャニオンにも近い、雪を被《かぶ》った大神樹の芽だった。そこから見える位置に雪山をくりぬいて造ったような城塞がある。一時間もあれば九階層くらいまでなら踏破《とうは》できるだろう。

魔物や魔族がこちらの説得に応じてくれると信じつつ、銀のケースと光の撲殺剣《ぼくさつけん》をそれぞれ手にして、白い山の中腹付近にある城塞《じょうさい》出入り口の、五メートルはある城門の扉を俺は叩《たた》いた。

「すいませーん。教会の方から来た者ですがー」

扉の向こうから「セールスはお断りだ」と、野太い魔物の声が返ってくる。

「聖典をお買い上げいただきますと、今なら聖水をおまけいたしますよー」

「帰れ人間！　ここは氷牙皇帝アイスバーン様の砦《とりで》ぞ！」

「そういうわけにもいかないんですよ。すでに侵入者を通してしまいましたよね？　扉から少々離れてお待ちください」

なかなか扉を開けてもらえないので、光の撲殺剣で叩き壊した。

瓦礫《がれき》となって吹き飛ぶ扉。その後ろに棒立ちだったため、衝撃波で吹き飛ぶ番兵の魔物。

雪煙の中、ゆっくりと俺が歩み出ると、魔物たちが一斉にひれ伏した。

「か、買います聖典買わせてください！」

「では、あとで近くの街から取り寄せますので。神のご加護があらんことを」

さすが第一層の魔物である。押しに弱い。というか……普通に弱かった。

低階層ではちょっと強そうな相手をコキャった。（※コキャる：神官用語――身体《からだ》の一部分を本来曲がらない方向などに曲げる行為。ストレッチやマッサージなどの医療行為を兼《か》ねた関節技《サブミッション》）
一番強いヤツが痛がる姿を見れば、大半はドン引きして道を譲ってくれる。
中階層では要所で睡眠魔法《ドリムル》を使い、誰《だれ》にも気づかれることなく、やっと八階層の終盤に到達した。
「すいませんちょっと通りますよ」

氷の橋がかかった一本道。奥の扉から先がきっと九階層だろう。

透明な橋の上には、雪のように白い肌をした一つ目巨人がデンと立つ。棍棒《こんぼう》を構える姿は動く巨大な彫像《オブジェ》のようだ。牙《きば》だらけの巨人が口をガバッと開いた。

「通すわけねぇだろ！　このアイスブリッジを守るサイクロップ様の目が黒いうちはよぉ！」

この先、再開地点となる祭壇があるのだろう。

第一層の入り口付近から、九層手前まで一気に跳ぶことができる。こういった転送祭壇を魔族が作るのにも理由があった。

移動が楽だから。

おかげで階層をクリアした冒険者に転送祭壇を利用されてしまうのだが、ボス魔族が用心のために祭壇を停止したなんて話は聞いた事がない。人間などに負けるわけがないという慢心《まんしん》だろうか。

「おいコラ人間よぉ！　たった独《ひと》り、この第八層の奥までどうやって入ってきたかはしらねぇが、もうこれ以上アイスバーン様の領地に踏み込ませるわけにゃいかねぇんだ！」

「もうこれ以上？　ああ、アコさんたちに突破されたんですね」

「あぁっ!?　テメェさてはあいつらの仲間だな？　神官みてえな格好して、あの狂犬眼鏡《めがね》女の関係者かッ!?　この前やられた分はきっちり返させてもらうぜぇ！」

勇者アコや魔王ステラよりも魔物に心の傷を負わせた神官見習いっていったい。

このままでは神官が人でなしの凶暴な職業だという、変な噂《うわさ》を立てられてしまいかねない。

氷の巨人が棍棒を振り上げた。俺は穏便《おんびん》にすませるべく声を上げる。

「お待ちください。どうか私をすんなりと通していただけませんか？」

「知るかボケぇええええええええええええええええッ！」

空気を切《き》り裂《さ》くような速度で棍棒が振り下ろされた。紙一重で避《さ》けると、その風圧で整えた髪がボサボサになる。普段から手入れに時間をかけているのに、たった一撃で俺の髪を寝癖《ねぐせ》まみれのようにしてくれるとは……。

「外れたッ!?　いや、避けたのか？　あ、ありえんぞ！」

一つ目をキョロキョロさせて挙動不審になる巨人に俺は忠告する。

「私が〝殺します〟と言った時は、十中八九本気ではありません……が、たまに手元が狂うことはあります。はい、では殺しますね」

少々強い言葉を使わなければ魔族は引かない。学生時代に魔族を説得し続けた中で得たコツのようなものだ。ビビらせないことには交渉が始められない。巨人の得物を握る手にギュッと力が入った。

「何が殺しますよだバカめッ！」

巨人が棍棒を横になぎ払う。スイングは速いが軌道は単調だ。

刹那《せつな》――光の撲殺剣で横軌道の棍棒を下から軽くかち上げた。

ガギイイイイイイイイイイイイイイン！

大木の幹ほどの棍棒からすれば、撲殺剣は小枝だ。が、光が爆《は》ぜて棍棒の方が吹っ飛んだ。

「ぬおおあああああ！」

ほとんど俺の力はかかっていない。ただ、相手の振るった攻撃の向きを水平から斜め上方向へ

と〝修正〟したに過ぎない。自分自身の腕力に振り回されるように、巨人はその場で空振りをするとぐるんと一回転して尻餅《しりもち》をつき、背中からバッターンと仰向けにぶっ倒れた。

「な、なななんだってんだッ!?」

俺は軽く跳んで巨人の胸の上に着地する。光る棒の先端を、巨人の顔の大半をうめる眼球にぴたりと突きつけた。

「ほら、殺していないでしょう？　ああ、でも貴方《あなた》が『通ってよし』と言ってくださらないと、うっかりということもありますし」

「お、お通りください」

涙をぶわっと浮かべる一つ目巨人は、戦意を喪失して得物の棍棒も放り投げた。

「では、先を急ぎますので」

背中から襲ってこないかわくわく……もとい、少しだけ警戒していたのだが、巨人は力なく氷の橋の真ん中で大の字になったままだ。

「ああ、故郷に帰って家業を継《つ》ごう。ここまで来る強い冒険者はいないっていうから引き受けたのに、話違うじゃん。いくらダンジョン効果で蘇生《そせい》されるっつっても、強いの来まくりやられまくりじゃ管理職《エリアチーフ》なんてやってられんわ！　うん、そうしよう。こんなダンジョン辞めてやる！　人間めっちゃ怖いし」

冒険者が教会で蘇生されるように、ある程度強力な魔物であれば、ダンジョン内で蘇生される。イマイチ情報不足で、どういった仕組みかまでは解明されていないのだが……まあ、家業がんばって。

九階層の転送祭壇に使用した痕跡《こんせき》が残っていた。

魔法力の残滓《ざんし》から、おそらく十分~十五分前後。追いつく頃には最終層の手前付近か。

俺は独り、氷の洞窟を進む。魔物の残り具合からして、アコたちはある程度戦闘を回避しているようだが……壁や天井《てんじょう》のそこかしこに光弾が直撃したような穴が空《あ》いていた。

焦《こ》げ跡《あと》や氷が溶けたような痕跡なし＝ステラの火炎魔法ではない。

「カノンさんですね」

光の撲殺剣と同じく、魔法力そのものを放出する光弾魔法の乱射癖はまだ収まっていないのか。

これで前よりマシというなら、どうりで最終層で魔法力切れを起こすわけだ。

そんな状態で無理に氷牙皇帝アイスバーンに挑めば、二人は倒され最悪の場合、ステラの身にも危険が及びかねない。

「急ぐとしましょう」

銀のケースを手に俺は走った。ダンジョンを風のように駆け抜けた。

途中、アコたちがスルーした魔物に何度か襲われたが……。

「光の睡眠魔法《ドリムル》です。お眠りください」

睡眠魔法《ドリムル》を使うのが面倒なので、立ち塞《ふさ》がる者にはもれなく光の棒による打撃系睡眠法によって、眠ってもらった。


最終層への扉は開かれており、奥へと続く一本道の先で、決戦の火蓋《ひぶた》は切って落とされたあと

だった。戦闘開始に間に合わなかったが、終了していなければ上々である。奥に広がる円形闘技場。観客はなく、闘技場の奥にこの要塞《ようさい》の〝玉座〟があった。

すでに玉座の主――氷牙皇帝アイスバーンは、アコとカノンを氷漬けにしたあとだ。死ぬ一歩手前で身動きを封じられて冷凍保存されていた。冒険者は倒しても甦《よみがえ》るので、封印するということか。

ぱっと見ただけでわかったが、本来、アコとカノンのレベルで立ち向かうには無理のある相手だった。

自称皇帝は青い肌の青年である。背丈は俺と同じか、やや向こうが高いくらいだ。

黒目に赤い瞳《ひとみ》は異形の相貌《かお》だが、青白い角《つの》と白い尻尾《しっぽ》の姿形《シルエット》はステラにも似た雰囲気《ふんいき》だった。

うーむ。この青年の顔、どこかで見たことがあるような、ないような。

外ハネ気味の銀髪を揺らしてアイスバーンはステラに告げる。

「人間風情《ふぜい》が我ら魔族の姿を真似《まね》るなどおこがましい！」

アイスバーンよ。お前が上級氷結魔法《フルフロスタル》を連射している相手は人間風情じゃなく魔王様だぞ。

氷牙皇帝の放った凍気の槍《やり》を、ステラの前に飛び出してベリアルが身を挺《てい》して盾《たて》となる。

「こ、ここはわたしが食い止めますゆえ、ステラ様だけでも」

「だ、だめよ！　見捨ててなんて行けないわ！」

どうやらステラは大ピンチのようだ。鎧《よろい》を凍結されてなお、ベリアルはアイスバーンに立ちはだかった。その勇ましい姿に氷牙皇帝は片方の眉尻を上げた。

「ほう……あれに耐えたか勇敢《ゆうかん》な女騎士よ。気に入ったぞ。我に忠誠を誓えば、貴様だけはその

命、助けてやろう」

ベリアルは悔しそうに奥歯を噛《か》みしめた。

「クッ……殺せ！」

ああ、これがかの有名な女騎士の追い詰められた時に出るセリフか。

アイスバーンが人差し指をベリアルに向けた。

「それは残念だ。そこの女黒魔導士よ。逃げればどうなるかわかっているな？」

氷牙皇帝の指先から圧縮された氷結魔法が氷の刃《やいば》となってベリアルに飛ぶ。

全身を覆《おお》う鎧の継ぎ目を、的確に狙い撃ちして切り裂いていった。まるでタマネギの皮でも剝《む》くように、装甲を一枚ずつはいでいく。ベリアルがたまらず悲鳴をあげた。

「くあっ！　これ以上の辱《はずかし》めには耐えられぬ！　ステラ様お逃げください！　ウッ……ハァ……ハァ……ひゃん！　あっ……あああああッ……」

だんだん声が熱っぽくなっているぞ情級マゾ苦もとい上級魔族《ベリアル》。ステラが肩を震えさせた。

「ベリアル……みんな……ごめん……ニーナ……最後まで……守って……あげられないかも……助けて……誰か……」

本気を出せば氷牙皇帝くらい倒せそうなものなのに。都合良く、アコもカノンも今なら氷漬けだ。

さて――俺は闘技場の真ん中まで歩み出る。

ステラは俺を見ると両手で口元を押さえて、涙を浮かべた。ベリアルはといえば、俺を見て「遅すぎる」と愚痴《ぐち》をこぼしながらニヤリと笑う。突然やってきた神官にアイスバーンは首を傾

げた。

「なんだ貴様は？」

「教会で司祭をしております。セイクリッドと申します」

「冒険者でもない人間の司祭が何用だ？」

「今日は一日、この場で出張教会を開こうと思いまして。ようこそ教会へ。旅の記録を記《しる》しますか？　蘇生いたしますか？　毒の治療ですか？　それとも呪いを解きましょうか？」

アイスバーンは表情を変えず、俺めがけて上級氷結魔法《フルフロスタル》を放った。

氷の槍が心臓めがけて一直線に飛んでくる。

「ああ、まったくせっかちですね」

俺はその一撃を避けようともせず、左手にずっと持っていた銀色のケースを開いた。

中から四つ、青い正八面体の水晶が空中にふわりと浮かんで俺を取り囲む。一つ一つは拳《こぶし》ほどの大きさだが、性能はそのままだ。大神樹管理局、設備開発部謹製《きんせい》――

「浮遊式自立防衛型記憶水晶です」

四つの記憶水晶は空中で回転しながら俺の眼前に並ぶと、それぞれが魔法防壁《マシルド》を展開し、氷牙皇帝の放った氷の槍は防壁《マシルド》の前に砕《くだ》け散った。青い魔族の顔がさらに青くなる。

「なん……だと……!?」

四つの水晶が俺を中心に、弧を描いて踊るように宙を舞う。ステラが悲鳴を上げた。

「な、なな、なんてもの持ってくるのよーッ!?」

そう言いたくもなるわな。怯えるステラに俺は告げる。

「さあ、反撃に転じてください」

「わわ、わかってるわよそれくらい！　あなたにだけは情けない姿を見せられないものね！」

先ほどまでの心細そうな弱気が嘘《うそ》のように、ステラの瞳は赤く燃えさかった。

心に火が点《つ》けば、あとは魔王の実力を遺憾《いかん》なく発揮《はっき》するだけだ。

氷牙皇帝アイスバーンは、わざとらしく腰に手を当てふんぞり返った。

「ハーッハッハッハ！　今の我が上級氷結魔法《フルフロスタル》の一撃を、息絶え絶えになりながら死ぬ気で防ぎきったことだけは褒《ほ》めてやろう人間よ」

どうやらアイスバーンには、俺がギリギリで防いだように見えたらしい。

「いえ、別に大した魔法ではありませんでしたよ」

アイスバーンの眉尻がビクンと跳ねた。

「強がるな。愚《おろ》かで脆弱《ぜいじゃく》なる人間よ。このアイスバーンはいずれ先代魔王の娘と結ばれ、魔王として君臨する器の大きな男なのだ」

途端《とたん》にステラが「うわ、キモ」と本音を漏《も》らしてドン引き顔になった。

アイスバーンが銀髪を振り乱しステラを指差す。

「黙《だま》れ魔族コスプレ娘！　貴様ごとき惰弱《だじゃく》な人間に、崇高《すうこう》な魔族のなにがわかるッ⁉」

今、指差して啖呵《たんか》を切っている相手が意中の人だぞ。

アコとカノンも氷漬けだし、一つ教えておいてやろうか。

「アイスバーンさん。彼女こそ先代魔王より玉座を受け継ぎし魔王ステラその人ですよ？」

俺が言った瞬間、ステラとベリアルの表情が引きつった。が——氷牙皇帝はオラついた声で返

す。

「はあッ⁉　こんなところに先代魔王のご息女が来るわけがないだろうに！」

いや、ごもっとも。氷牙皇帝はうっすら頬を赤らめる。

「というか先代魔王の娘がこんなペタンコ胸平らなチンチクリンなわけあるまい！　もっとセクシーで出るところは出て腰はきゅっとくびれたセクシー美女に決まってる」

どこかでステラのプチンという、切れてはいけなそうな血管が断裂するような音がした……かどうかは、ともかくとして。せっかく事実を教えたというのに、かえってアイスバーンを怒らせただけのようだ。いかん、ちょっと面白くなってきた。アイスバーンは氷のように冷たい視線を俺に向ける。

「何を笑っている？」

「いえ、とんでもない」

「茶番はこれまでだ。死ねッ！」

今度は不意打ちではなく、正面から上級氷結魔法《フルフロスタル》を三回唱えるアイスバーン。

一瞬で三連射とはなかなかの腕前だ。

俺に降り注ぐ三本の氷槍に、三つの浮遊水晶が反応して防壁魔法《マシルド》を自動展開した。

パリンパリンパリーン！

と、氷の槍は防壁《マシルド》に阻《はば》まれ砕け散る。

「そんな……バカな……」

「私を殺したいのであれば、せめて極大級の魔法を五発は用意していただかないと」

唖然《あぜん》とするアイスバーンを尻目に、俺はステラに告げる。

「ではステラさん。教会の司祭に何をお望みですか？」

「あ、あなたがあのバカ魔族を倒してくれてもいいんだけど？」

「それは教会の業務に含《ふく》まれません」

「なによそれ！」

凍結状態からある程度回復したのか、ベリアルが剣を手にステラの前に立つ。

「まずはアコとカノンの蘇生をお願いしてみてはいかがかと。そうであろうセイクリッド！」

言われてようやくステラは俺の意図に気づいたらしい。

「わ、わかったわ！　お願いセイクリッド！」

「ええ。では……」

俺は浮遊水晶の二つを氷柱に閉じ込められたアコとカノンに飛ばした。アイスバーンが声を張る。

「は、はっはっは！　その氷柱は我が力で呪いをこめたものだ。二度と甦れぬように……あの、ちょっと……やめてっ！　なんで呪いの氷が溶けるんです？」

途中から口調が普通になって威厳がなくなるのは、上級魔族あるあるなのだろうか。俺の放った水晶が赤熱しながらアコとカノンを包む氷を溶かしていく。小さく咳払《せきばら》いをしつつ、アイスバーンに一言告げる。

「蘇生させないよう肉体に魂《たましい》を留めたまま氷漬けにするというのは、なかなか良いアイディアですね」

完全に氷が溶けてアコとカノンは解放された。とはいえ、目は閉じたままで膝《ひざ》から崩れて地面にへたり込んでしまった。ステラが声を上げる。

「回復もしてあげてちょうだい！」

「ええ、もちろん」

浮遊水晶が光り輝き、アコとカノンが目を覚ます。

「体力も魔法力も全快させました。さあ、勇者アコさんに神官見習いのカノンさん。再び立ち上がり成すべきことを成すのです」

勇者と神官少女は目をぱちくりさせたが、俺の姿を見て察したらしい。

「セイクリッド助けに来てくれたんだね!?」

「これは勝ったでありますな！」

吐く息で眼鏡を曇《くも》らせたまま、神官少女は口を開く。ハァハァと犬のように舌を出して、楽しげに嗤《わら》った。きっと尻尾が生えていたなら、それは散歩に連れていってもらった子犬のように、激しく左右に揺れているに違いない。

「ではさっそく……中級光弾魔法《フォースレア》ッ！」

せっかちか。カノンがアイスバーンめがけて光弾を放つ。が、そこは格上の氷牙皇帝だ。光弾を腕で弾き飛ばした。あらぬ方向に光弾は飛んでいき、壁にめり込んで爆《は》ぜる。

「中級光弾魔法《フォースレア》！　中級光弾魔法《フォースレア》！　中級光弾魔法《フォースレア》！」

いや、おい。そうじゃないだろうカノン。誰よりも凶暴ですか。

「中級光弾魔法《フォースレア》！　中級光弾魔法《フォースレア》！　中級光弾魔法《フォースレア》！　中級光弾魔法《フォースレア》！　中級光弾魔法《フォースレア》！」

魔法力が尽きるまで撃ち続ける気か。アコがその間に氷牙皇帝に向けて走る。

「うおりゃあああああ！」

光弾による弾幕の中を、背中から撃たれるのを恐れもせずにつっこんでいく勇者。

アコが斬りかかり、光弾を弾き続けたアイスバーンが氷の剣を手に応戦する。

数度斬り結んだところで、アコは上級魔族の剣の威力に吹き飛ばされて、闘技場の壁にめり込んだ。俺はベリアルとステラに視線で合図を送る。今です……と。

「上級爆発魔法《ボウマクラスタ》ッ‼」

「ぐああああああああああっ！」

氷牙皇帝に爆発魔法がクリーンヒットした。極大じゃないので一撃必殺とはいかないが、やっと良い勝負になりそうだ。ステラが魔法を唱える間も、こだまするカノンの「中級光弾魔法《フォースレア》！」の声。

「こしゃくな人間どもめっ！　というか、しつこいぞさっきから！」

光弾の何発かは、アイスバーンに直撃していた。

「不思議であります！　いくら魔法を唱えても、ぜんぜん魔法力が切れないでありますよ！」

それはねカノンさんや、俺の放った浮遊水晶がお前の背後にぴたりとついて、魔法力を供給しているからなのだよ。

決して「自分は覚醒《かくせい》したであります！　最強であります！」などと、思わないように。

「自分はどうやら窮地《きゅうち》において、覚醒したようであります！」

ああ、どうしてこうも俺の後輩は残念なのか。ともあれ、カノンが砲台となったことでアイス

バーンの足止めになっているのだけは確かだった。ステラが次の魔法を構築しながら叫ぶ。

「セイクリッド！　アコに治療をお願い！」

「ええ、すでに終わっています」

アコにも水晶を張り付かせてある。アイスバーンに投げられ壁にめり込んだが、即死した瞬間アコの蘇生は完了した。勇者は黒い瞳をぱちくりさせると、驚いた顔で立ち上がる。

「痛っつつつ……あれ？　生きてる？　よーし、ボクもう一回アタックしちゃうぞ！」

　猪《いのしし》のように突っ込んでいっては、またしても返り討ちにあうアコ。だが、死亡と同時に蘇生することで、まるで死んでいないような戦いぶりだ。剣を振り回してアコが笑う。

「わあああ！　すごいや！　死なないよボク！　めっちゃ痛いけど全然死なない！」

死んでるからな。とはいえこれで心が折れないというのだから、たいしたものだ。

アコが突撃を繰り返す間に、ベリアルがじりじりとアイスバーンと間合いを詰めた。

「お覚悟！　チェストオオオオ！」

暴れるアコとは対照的に、洗練された突きを繰り出す女騎士。

それを氷牙皇帝は紙一重で避ける。が、避けたところにステラの上級火炎魔法《ヴァーナフレア》が放たれた。

炎に顔を焼かれてのけぞるアイスバーン。

「おのれ人間どもおおおお！　というか貴様あああああ！」

燃える炎はすぐに冷気で鎮火したが、皇帝の怒りの炎は燃え上がったという寸法だ。

　ヘイトは魔法を放ったステラではなく、俺に向けられた。

「食らってくたばれええええ！　四連上級氷結魔法《クアドフルフロスタル》ッ!!」

今度は氷槍が四本、俺に向かって飛んでくる。アイスバーンはアコとベリアルをあしらい、カノンの光弾を防ぎながら勝ち誇った笑みを浮かべる。

「その忌々《いまいま》しい水晶も、二つでは防ぎ切れまい！」

俺自身が防壁《マシルド》を使うと考え、氷結魔法を四連射か。

二発を俺のそばに浮遊していた水晶が受けきり、一発は自前の防壁魔法《マシルド》で防いだが、最後の一撃が俺の胸を貫《つらぬ》いた。


「「「セイクリッド（殿）ッ!?」」」


少女たちの動きが止まる。

深々と突き刺さった氷の槍は赤く染まり、口から一筋鮮血が垂れた。

アイスバーンは歪んだ笑みを浮かべる。

「やはり人間などこの程度よ！　さあ、今から貴様ら全員を氷の彫像にしてやろう。行く行くは我がモノとなる魔王城の居間にでも、装飾品《トロフィー》として並べてくれるわ」

カノンの手が光弾を止めた。

「初級回復まほ……」

戦術教科は何を教えているのだか。カノンのレベルなら初級ではなく中級回復魔法《キュアル》が使えるのが普通だろうに。俺は吐血を手で軽く拭って告げる。

「それには及びませんが、カノンさんはこれからもう少しだけ仲間を守る意識を高めてください。

アコさんは剣術の基礎を学びましょう。振り回すばかりが剣ではないですから。ベリアルさんはさすがですが、もっと積極的に前に出て攻撃参加してもいいと思いますよ。ステラさんの安否を気遣いすぎです。ステラさんは良いセンスですね。これからも黒魔導士としての成長を期待していますから」

アイスバーンがふんぞり返って笑う。

「死の間際に他人にアドバイスとはおかしくなったか？」

「ええ、死の間際ですが大神官というのはこんな魔法が使えるんですよ」

俺は胸から流れ出る血に、神官のローブのクリーニング代は誰持ちになるのか考えつつ呟《つぶや》いた。

「完全回復魔法《フルキュアル》」

胸に刺さった氷の槍は消え、見る間に破壊された肉体が元に戻る。服以外はすべて元通りだ。

アイスバーンの笑い声がピタリと止《や》んだ。青い肌の青年は、間抜《まぬ》けな表情のまま言う。

「え？　完全《フル》……え？　なんで？　なんで無傷⁉」

「神官は防御と回復の魔法が得意ですから。さあ、まだ戦いは始まったばかりですよ氷牙皇帝さん。今日は貴方が倒れるまでお付き合いいただきます。勇者アコと神官見習いカノンの特訓に」

強い敵と戦うほど、得られる戦闘経験も大きく豊かなものになる。

カノンが眼鏡のブリッジをくいっと中指で押し上げた。

「な、なるほど。そのような意図があったのでありますな⁉　上級魔族に胸を借りてバーンとぶつかり稽古であります！」

アコも剣を握る手に力を込める。

「氷牙皇帝さん……オッスお願いしまーす！」

人間二人が猛犬のように牙を剥き、氷牙皇帝に襲いかかった。返り討ちにあっても蘇生。魔法力も途切れない。時折、カノンがアコに回復魔法を使うようになり、その分アコが執拗《しつよう》に剣でアイスバーンに斬りかかる。倒しても倒しても即座に甦る勇者と神官見習いに、アイスバーンは絶叫した。

「人間のすることかああああああああああああああああああああああッ！」

俺はニッコリ微笑《ほほえ》んだ。

「これがエノク神学校名物のゾンビアタックです。あ！　ステラさんにベリアルさんもどうぞ。大神樹の芽ではなく、私の魔法力で稼働していますから安心してご利用ください」

俺は残る二つの浮遊水晶をステラとベリアルに一つずつつける。

ベリアルが剣を構えてアイスバーンめがけ突撃した。

「チェストオオオオオオ！」

ステラを俺が守っているという安心感からか、突きの迅《はや》さは二割増しだ。アイスバーンは避けきれず脇腹を切り裂かれた。

「ふざけるなああああああああ！」

傷を氷で塞ぎながら、氷結魔法をまき散らす氷牙皇帝。

アコが二度、カノンが三度死んだが即座に復活させる。

「うっはー！　今のは左に避ければよかったんだ」

「回復と攻撃で迷ってしまったであります。今度は回復に専念してみるでありますよ！」

ステラが合間に上級火炎魔法《ヴァーナフレア》をアイスバーンに炸裂させた。全身を炎に包まれて、氷牙皇帝の顔が歪む。すっかり口振りに皇帝らしさはなくなっていた。

「きゅ、休戦しよう！　な！　今日はもうこれくらいで勘弁《かんべん》してやるから！　おい教会の神官！　貴様からこの四人になんとか言ってやめさせろ！」

「私は勇者アコさんのパーティーメンバーではありません。ただ、偶然この場所で出張営業をしているだけの神官ですから、命じるようなことなどとても恐れ多くてできかねます」

「ぐああああああああああああああッ！」

アコの剣に削《けず》られ、反撃するもカノンが防御に回ったおかげでアイスバーンの攻撃で誰一人即死しなくなりつつある。的確にダメージを与えるベリアルと、要所要所をきっちり締める優秀な黒魔導士《ステラ》の魔法攻撃。ありふれた地獄へようこそ上級魔族。個人的に恨みはないが、勇者アコの成長を陰から支えるのも教会の神官の役目である。血も涙も最後の一滴まで絞り出し、素敵な養分になぁれ。

と、思ったところで氷牙皇帝の身体に魔法力が集まった。

「貴様ら許さぬ！　我に真の姿をさらさせたこと、万死に値するぞ！」

ベリアルがすかさず声を上げる。

「全員散開ッ！」

さすが、良い判断だな。まあ、脅威にはなり得ないがアイスバーンの最後の見せ場だろう。

攻撃の手をとめ、少女たちが散開するように氷牙皇帝から距離をとった。

青年の姿が肥大化し、シルエットが人の形からグズグズに崩れて長く伸び続ける。

手足の境目がなくなり全身を美しくも冷たい鱗《うろこ》が覆った。長城のようにうねらせた。

大きな瞳の瞳孔《どうこう》は猫のように細く、鋭《するど》い牙と牙の間から、チロチロと長い舌がのびる。

俺たちの目の前で、アイスバーンは巨大な青白い氷の大蛇に姿を変えたのだ。

アコとカノンがブルッと震え上がる。ベリアルも表情を硬直させて呟いた。

「正体は化け物であったか」

オマエモナー。ステラも息を呑《の》み、その大蛇を見上げて「キモっ」と、呟く。

取り付く島もない辛辣《しんらつ》さだ。そして俺はといえば——

「あー、人間の姿をしていたからわかりませんでしたが……」

蛇《へび》になってようやくアイスバーンの事を思い出す。

大蛇はムチのように舌を揺らして、ぐねりととぐろをまいて俺を見る。

「この姿になったからには、もはや容赦はせんぞ人間ども。というか教会の神官！」

「貴方、何年か前に王都方面に出没しませんでしたか？」

俺の言葉にアイスバーンの揺れる舌が止まる。

「な、なぜそれを……あっ」

どうやら向こうも思い出したらしい。大蛇がぽかんと口を開けて呟く。

「き、貴様はまさか……光輝く……デストロイヤー!?」

「デストロイヤーさん……だろ？」

つい、昔のクセで俺は素で答えてしまった。

瞬間――氷を操る大蛇の表情が絶対零度の勢いで凍り付いた。鱗に覆われた大蛇の顔が歪む。

「クッ……まさかこんなところで再会するとは。だが、我はかつての我にあらず！　あの頃よりレベルも上がり、この姿となったからには敵はなし！　むしろ探す手間が省《はぶ》けたぞ。その命、我に捧《ささ》げるがいいデストロイヤーさん！」

ステラがアイスバーンを指差し笑う。

「威勢は良いけど完全にビビってるじゃない！　プークスクス！」

「うるさい！　へちゃむくれ胸平ら生意気小娘がッ！　デストロイヤーさんの恐ろしさを知らぬからそのようなことが言えるのだ！」

途端にステラが遠い目をした。

「知ってるわよ……」

するとアイスバーンも同じく俺から視線を背けて、天井を見上げる。

「そうか……知っているのか……へちゃむくれとか言ってごめん……」

さらにベリアルまでもが空を仰いだ。

「わたしの自尊心も出会って二秒で粉みじんに砕かれた」

蛇が目を細めて「それは……ご愁傷様だ」と、ベリアルに告げる。アコが首を傾げて溜《た》め息《いき》をついた。

「あのさー、今戦闘中だよ？　ちょっとみんな真面目《まじめ》にやろうよ！　空なんて見ててもしょうがないじゃん！　ほら早くやろうやろう！」

カノンはといえば、空ではなく俺をじっと見つめる。

「あの、も、もしかして……」

ススッと俺の元に駆け寄るなり、カノンは俺の手をギュッと握りしめた。

「もしかしてもしかしてもしかしてッ⁉　実はセイクリッド殿が、王立エノク神学校始まっていらいの天〝災〟児と呼ばれた、あの名前を伏せられしお方、その人なのでありますか⁉」

目をハートにしてキラキラさせるカノンに俺は告げた。

「いいえ。違いますよ」

そんな禍々《まがまが》しい不名誉な呼び名を、認めた憶えはない。

熱を帯びて白い息をますます白くしたカノンは。眼鏡まで真っ白に曇らせた。

「ですが上級魔族を圧倒する実力であります」

「大神官ならこれくらいできて当たり前です」

横からステラが「ならもう大神官やめて冒険者になって世界でも救えばいいじゃない！」と、
魔王が言っちゃだめなやつだそれ。だいたい今の無力な魔王なら、そのまま玉座に居座ってもらう方が教会的にもありがたい。実害ゼロで、その存在の影に怯える人々を導くのが教会にとっての最適解だ。

と、思ってしまうあたり、上層部批判をしながらも俺も裏の教義に毒されているな。

カノンはしゅんと肩を落とす。

「そう残念がらずに。貴方が強くなればいずれ、目指すべき人のところにたどり着けるでしょう」

「強ければ生き……弱ければ死ぬということでありますな⁉」

いや、なんでそう極端なんだ。弱肉強食をモットーにするな悪役の首魁《しゅかい》かお前は。十人くらい幹部の部下を集めても半分は使えないとかあり得る話だ。と、上級魔族三人が俺に視線を向けた。

「やっぱり倒すべきは神官なのかも」

ステラ正気に戻れ。いや、正気に戻る＝神官を倒すで正解である。ベリアルもなぜか剣をこちらに向けていた。アイスバーンに至ってはコレだ。

「ふははは！　どうやら我がカリスマ性に黒魔導士と女騎士が悪堕ちしたようではないか！」

いいえ、元からです。俺はステラとベリアルに貼り付けた浮遊水晶を手元に戻す。

「それでステラさんは魔族と人間、どちらの味方ですか？」

ステラはくるりときびすを返して、再び大蛇に向き直った。

「当然、あたしは正義の味方よ！　そうよねベリアル⁉」

「もちろんですとも」

よしよし良い子だ二人とも。俺はもう一度、二人に浮遊水晶を送った。アコが剣を掲《かか》げる。

「よーし！　今度こそやっつけるぞ！」

カノンはまだ、ちらちらと俺に視線を送ってくるのだが……。

「わかったであります。まずはあのお方に認められるだけの力をつける。それが最優先でありますな」

と、杖《つえ》を構える。ステラ、アコ、カノン、ベリアル――四人が同時に頷《うなず》きあうと、一斉に大蛇めがけ駆ける。魔王の正義が世界を救うと信じて。

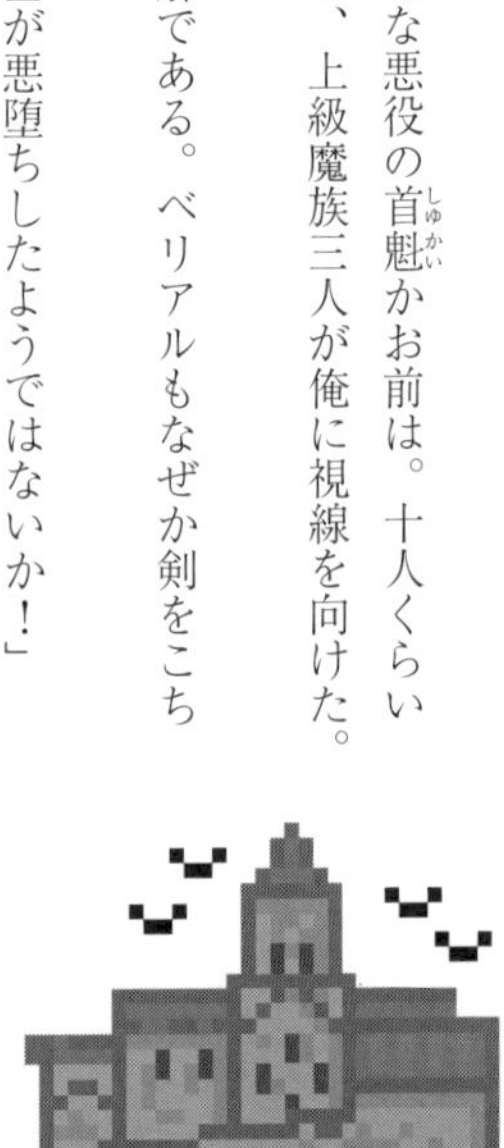

――完――

「って、ちょっとなんであたしに巻き付いてくるの！　うわやだなんかヌルヌルしてるし！　蛇じゃなくてウナギじゃないッ!?」

完結失敗。アコとカノンはアイスバーンの尾に吹き飛ばされ（それぞれ一回ずつ死亡）、ベリアルは尻尾ムチの一撃を受けたがなんとか踏みとどまった。浮遊水晶を通じてベリアルを回復しつつ、人間二人を蘇生する。その間にステラが大蛇に捕まって、ぐるぐる巻きに締め上げられてしまった。

長い舌をチロチロだして、アイスバーンは俺に牙を剝く。

「さあ、この女にひどいことをされたくなければ、教会の無許可営業をやめろデストロイヤーさん」

「それは困りましたね」

生き返ったばかりのカノンが吼《ほ》えた。

「や、やめるでありますッ！　すでにステラ殿のお尻《しり》には……もうそれ以上ステラ殿を苦しめるのはいけないでありますよ！　ウナギは穴の中に入る習性があるでありますよ！」

やめなされやめなされ。俺が言い出したこととはいえ、それ以上は言うのはあまりにステラが不憫《ふびん》である。アイスバーンが目を丸くした。

「え？　尻尾が……そういう趣味なの？　うわ、引くわマジで。魔族コスプレだけでもアレなのに」

「いやああああああああああああああああああああああああああああああああああッ！」

本日一番の絶叫は、何度となく死んだアコやカノンではなく、ステラの口から放たれた。

アコが剣を手にアイスバーンめがけて斬りかかる。

「ステラさんを離せッ！　女の子を人質にするなんて、皇帝を名乗るやつのすることかッ‼」

ガキンガキンと剣で打ち据えるが、大木の幹《みき》のような大蛇の身体は、硬い鱗に覆われていて傷一つつかない。捕まったままステラが眉尻を下げて涙目になる。

「アコ……あなたのこと誤解してたかも……」

ステラを救うため、太刀打ちできない相手に必死でくらいつくその姿は尊い。

勇者の自覚に欠けていようとも、アコには確かにその資質があったようだ。

「くそッ！　くそッ！　くそッ！　誰にだって人に言えない秘密があるんだ！　それを公表するなんて貴様だけは許さないぞ氷牙皇帝！」

公表したのカノンですよー。言い出しっぺは俺だが。

しかし——大蛇と化した氷牙皇帝は、物理攻撃に耐性をもつらしい。蛇が目を細めた。

「かつて光る棒でしこたま殴られた経験から、我は物理防御特化の成長をしたのだ！　どのような攻撃も鋼《はがね》よりも硬いこの鱗は通らぬわ！」

カノンがぐっと魔法力を集約する。両手を万歳《ばんざい》させると、そこに光の魔法弾を精製した。

「ならば最大火力で、その綺麗《きれい》な顔を吹っ飛ばしてやるでありますよ！　上級光弾魔法《ウルトフォース》ッ！」

バッ！　と、両手を振り下ろす。従来の光弾よりも巨大な光弾が、大蛇の頭部に炸裂した。

衝撃波で空気が振動し、天井のツララがいくつも落ちてくる。

白い雪煙が舞い上がり、モクモクと視界を白い闇で覆い尽くした。

「やった……でありますか？」

そのセリフはあかん。雪煙の奥にシルエットが浮かぶ。蛇の頭は依然健在。というか、まるでダメージを与えられていなかった。くぱっと大蛇は大口を開く。

「はーっはっはっは！　光弾魔法とついてはいるが、しょせんは物理的な衝撃波よ！　上級魔法とは少々驚かされたが、結局我の敵ではなかったな！」

じっと隙を窺《うかが》っていたベリアルが飛び出した。

「チェストオオオオオオッ！」

ステラ奪還のため、蛇の頭めがけて突きを放つ女騎士。

ガキイイイイイイイイイイイイイイインッ!!

切っ先は弾かれ傷一つつけられない。飛《と》び退《の》き戻るベリアルが額《ひたい》の汗を拭う。

「このままではステラ様が汚されてしまう。ああ、わたしの槍さえあれば」

本来、ベリアルは三《み》つ叉《また》槍の使い手だが、あれは見る者が見れば魔族の武器と看破《かんぱ》されかねない。

使い慣れない剣でも並みの魔物相手なら十分だったが、上級魔族には分が悪い。アコもベリアルも物理攻撃しかできず、唯一《ゆいいつ》、属性のついた魔法攻撃ができるステラは敵の手中にあった。

「ぬるぬるしてぎぼぢわるいぃぃ！　もうやだ死にたい助けてセイクリッドおおお！」

恥も外聞もなく俺に頼るなんて。アコが先ほどから何度も剣を振るっているが、ついに――

バキンッ！　と、勇者の鋼鉄の剣が柄の先から折れてしまった。

攻撃魔法も通じず、落ちこむカノン。

慣れない剣に加えて、ステラを人質にとられていることもあり全力を出し切れないベリアル。

これは詰んだか？　懐中時計を取り出すと、ニーナの目覚めの時間が近づいていた。

「さあデストロイヤーさんよ！　立ち去るがいい！　そして二度とこないでくれ！」

「そうは参りません。ところで貴方は先ほどから、どうして動かないのですか？」

「少しでも身体を動かすと、せっかく捕まえた人質が逃げてしまいかねんからな。だが、この黒魔導士さえ捕まえておけば、我は無敵なのだ」

俺はぽんっと軽く手を合わせた。

「なるほど、つまり物理的な攻撃に耐性をつぎ込んだ分、黒魔法が有効。もしくは、それだけの鉄壁な防御ですから、なにやら制約をつけているのかもしれませんね。魔法攻撃に弱くなる代わりに、物理防御を高める……とか？」

蛇が大口を開いた。

「そんなわけないじゃんよ！」

「ありがとうございます。事情は呑み込めました」

アイスバーンは動かない。当然だ。少しでも隙をみせればステラが逃げるかもしれず、かといって殺せば蘇生から全回復である。死体をバラバラにして回収し、蘇生させるくらいやりかねない……と、俺を見る大蛇の瞳が語っていた。そんなひどいこと、思いついてもしませんって。

「さあ帰れ！　とっとと帰れ！　もう帰れ！」

何もしない。俺たちが諦《あきら》めるのを待つ。それが氷牙皇帝の最適解だ。ふと、俺は思いだした。

「いや、こういうのを御都合主義というのかもしれませんが、たしかアコさんは前に私が叩き割った剣の柄を、お守りとして持っているそうですね」

折れた剣を手にしたまま、わなわなと肩を震えさせてアコが叫ぶ。

「今、そんなこと言ってる場合じゃないよ！　ステラさんが泣いてるんだ！」

「うげええなんかヌルヌルが臭いんだけどぉおお」

「二人とも落ち着いてください。いいですかアコさん。貴方があの時、剣の刃ではなく柄を持ち帰ったのも、きっと光の神のお導きだったのです。さあ、その柄を手に祈るのです」

アコはぽかんとした顔で「祈る？」と、俺に訊《き》く。

「ええ。蛇の姿のアイスバーンさんは、とても魔法に弱いようです。ですから……神の雷よ、神《しん》罰《ばつ》をかの大蛇に下したまえと、柄を掲げて祈りましょう」

アコは「そっか！　それなら！」と、折れた鋼鉄の剣を投げ捨て、覇者の雷剣の柄を天に掲げた。

「神様ッ！　どうかステラさんを救ってください！」

柄にはめ込まれた宝玉《オーブ》が光を放ち、そこから初級雷撃魔法《エレク》が放たれる。

「グオアアアアアアアアアアアアアアアアアアアアアアアアアアアアアアアアアアアアアアッ！」

初級ながらも蛇は大きく身を揺らした。と、巻き添えで。

「いやあああああああああああああああああああああああああああああ痺れるうううう！」

ステラも雷撃の餌食《えじき》となった。

「ちょっと我慢《がまん》しててステラさん！　雷撃魔法《いのる》！　雷撃魔法《いのる》！　雷撃魔法《いのる》！」

相手はずっと自分のターンを「守る」で徹底している。つまり、ずっとアコのターンである。

雷撃は白い蛇がステラを解放するまで、幾度となく放たれた。

一緒に感電するステラに、俺は胸の前で十字を切る。

生き残れよ魔王様……と。アコの手にした剣の柄から雷撃がほとばしり続け、ついにステラの拘束が緩んだ。俺はスッと白い大蛇を指差しベリアルに告げる。

「今です。救出を」

「チェストオオオオオオオオオオオオオオオオッ！」

ガシャンガシャンと鎧を揺らしてベリアルが肩から蛇の巨体にぶつかっていく。

その衝撃で、ステラの身体はニュルンと隙間から飛び出した。

全身粘液《ねんえき》まみれで、生まれたての子鹿のようにプルプルとしながらステラは立ち上がる。

その身体は怒りに震え、ルビーの瞳は今までにないほど真《ま》っ赤《か》に燃え上がった。

「よくもやってくれたわね……」

その声には魔王の威厳すら感じられた。このまま紅き瞳の魔王として、世界に破壊と殺戮《さつりく》をまき散らしかねない勢いだ。俺はアコとカノンとベリアルに告げる。

「三人とも私の後ろへ」

尋常ではないステラの様子に、本能的に危険を察知して、勇者と神官見習いと女騎士が戻ってくる。

俺は三人の護衛につけていた浮遊水晶に加えて、ステラを回復させたばかりの水晶も手元に引き戻し、四層の防壁《マシルド》を展開した。赤い髪の少女を中心に蜃気楼《しんきろう》のようにゆらゆらと空気が揺れる。

アコが俺の背中からひょこっと顔を出した。

「ステラさん、なんだかすごそうなんだけど」

「貴方は下がっていてください。カノンさん。お手伝いを頼みますね。私の隣《となり》へ」

「へ？　じ、自分がでありますか⁉」

「防壁魔法《マシルド》の補佐をお願いします。できますね」

「セイクリッド殿、いったい何が始まるのでありますか？」

「世界大戦級の一撃……といったところでしょうか」

大蛇は一瞬、蛇に睨《にら》まれた蛙《かえる》のように、自分よりもはるかに小さな少女の視線に身動きできずにいた。が、自称皇帝のプライドがそうさせたのか、アイスバーンは大口を開ける。

「いかに怒りを燃やそうとも、もろとも呑み込み腹の中で生きたまま溶かしつくしてくれる！」

腐っても上級魔族といったところか。その言い回しに魔王様はお怒りのご様子だ。

「なによそれ……溶かしつくすとか……ちょっと魔王っぽいじゃない」

うつむいたままの赤毛の少女の背中から、ゆらゆらと炎に熱せられた空気の歪みのような魔法力が立ち上った。すうっとステラが顔を上げて、同時に炎の魔法を構築する。魔法力の強大さに比して、その構築は嵐の前の静けさすら感じさせる淡々としたものだった。

俺は四つの浮遊水晶で前面に防壁《マシルド》を集中させた。ベリアルが息を呑む。

「ステラ様……まるでお父上のようです」

先代魔王は炎の魔法を得意としていたのだろうか。

上から覆い被さるように大蛇が少女を食らおうとする。

「よくも……乙女《おとめ》にこんな仕打ちをしてくれたわねえええええええええッ！」

ステラは魔法を唱えてすらいない。

溢《あふ》れる魔法力が炎となってアイスバーンの蛇の顔を——覆い尽くす鱗を水銀のように溶かし流す。

「ぐああああああああああああああああああああッ！」

蛇の巨体がのたうち暴れ、炎は頭部だけでなくその川のように長い身体を駆け抜けた。

まるで溶鉱炉《ようこうろ》に放り込まれたように赤熱しながら、アイスバーンの絶叫がこだまする。

近づけば火傷《やけど》どころでは済まないな。俺はカノンに告げた。

「防壁《マシルド》の構成を対衝撃から遮熱《しゃねつ》の方向に再構築してください」

「う、うわああ！　そういう細かいの苦手であります」

「できなければ私もろとも全員、天に召《め》されるかもしれませんよ」

「死ぬ気でやるでありますよ！」

カノンがキランと眼鏡のレンズを光らせた。アコも笑う。

「ボクも手伝おっか？」

「いや、勇者殿はだまってて！　なにもしないでほしいであります！」

ベリアルはそっと目を閉じ最後の瞬間を待つ。

「ステラ様に奪われるなら、この命とて惜《お》しくはない。あの美酒を飲めないことだけが心残りだ」

実に武人《ぶじん》タイプらしい。全身に火の手が回り、蛇の丸焼き状態のアイスバーンが絶叫した。

「この炎は……そんなバカな！」

ステラが右手に魔法の炎を集約する。

「このあたしをベトベトのぬちょぬちょにした報《むく》いは……受けてもらうわよ」

魔王の呼吸に合わせて俺は防壁《マシルド》を完成させた。浮遊水晶四つにカノンを補助装置にした結界は、一時的だが大神樹の芽と同等か、それ以上にはなっただろう。ステラが炎を解き放つ。

「極大獄炎魔法《ナラクノホムラ》ッ!!」

もっと長い特別な詠唱でもあればさらに格好がつくのだが。たとえば、黄昏《たそがれ》よりも……おっと、それどころではない。目の前で世界の始まりを起こす炎《ビッグバン》が爆《は》ぜた。視界を埋め尽くす閃光《せんこう》と衝撃。

熱は一瞬でホワイトロックキャニオンの冠雪すらも溶かしつくし、この室内闘技場のような密閉空間に収まりきらず、山体に亀裂が生まれ、爆発し山の形が変わるほどの威力だった。

「あり……えぬ……この……氷牙皇帝アイスバーンが敗《やぶ》れるなどありえぬううう！」

巨大な蛇を獄炎が焼き尽くし、声は爆炎の彼方《かなた》に消えて床に蛇の影だけが残る。

すっかり天井に穴があき、青空が見えた。この無差別な破壊の炎に、俺の防壁《マシルド》は――

「ふう。前髪が少し焦げてしまいましたね」

ギリギリ耐えたが、四つの浮遊水晶はステラの獄炎の直撃を受けて消滅した。まあ、試作品の耐久テストということで設備開発部に報告しておこう。カノンがその場にぺたんと尻餅《しりもち》をつく。

「ハァ……ハァ……すごすぎるでありますステラ殿！」

アコがお気楽に笑った。

「やったー！　ステラさんの怒りの炎が、悪い皇帝をやっつけたね！」

勇者様は初級雷撃魔法《エレク》でステラごと攻撃しまくっていたのに、あとが怖いとは思わないのだろうか。

ベリアルはそわそわしながら俺に耳打ちする。

「ステラ様が勇者の前で、極大魔法を……」

「心配はいりませんよ。気づいていないようですから」

言ったそばから神官見習いが声をあげる。

「極大級の魔法は人間には使えず、魔族の王クラスが放つと学校で習ったでありますよ！」

灰を含んだ風が吹く。棒立ちのステラは哀《かな》しげに笑った。カノンはステラの元に駆け寄って告げる。

「まさにステラ殿は極大魔法を使った最初の人間の黒魔導士でありますな！　その……何センチくらいあれば……じ、自分も光弾《フォース》系の魔法を極大級に拡張したいでありますよ！」

ステラが目を点にして「え？」っとこぼした。カノンの視線はステラの尻尾に注がれっぱなしだ。

「やはりなにか、コツがあるのでありましょうか!?」

いかん話がこじれそうだ。俺は音を立てずにカノンの背後に回り込むと、手刀で彼女の頸動《けいどう》脈《みゃく》をトン……と叩く。ガクリと糸が切れた操り人形のようになって、カノンは意識を失った。

即座に抱き上げるとステラが俺を睨みつける。

「ちょ、ちょっと！　カノンになにしてくれちゃってるのッ!?」

「睡眠魔法《ドリムル》（物理）ですが、なにか？」

「なにかじゃないわよ！　超高速の手刀なんて、あたしじゃなかったら見逃してたわよ。しかもお姫様抱っこなんて……ずるいし」

一瞬とはいえ、世界を滅ぼす魔王の貌《かお》を見せたとは思えない、いつものステラに戻っている。

俺は開いた穴から空を見上げた。

「匠《たくみ》の技術で吹き抜けにしてしまうとは、なんということでしょう」

ずいぶんと風通しが良くなったものだ。

「あ、あれ？　これ……どうなってるの？」

ステラもぽかんと空を見上げた。

「おやおや、どうやら記憶が飛んでしまっているようですね」

一種のトランス状態にステラは陥っていたのかもしれない。ともあれ、これにて氷牙皇帝は勇者パーティーの手によって倒され、この地域に平和がもたらされた。

きっと後の歴史家はそのように書き記すに違いない。そこに俺の名前が上がることはないのだが、陰から支える神官としては、それでいい。と、思っているところにアコがやってきた。

「ねえねえステラさんってさ、もしかして本物の魔族だったりし……ガク」

俺はアコの首筋にもトンと手刀をあてる。二人を両肩に抱えた。ベリアルが「意外に筋肉があるのだな」と、俺を見直したように言う。ひっそり筋力強化の魔法を使っているのは秘密だ。

俺はステラとベリアルに告げる。

「二人は私が責任をもって街に送り届けますので、あとで教会で合流するとしましょう」

転移魔法《ラボタル》を使おうとしたその時、俺の服の裾《すそ》をステラがギュッと握った。

「待って……セイクリッド。貴方に……言っておきたいことがあるの。とっても大切なことよ」

粘液に濡《ぬ》れた手が俺を掴《つか》んで放さない。ステラの表情は真剣だ。思い詰めて……考えて、決意した。そんな顔をされては、おいそれと転移魔法《ラボタル》で立ち去るわけにもいかなかった。

俺の服の裾をそっと離して、ステラは燃やし尽くした闘技場の奥に視線を向けた。

あの獄炎に巻き込まれて、地形が変わるほどに破壊されつくしたはずなのに――

「玉座……ですか？」

主を失った椅子は、金色の装飾が成された立派なものだ。無傷で残っていることを考えると、ただの椅子ではないのだろう。ベリアルが声を上げた。

「お、おやめください魔王様！　人間に訊かせてはなりませぬ！」

「セイクリッドだけは特別よ」

少女の小さな肩が細かく震えた。女騎士は赤髪の少女に駆けよろうとして、一歩踏み出したところで立ち止まる。ステラがじっと、ベリアルに懇願《こんがん》するような眼差《まなざ》しを向けていた。

ベリアルはその瞳に釘付《くぎづ》けにされながらも、言葉を絞り出した。

「特別であればなおのこと！　知らなかったで済む話のままにしておくべきです。セイクリッドに知られれば、魔王様が滅ぼされるやもしれません！」

「そのつもりがあるなら、とっくにそうしてる……でしょ？　セイクリッド」

達観というよりも、諦めたような顔でステラは息を吐く。

「魔王討伐《とうばつ》は神官の職務に含まれませんから」

「ほら、やっぱり。一緒に来て」

なにがやっぱりなんだ。まったく。一度担《かつ》いだアコとカノンを、そっと地面に寝かせる。

魔王は俺の手をとり歩いた。といっても距離にして十数メートル。ほんの短い間だ。

この短時間でも恐るべき不快感。ステラの小さな白い手は粘液が落ちきっておらず、ベッタベタのぬちゃぬちゃだった。彼女はそれをこすりつけるようにして手を握ってくる。

地味な嫌がらせをしてくれるものである。苦情はあとで書面にまとめて提出しよう。

大破壊にも耐え抜いた玉座の前にたどり着く。

「この砦はアイスバーンにとっての居城よ。あいつが魔物や他の魔族を支配できるのも、玉座を作り出すことができたからなの」

「作り出すとは日曜大工が得意だったのでしょうか。それとも、椅子職人に発注を？」

「茶化さないで。支配者を目指す上級魔族は、椅子に魔法力を込めて自分だけの玉座を生み出すの。まあ、元となる椅子はなんでもいいのだけれど、こういう玉座タイプは変わらぬ人気ね」

「はあ。なんだかイマイチぴんと来ませんね」

「それを言うなら人間がデカイ木をあがめてるのだって、意味がわかんないわよ？」

玉座を作った上級魔族が神となり、その地域の魔物や魔族を支配する。支配地域＝ダンジョンの中であれば、魔族も魔物も玉座の力で復活できるということか。

なるほど。道理でいくら倒してもダンジョン内の魔物が復活するわけだ。学生時代に、どれだけ倒せば根絶できるか夏休みの自由研究をしたのだが、結局魔物根絶には至《いた》らなかった。その答え合わせが今日されたな。ステラは腰に手を当て胸を張ると、俺の顔をじっと見上げた。

「ともかく、魔王の世界は椅子取りゲーム。倒した他の有力魔族の玉座を封印すれば、その魔族の魂はもちろん、手下も全部いただき……ってね。もし、魔王城に攻め込まれて玉座を奪われたら、あたしはそいつのモノにされちゃうわけ」

声は努めて明るいのに、少女の顔は眉尻を下げて心細そうだ。

「拒否権はない。それが魔族のルールというわけですか」

ステラは尻尾をだらんと下ろして頷く。

「あたしは先代の……お父様から玉座を受け継いだだけで、自分では作り出していないけど……」

魔王の倒し方を魔王自身が語っている。伏し目がちなステラに俺は確認した。

「それが私に話したかったことなのですか？」

「え、えっと……」

少女は膝をこするようにしてモジモジし始めた。

「魔王城の玉座を私が手に入れれば、ステラさんに毎日パンを買いに走ってもらったり、肩を揉《も》んでいただけるということですね」

「な、なによそれ魔王のあたしをパシリ扱《あつか》いするつもりなの!?」

「それくらいしか凡人の私には思いつきません」

俺が真面目に言うなりステラはプッと吹き出した。緊張が途切れて弛緩《しかん》しきった顔になる。

この方がステラらしい。

「やだもー！　なによそれ！　こっちは一大決心で話したのに……ほんと、自分の決められた仕事以外やらないって言い張って、こんなとこまで出張してくるくせに……魔王の椅子なんて興味なしなんだものッ！　笑っちゃうわ！　あーっはっはっは！」

なぜかバカにされているようで、少しだけイラッとくるが……目に涙を溜《た》めてステラは泣き笑いだ。

　俺は彼女の頭をそっと撫《な》でる。

「今日は本当に、よくがんばりましたね。幸い、アコさんもカノンさんもぐっすり夢の中ですし、私は魔王の椅子には興味ありません。この砦の玉座なんてそれ以上に、なんの魅力も感じませんから。あとはステラさんの思うままに」

「いいの？　壊すこともできるし、そうしたらアイスバーンの魂も失われて消滅するわ！」

「それは聞かなかったことにいたしましょう」

　魔王の玉座でもきっと、同じ事が言えるのだろう。さらに撫でる。というか粘液をこすりつける。

「ちょ、やめ！　やめて！」

「最初にべったりなすりつけてきたのはステラさんですよ？」

「ううぅ！　ばかばかばかっ！」

　ステラは俺に背を向け、ちょっとだけべとついた髪を気にしつつアイスバーンの玉座に対峙《たいじ》した。

「もうっ！　じゃあいいわ！　セイクリッドには遠慮なく……この玉座の持ち主とそれに従う者たちの魂を封印し、あたしの軍門に加えるッ！」

魔王と神官——最初から遠慮したりされたりするような関係性でもないだろうに。

ステラが手をかざすと、玉座は光に包まれ一瞬で手のひらの上に載るミニチュアへと姿を変えた。

そして、このホワイトロックキャニオンの上に築かれた、氷の砦の迷宮の住人たちが肉体を光に変えて、小さな玉座に集められる。ステラが掲げたミニチュアの玉座に、ぐんぐんと光が集まり渦巻《うずま》いて吸い寄せられる光景は神秘的であり、また、突然魂にされて封印されるというのが恐ろしくもあったが……儚《はかな》げなステラの横顔が印象的で、ただただ美しかった。

かくして、ホワイトロックキャニオンを根城に周辺の村や街に恐れられていた魔族——氷牙皇帝アイスバーンと仲間たちは、この日を境にラスベギガス地域から忽然《こつぜん》と消えた。

送り届けた勇者アコと神官見習いカノンは、無事に街へと凱旋《がいせん》を果たした。

あの「だめッ子アコちゃん」が立派な勇者への一歩を踏み出したと、街はお祭騒ぎの大賑《おおにぎ》わいになったそうな。そして、俺はというと——転移魔法《ラポタル》ですぐさま〝最後の教会〟へと帰りつく。

ローブを着替えて襟を正し、呼吸を整え私室に戻ると、そっとベッドサイドにある丸椅子に腰掛け聖典を開いた。パチリと目を開くなり、ニーナがベッドから飛び起きる。

「お昼寝ちゃんとできたの！」

「そうですね。よくできました」

「あれ？　おにーちゃ……お着替えですか？」

「おや、お気づきになられましたか。ニーナさんが寝ている間に、少しだけ外で運動をしてきたので」

「おにーちゃもお外で遊ぶの？」

「ええまあ。さて、そろそろステラさんとベリアルさんが、ニーナさんを迎えにくる時間ですね」

ニーナは小さく頷いた。

「うん！　それじゃあまた明日も、おにーちゃ教会に遊びにきていいですか？」

「教会に閉ざす扉はありません。ニーナさんでしたら大歓迎です」

嬉しそうにニーナは両手を万歳させると、俺の胸に飛び込むようにして抱きついてきた。

ああ、ミルクのような香りに癒やされる。ぷにぷにとしたほっぺたを俺の胸にくっつけて「セイおにーちゃ、ちょっとだけドキドキしてる」と、ニーナは俺の心音に耳を傾けた。

アイスバーンは序の口で、人間が立ち入ることもできない領域には、もっと強大な力を持った魔王候補たちがどれほどいるのだろうか。

今日手にした勝利は小さな一歩かもしれないが、魔王と勇者が手を携《たずさ》えてこのまま玉座を狩り続けることができたなら、ニーナが幸せでいられる世界を作ることもできるかもしれない。

と、思ったところで俺の私室のドアが激しい音を立てて開かれた。ステラである。

「あの、ステラさん……どうして着替えてないんですか？　なぜ粘液ヌルヌルのまま我が教会へ？　嫌がらせですか？」

恐らく聖堂の赤いカーペットも、ナメクジが這《は》ったような痕跡を残してきたに違いない。

「ステラおねーちゃ！　お着替えしてないの？」

「ちょっとセイクリッド！　ニーナになにしてるわけ？　抱きつくなんてどういうつもりかしら？」

ニーナがふるふると首を横に振る。

「ニーナがおにーちゃにはぐっとしたから、おにーちゃじゃないよ？」

「そ、そうなの。ちょっと早とちりしたわ」

幼女が半分口を開いてから俺とステラを交互に見る。

「あっ、セイおにーちゃはさっき汗いっぱいかいてて、ステラおねーちゃもびちょびちょなの？　わかった！　二人で遊んでたんでしょー。ニーナが寝てるからって、二人でなにしてたのー？」

他の魔族を倒していた……とは言いにくい。俺はつい口を滑《すべ》らせた。

「バレてしまいましたね。二人でローション相撲《ずもう》をしていたんですよ」

「ろーしょん？　こんどニーナもやりたいなぁ。アコちゃんせんせーとカノンちゃんと、ベリアルおねーちゃもいっしょがいいです」

怒りの形相《ぎょうそう》でステラは俺を見る。これはカノンに間違った黒魔導士像を植え付けるチャンス……もとい、誤解がさらに深まりそうだ。ステラに遅れること十数秒、外からガチャンガチャンと金属鎧を鳴らす追走音が聞こえてきた。俺はステラをじっと見つめ返す。

「それで、ベリアルさんを振り切ってなんの御用です？」

「言いたいことはいーっぱいあるけど、今日は気分がいいから許してあげるわ」

「はぁ、魔王様の寛大《かんだい》さに言葉もありません」

「そうよひれ伏しなさい人間の神官！　このあたしが……なんと……レベル2になったのよ！」

さすがに玉座持ちの上級魔族を倒したとなれば、相応の経験が得られ……レベル2？

「ということは、ステラさんはレベル1だったのですか？」

ベトベトヌルグチョのままステラは胸を張った。

「ええ！　アコとカノンに誘われるまで、実戦ってしたことなかったし！」

「いくらなんでも……ホワイトロックキャニオンで戦っている間に、レベルが上がるのでは？」

「弱い相手ばっかりだったもの。経験にならなかったの。アイスバーンを倒して玉座を封印したのが良かったみたい」

どうやら魔王様の成長曲線《けいけんちテーブル》は、普通ではないらしい。あの極大獄炎魔法《ナラクノホムラ》を使って、まだレベル1だったとは。レベル99になる頃には、どこまでステラは強くなっているのだろう。

俺はニーナをベッドから抱き上げて立たせると、軽くその場でストレッチ運動を始めた。

ステラが不思議そうに首を傾げる。

「あら、急に体操なんて始めてどうしたのよ？」

「少々鍛《きた》え直さなければと思いまして」

ああ、悩ましい。魔王ステラに力を貸すほど、彼女は強大になっていく。

世界中に散らばった数々の玉座を封印することが、ニーナの未来を守ることではあるのだが……。

ここは最果て魔王城前「教会」。成長しはじめた魔王を相手に、神官職を全うするのは楽じゃない。

エピローグ

真夜中に教会の扉が開かれた。反射的に目が覚めるが、すぐに開いたまぶたを閉じる。

聖堂を抜けて私室のドアがゆっくり動くと、人の気配が俺の枕元に立った。

「よく眠ってるわねセイクリッド。まさか、こんな真夜中に不意打ちされるとは思ってなかったでしょう？　あらごめんなさいね。夢の中のあなたにはあたしの声は聞こえてないものね！」

「そういうセリフは冷たい殺気をたたえながらにしてください。神官の寝込みを襲う魔王様」

「ま、まるで起きてるみたいな寝言ね」

「いや、起きてるんですよ。まったく。夜中に訪問するのは二度目ではありませんか」

俺はベッドからむくりと身体《からだ》を起こしてベッドサイドの魔力灯《ランプ》を点灯する。

ステラはピンクのパジャマ姿で、長く大きな枕をぎゅっと抱きしめていた。

「どうしたんですかその格好は？」

「べ、べつにパジャマでお邪魔しちゃだめって書いてないし。看板立てておきなさいよ！」

「禁じてはいませんが、訪問時間も含《ふく》めて常識的に考えていただきたいものです」

ぎゅっと枕を抱きしめてステラは伏し目がちになった。

「最近セイクリッドが魔王に冷たいと思うんですけどー」

これでもずいぶん手ぬるく……もとい、配慮の上で接しているつもりなのだが。

「ハァ……ベッドを飛び出すほどの緊急事態ではないのですね。では、おやすみなさい」

起こした身体を再び温かい毛布の中にもぐらせたところで、ステラがなぜか俺の隣《となり》にスッと入りこんできた。

「なんのつもりですか魔王様」

「え、えっと……そのまま目を閉じてて。大丈夫キスとかしないから安心して！　子供出来ちゃうし」

魔王の貞操観念がやばい。枕を放り投げて俺の背中に抱きつき密着し、彼女はぎゅっと俺の背中に胸を押し当ててくる。膨《ふく》らみの感触がふにふにと、薄い布を隔てて感じられた。

「あ、あのね、まだ上手《うま》くないからこうして……くっつかなきゃいけないの」

誘惑しているようには見えない。と、思ったところでステラは魔法力を高めた。

「帰還魔法《リタニア》！」

瞬間——身体がふわりとした浮遊感に包まれ、視界が光でぼやけたかと思うと、俺は冷たい大理石の床にステラと横たわっていた。

「まったく、いきなり転移魔法《ラボタル》を使うなんてどういうつもりですかステラさん？」

立ち上がり周囲を見回す。全てが黒い大理石でできた静かで厳《おごそ》かなる謁見の間だ。

うすぼんやりとした魔力灯が室内を照らす。部屋は広く教会まるごと収まってしまうほどだった。

視線の先に十八段の階段があり、その上に立派な黄金製の玉座が主《あるじ》の帰りを待っている。

俺は「う～やっぱりなんか酔《よ》う感じがするわ」と、まだ床にごろんと寝転がっているステラに手を差し伸べた。

「ここは……もしや魔王城の中なのでしょうか？」

　俺の手をとってステラは立ち上がった。

「ええ……すべての魔族の魂《たましい》が還る場所。魔王の〝玉座の間〟よ」

　どうやら魔王によって、こんな場所に転移させられたらしい。

「いつ転移魔法《ラボタル》を？」

「レベル2に上がって成長して帰還魔法《リターニア》を覚えたのよ。けど、セイクリッドの転移魔法《ラボタル》みたいに便利じゃないのよね。この場所に戻ってくるだけの魔法なの」

「ああ、なるほど。魔王が時折、戯《たわむ》れに世界のあちこちに姿を現して、時には勇者と戦うこともあるのですが、逆に追い詰められて逃げる時に使う魔法ですね」

「身も蓋《ふた》もない言い方しなくてもいいじゃない。っていうか、あたしの成長に恐怖なさい！」

「ふふっ……くわばらくわばら」

「なんで笑うのよー！　もっと心の底から魂を凍《い》てつかせなさいってばー！」

「この部屋は暖房もなく寒いですね」

「そういう話じゃなくてぇ……」

　しゅんと落ちこむステラに俺は確認する。

「それで、玉座を私に見せたくて招待していただけたのですか？」

「保安上の観点から魔王城の案内はできないけど、話しただけじゃ信じてもらえないかもって思

って」

俺は壇上の玉座を見上げる。アイスバーンの玉座とは、根本的な存在感の〝重み〟が違って見えた。

「間違いなく本物の魔王の玉座ですよ。では、そろそろ私は教会に帰って眠りたいのですが……」

すると、ステラが俺に……今度は正面からぎゅっと抱きついてきた。胸に耳を当てるようにして、小柄な少女が身体をかすかに震えさせる。小さな仕草《しぐさ》一つとっても、似ている気がした。ニーナとは姉妹なんだな。桜色の唇《くちびる》をそっと開いて魔王は告げる。

「ねえ……座ってみない？　魔王の玉座に」

「冗談《じょうだん》ですよね？」

「軽々しい気持ちで人間のあなたを、魔王城の心臓部であるこの部屋につれてこないわよ」

「椅子なら神官のもので間に合っていますから」

そっと顔を上げてステラは俺を見つめた。

「あれから色々と調べてみたの。城内の書庫にある文献《ぶんけん》とかで。そうしたら、人間から魔王に転じたケースもあるみたいで……」

重荷か。たしかに、こんな少女に魔王という責務は重すぎるかもしれない。彼女は告げる。

「大神官セイクリッドよ。世界の半分が欲しくはないか？」

「いいえ。半分だろうと、世界を任されるなんてとんでもない」

ステラは俺を解放するなり、ムッとした顔になった。

「こっちは真面目《まじめ》に言ってるのよ！」

「私だって真剣にお答えしています」

「世界の半分は言い過ぎだったけど、貴方《あなた》なら魔王という立場をいくらでも使いこなせるでしょ？　あたし独《ひと》りじゃニーナを守ってあげられない。あなたさえ魔王になってくれたら……」

心細そうに瞳《ひとみ》を潤《うる》ませる赤髪の少女に、俺は跪《ひざまず》いて頭《こうべ》を垂れる。

「残念ながら、もはや貴方《あなた》は独りの魔王ではありませんよ。勇者や若き神官見習いは、すっかり貴方に懐柔《かいじゅう》されているではありませんか。それにベリアルのような、先代からの忠臣もいる。さらに新たな戦力として、アイスバーンの軍勢を手に入れたではありませんか」

「それもこれも全部、あなたがいてくれたからでしょセイクリッド？」

「おや、よくおわかりで」

「ちょ、謙虚《けんきょ》じゃないのね⁉」

思い詰めたようなステラの表情が、一瞬だけ柔和さを取り戻した。

「いいですか魔王ステラ。私はどちらかといえば、責任を放棄して矢面には立たず、美味《おい》しい思いだけをこっそりとしたい裏で糸を引く存在でありたいのです」

「ぶっちゃけたわね！　歪《ゆが》んだ欲望をドクドクと吐き出してくれるじゃないの！」

「その言い方には少々難《なん》ありですが、まあ、その通りです。普段はあまり誰《だれ》かに話したりしませんが、魔王様直々《じきじき》の告白でしたから、私も本心を打ち明けさせていただきました」

ステラがにんまり笑う。

「だ、だめよ！　その役目はあたしが狙ってたんだから。魔王セイクリッドを裏で操る真の魔王

……あは！　すっごくいいじゃない！」

　魔王の裏に大魔王。ありがちだが悪くはない。ステラが手をこちらに差し伸べる。

「だから……どうかしら？　魔王、始めてみない？」

　拝啓教皇庁のみなさま。この度《たび》、セイクリッドはヘッドハンティングされることとなり――

　魔王、始めました。いやいやいや、王都で人気の麺料理店で出される夏限定メニューですか？

　俺は跪いたまま、その手をとって甲にそっと唇をあてる。

「ちょっと！　きききキス……よね。どうしようセイクリッドにキスされちゃった！　はうぅ」

　子供はできないので安心してくれ。顔を伏せたまま、俺は魔王に告げる。

「大変光栄には思いますが、先ほど申し上げた通りです。私は神官ですから」

「じゃ、じゃじゃじゃじゃじゃじゃあ！　悪魔神官はどうかしら？　魔王の参謀役よ！」

「以前お断りしたではありませんか」

　ステラが魔王である方がきっと世界は平和だろう。あいにく俺は滅ぼしたくなるほど、人間に絶望していない。変なヤツや困ったヤツに残念なヤツは多いとは思うけど。

　アコとかカノンとか開発部とか教皇庁上層部とかｅｔｃｅｔｃ……。

　ステラはその場で一度、深呼吸をしてから、俺の隣にしゃがみ込んで耳打ちした。

「あたしとしては殺し文句だったんだけど。ねぇ……前に魔法で人間の殺し方を教えてくれるって言ってたでしょ？　神官の殺し方……こっそり教えてちょうだい」

「まずは殺したい本人に直接訊《き》かないところから始めましょうね」

　ふふっと少女は笑った。それを合図のようにして、二人一緒に立ち上がる。

「あたしはセイクリッドがそのつもりになってくれたら、いつでも相談にのるわ！　早くなにかポカをやらかして教会を追放にならないかしら」

「その時が来たら改めてご相談させてください。私は他人に尻尾《しっぽ》を掴《つか》ませるようなミスはしませんが」

「ミスっても隠蔽《いんぺい》する気満々じゃないッ⁉」

魔王と大神官の関係はこれからも続く、続いていく。

もうしばらく、この世界の果てにでもあるような〝教会〟で、緩《ゆる》やかな日々を過ごしていけそうだ。

シーズン2

大神官は静かに説得（物理）したい

プロローグ

今日もニーナが教会にやってきたので、王都の菓子店で買っておいたふんわりカステラを出すことにした。普通のカステラよりも焼き色は薄めで、しっとりふんわり軽い食感に仕上がっている。

椅子に「よいしょ」と腰掛け、ニーナはちょこんと頭を下げる。俺は彼女のコップに牛乳を注《そそ》いだ。

「いただきま～す」

幼女の小さな手がフォークをきゅっと握《にぎ》った。カステラを指で押し、エメラルド色の瞳《ひとみ》を輝かせる。

「ふあああ、やらかいのです。ふわふわだから、きっとお空の雲が材料かも」

「名推理ですね」

「あは～！　やっぱりそっかぁ。ニーナはお空の雲をむしゃむしゃしてるのかぁ」

カステラを小さな口いっぱいに頬張《ほおば》って、美味《おい》しいそうに牛乳を飲む。幸せそうなニーナに癒《い》やされていると――

「ちょっと！　あたしなんで呼ばれてないの？」

私室のドアがバタンと開いて、ステラが飛び込んできた。

「甘い物お好きだったんですね？」

「好きに決まってるでしょ！　女の子だもの！」

「あうぅ……ニーナはいりょが、たりていませんでした」

自分だけ美味しいモノをこっそり食べていたと思って、幼女はすっかり落ちこんでしまった。

魔王が慌《あわ》てて取りつくろう。

「ニーナは悪くないわ！　ちゃんと連絡くれなかったセイクリッドが悪いのよ」

「けど、セイおにーちゃが買ってきてくれたのに……悪い子はニーナだから」

「あ、ええと、あたしが悪いの！　誘われてないのに来たあたしが悪いから！　ニーナは良い子よ！　とっても良い子！」

俺はミニキッチンに行くと保冷庫からカステラの包みをもう一本取りだした。

「実はステラさんとベリアルさんの分も買ってあるのでご安心ください。ニーナさんにはこれをお土産《みやげ》に届けてもらう〝お使い〟を頼む予定でした」

姉妹揃《そろ》って「ほっ」とした顔になる。

「セイおにーちゃはニーナをいっつもドキドキさせるから」

ステラがムッとした顔で俺を指差す。

「は、謀《はか》ったわねセイクリッド」

「貴方《あなた》の落ち着きのなさがいけないのですよ。せっかくですからお茶をご一緒しませんか？」

ステラは空《あ》いている椅子に腰掛ける。

「しょ、しょうがないわね。あなたがどうしてもって言うなら、ごちそうになってあげなくもないわよ」

カップとソーサーを出して紅茶をポットから注ぎ、ステラの分のカステラを用意した。

「ふわっふわじゃないの⁉　いただきま～す」

ステラも一口頬張って目尻をとろんと落とす。姉妹仲良くカステラの軍門に降《くだ》ったようだ。


おやつタイムを終えて、聖堂に戻るなりニーナはピンッと背筋を伸ばして俺に言う。

「ひとりでできるのです！」

ベリアルの分のカステラの包みを抱えて、ニーナは少し緊張の面持ちで聖堂のカーペットを歩く。

初めてのお使いは、教会から魔王城へのお届け物だ。重大任務にニーナは震える。

「おっことしたら、一大事。こういうときは、勇気のでるカステラのお歌をうたいます」


カスカスカスカススッカスカスカ～♪

てらてらきらきらふわっふわ～♪

お空の雲がもっくもく～♪

カステラカスカスてらてらり～♪


俺とステラに見守られて、歌うニーナは無事、城門前にたどり着きベリアルにカステラを届け

た。

が、ステラが困り顔で俺に言う。

「ね、ねぇセイクリッド。なんだかニーナに無邪気にディスられた気がするんだけど」

「気のせいですよ。ああ、ちなみに手間がかかりますが、ワインを作る時の葡萄《ぶどう》の絞りカスは、化粧品やジャムなどに再利用できるそうですよステラさん」

「誰《だれ》が頭の中カッスカスのステラちゃんよ！」

一言もそんなことは言っていない件。

「考えすぎですよ。それに美味しかったのではありませんか？　カステラ」

「う、うん。ふわふわで甘くて……人間の欲望を満たそうとする探究心には驚かされるばかりね」

どことなくステラは寂《さび》しそうだ。

「どうかなさいましたか？」

「え、ええと……あたしもニーナを喜ばせてあげたいけど、セイクリッドみたいに王都にひとっ飛びってわけにはいかないでしょ？」

「ステラさんがそばにいるだけで、ニーナさんは幸せですよ」

途端《とたん》に魔王が耳の先まで真《ま》っ赤《か》になった。

「も、もっと幸せにしてあげたいって思うじゃない！」

「ではそうですね。カステラは製法が秘密のようですから……そうだ、クッキーなど焼いてみてはいかがでしょう？」

焼き菓子は材料の分量さえ守れば、わりと形になるものだ。

「あ、あたしが作るの⁉」

「材料費をいただければ、材料は昼休みにでも買い集めてまいりますので」

驚いたように目を丸くしたかと思えば、ステラはシュンと肩を落とす。

「む、無理よ。やったことないもの。どうやって作るのかもわからないし」

「魔王城にオーブンがあれば大丈夫ですよ」

「気軽に言ってくれるわね！　ま、まぁ……オーブンくらいあるけど」

不安そうだが、やりたくないとは言わないか。

「実は教会の修道院などでは、神官がクッキーを焼いて売っているのです。私で良ければレシピをお教えいたしますよ」

「ほ、ほんとに⁉」

少女の尻尾《しっぽ》がピンッと立つ。

「ええ。ただ修道院のオリジナルレシピはぼったく……もとい、味がイマイチですから、美味しくなるようアレンジしたものにしましょう」

俺の手を両手でぎゅっと握ると、魔王はブンブン上下に揺らす。

「よ、よろしく頼むわね！　えっと、失敗したのをニーナに食べさせたくないから……あ、あなたとベリアルには味見をしてもらうわよ！」

「私もですか？」

「しょうがないでしょ！　ベリアルは何を食べても〝お酒のつまみになるかならないか〟でしか

判断できないし！」

なるほど。猫に金貨。豚に真珠。馬の耳に聖典。ベリアルにカステラも、辞書に書き加えておこう。

「よーし焼くわよ焼き尽くすわよ！　こう見えてもあたし、炎系の魔法は大得意なんだから！」

オーブンの火力＝魔王の火力説。

となると当分、黒《くろ》焦《こ》げのクッキーに困ることはなさそうだ。

アコとカノンが死んで戻ってこないかな。と、柄《がら》にもなく思ってしまった。

第一章　ギャルが神官に優しいとかいう謎の風潮

今日も俺は大神樹の芽の前に膝《ひざ》をつき祈りを捧《ささ》げる。

聖堂を静寂が支配している。

勇者アコと神官見習いのカノンがやってこないまま一週間——

アイスバーンとの戦いが二人を成長させたのか、死なずに今日もどこか同じ空の下で、勇者と神官見習いコンビはがんばっているのだろう。

一方、魔王サイドはといえば——ステラのクッキー作りは順調。順調に駄目だった。この一週間で、俺はまだクッキーを食べていない。

最初にステラが持ってきたクッキーは、触《ふ》れると白い灰になり空気に溶《と》けて消えたのである。

ようやく手で持ち上げられるくらいの強度を残せるようになったのが、つい先日のことだ。

それも口に運ぶ手前で、バラバラに砕《くだ》け散ってしまうわけだが。

だんだん焼き加減がわかってきたのよ！　とは、魔王《ステラ》の言葉である。

おかげで今日あたり、真っ黒なクッキーを実食できるかもしれない。

「はぁ……憂鬱《ゆううつ》ですね」

つい言葉が漏《も》れると、まるでそれに反応するように大神樹の芽が輝きを帯びた。

「よしっ」

思わず小さくガッツポーズをしてしまう。ステラお姉ちゃんの手作り消し炭……もとい、手作りクッキーの道連れは、多いに越したことはない。だが――

『もー！　チョー最悪なんだけどぉ』

大神樹から響く声は聞き慣《な》れない少女のものだ。握《にぎ》った手をそっと開いて軽く頭を抱える。

口調からしてアコやカノンではない。新たな〝魂《たましい》の誤配送〟である。

「またですか。無能な管理局ですね。蘇生魔法《リザレク》」

事務的に呪文を唱えると、大神樹の芽から光が溢《あふ》れて少女の姿を形作った。

すらっとした手足の長い少女である。ヒラヒラとした薄布に身を包み……いや、包まれている部分は非常に少なく、布地の面積よりも肌の露出の方が多い。

羽衣《はごろも》のような半透明なヴェールをまとっているものの、ほとんど下着姿といって差《さ》し支《つか》えなかった。

そんな服装ながらも、首元や手足には金細工のアクセサリーをつけており、舞えばキラキラと輝くことは請《う》け合《あ》いだ。腰には短刀が左右一対で二本。剣士だろうか。

「二刀流とは珍しいですね」

「ん？　あれ？　アンタだれ？」

薄茶色の瞳《ひとみ》がじっと俺を見据《みす》えた。

肩にかかる程度の外ハネ気味な髪はふわりと軽い印象で、明るい栗毛色をしていた。

艶《つや》っとした血色の良さに、瑞々《みずみず》しい肌のぷるんとした感触が、触らずとも視覚に訴えてくる。

ベリアルやアコほどではないが、寄せて上げずとも谷間ができるくらいの実力者に違いない。

健康的と扇情的《せんじょうてき》の間を綱渡りするような、危うい服装だ。

「っていうかーなにじろじろ見てるわけ？」

「大変お美しいので、つい見とれてしまいました」

少女は俺に投げキッスを飛ばした。

「いきなり口説《くど》いてくるとかウケルー。アタシはラヴィーナ。踊り子で剣士？　って感じ」

舞剣士《ソードダンサー》か。しかし、なぜこういった手合いは、自分に対して疑問形を用《もち》いるのだろうか。

「私はこの教会で司祭を務める神官のセイクリッドと申します。ではさっそく――」

咳払《せきばら》いを挟《はさ》んで俺は業務を続けた。

「おお、踊り子にして剣士のラヴィーナよ死んでしまうとは情けない。光の神の元に復活した今こそ、再び立ち上がり使命を果たすのです」

「使命とかマジ受けるんだけどー。ねえねえ、ここどこかわかんないけど、おにーさんちょっとイケメンじゃない？　アタシの使命？　って、素敵な彼ぴっぴをゲットするってやつじゃん？」

唐突に同意を求められても〝知らんがな〟としか返しようがない。

「はあ、そうですか」

俺にまったく取り合う気がなくとも、少女は楽しそうに話し続けた。

「でさー！　踊り子してるけどオッサンばっかりホイホイついてくるんだよねー。年上がリードしてくれるのはりそーてきなんだけどぉ、みんなスケベぇな目で見てくるから困るしぃ」

そんな格好をしているからでは？　と、元も子もないことを口にしそうになった。

「身の上話でしたら元の教会でお話しください」

「元の教会って？」

「ええと、貴方《あなた》は本来還《かえ》るべき場所ではない教会に魂を導かれてしまったのです。通常であれば、所持金から半分を寄付《きふ》していただくところですが、今回はこちらのミスですので不要です」

「え？　やったラッキー！　セイクリッドだっけ？　もしかしていい人？」

栗毛を揺らして少女はその場でくるんとターンした。

外ハネ気味な髪や羽衣のような薄布が、彼女の動きに連動して花開くようにふわりと広がる。長い手足をめいっぱいに広げれば、まるで大輪の花が咲いたような華やかさだ。

「私は司祭としての義務を果たしているにすぎません」

「じゃあアタシもお礼しなきゃ！　良かったイケメン司祭で。はいこれ、お礼ね……チュッ！」

まるで風が踊るように、ラヴィーナはステップを踏んで俺の眼前にやってくるなり、ぷるんとした唇《くちびる》を俺の頬に寄せた。殺気があれば避けていたのだが……間合いの詰め方や足の運びがあまりに華麗すぎて、俺は棒立ちのまま彼女のお礼を受け取ってしまい――

バーン！　と、同時に教会正面の扉が開いて、バスケットいっぱいに黒い木炭のようなクッキーを手にした魔王が姿を現した。

「せ、セイクリッドッ!?　また新しい女の子に手を出そうとしてるのッ!?」

ラヴィーナとステラの視線がぴたりと合う。その裏で、慌てて女騎士《ベリアル》が扉を閉めるのが見えた。

魔王城を踊り子に目撃させない素早い配慮だが、つまりは〝現状〟が密室に封印されたも同然だ。

教会の聖堂に二匹の虎が解き放たれ、俺を挟んで視線が火花を散らす。

ラヴィーナが俺の首に腕を蛇《へび》のように絡《から》みつかせて、身体《からだ》を密着させた。

しっとりとした踊り子の肌は吸い付くようで、ハチミツ風の甘い香りが鼻孔《びこう》をくすぐる。

「ちょっとセイクリッド、あの赤い髪の子……誰《だれ》？」

「ご近所に住んでいる黒魔導士のステラさんです」

ステラの尻尾《しっぽ》がピンッと天井《てんじょう》をさすようにそそり立つ。

「そ、そっちこそ誰よ！」

「アタシはラヴィーナ。セイクリッド……ううん、セイぴっぴの彼女だけどぉ？」

「いいえ違いますよ。たった今、蘇生《そせい》させただけの者です」

俺の訂正にラヴィーナが首を大きく左右に振った。

「違わないしー！　一目惚《ひとめぼ》れってやつ？　なんかセイぴっぴかっこいいじゃん！　あれ？　もしかしてステラってセイぴっぴのこと好きなの？」

魔王は膝をガクガクと震えさせた。

「そ、そそそそんなわけないでしょ！」

「なーんだ。じゃあセイぴっぴフリーじゃん！　アタシの彼ぴっぴにしてあげるねー」

ラヴィーナはかかとを上げて俺に頬ずりをする。

「ハァ……ラヴィーナさん。あまり冗談《じょうだん》が過ぎると大やけどをしますよ」

「冗談とかじゃないし。だってさぁ死んじゃって生き返ったら目の前にイケメンだよ？　しかも偶然違う教会で復活とか、普通じゃありえなくない？　これって運命だよ！　こういう出逢《であ》いを子供の頃からずうううううっと待ってたし！」

密着したまま少女は俺の顔をじっと見つめる。

「ね！　セイぴっぴ結婚しててもいいから、アタシの彼ぴっぴになって！」

さらりととんでもないことを言うんじゃあない。

「お断りいたします」

途端《とたん》にステラが笑顔になった。

「プークスクス！　振られてるじゃないの？」

「振られてないしぃ！　セイぴっぴハズいんだよねぇ？　もうキスしちゃったんだから、セイぴっぴはアタシの彼ぴっぴって感じ？」

キスって犬のマーキングかなにかか？　人差し指を軽くくわえるようにして、ラヴィーナはとびっきりの媚《こ》び媚《こ》びうっとりな表情を浮かべた。一方ステラはというと――

「やっぱりしてたのね！　セイクリッドだめよ！　キスなんてしたらこ、こど……こども……あうぅ」

この中に、正しい知識を教えられる女性はおられませんか？

返事はない。

教育係としてのベリアルの成長に期待するよりほかなかった。

「きゃー！　そうそう子供できちゃうかもどうしよー！」

彼女の言葉でラヴィーナの方は〝わかっていて〟煽《あお》る気満々といったところか。

ステラの顔が耳の先まで真《ま》っ赤《か》になった。面倒なので王都に強制送還《てんいまほう》するのが一番のように思えたのだが、ラヴィーナがきちんと別の教会で旅の記憶の記録をつけない限り、死ねば結局ここ

に戻ってきてしまう。ああ、どうしてこの教会には次から次へと問題児ばかりが放り込まれるのだろう。

とりあえずラヴィーナをどうにかしなければ。誤解は解くのが遅れるほどこじれるものだ。

「いいですかラヴィーナさん。私は貴方の彼ぴっぴではございません」

「んもー！　遠慮しなくてもいいんだよ？」

「正しい交際とはお互いの同意があってのこと。私は同意した覚えはありません」

「いいじゃんもー！　細かいことは抜きにして、セイぴっぴも男ならやってみろってヤツ？」

良くないから言っているのに、ラヴィーナはアコにも増して人の意見を訊《き》かないタイプだ。

ステラがびしっとラヴィーナの顔を指さした。

「だ、だいたい、いきなり会ったばっかりで好きになるとかおかしいわ！」

ラヴィーナは俺を解放すると、赤毛の少女に向けてあっかんべーで返した。

「ステぴっぴは恋したことないんだぁ。かわいそー」

「同情するなんて良い度胸……え？　ちょ、なんであたしまでぴっぴなわけ？」

「二人ともアタシのことはラヴィとかラヴィちゃんって呼んでね」

もう、ラヴィちゃんわかんねぇなこれ。これで性別が男なら、うざい系オカマキャラ（だいたい強キャラ）だが……いやまてよ、実はこいつ男なんじゃないか？　しゃがみ込んでラヴィの纏《まと》う羽衣のような薄布を、俺は手で跳ね上げるようにした。股間《こかん》は……膨《ふく》らみなし。間違いなく女子だ。

ラヴィーナは腰をくねらせた。

「やだもー！　がっつかないのセイぴっぴってば」

同時にステラが両手に炎の魔法力を集約させる。

「……そ、そういうことしていいの？　神官でしょ⁉」

「ラヴィーナさんが男性ではないか確認しただけです」

俺の言葉にとろけるようなまったりとした口振りでラヴィーナは「んなわけないじゃ～ん」と、股間を包む薄布に手をかけた。

「もっとダイレクトに確認しちゃう？」

「いいえけっこうです。失礼しました」

「いいっていいって、アタシとセイぴっぴの仲なんだし。あっれー？　なんで無関係なお隣《となり》の黒魔導士ちゃんが顔真っ赤なのかなぁ？」

口を猫のようにωにして、ラヴィーナはちらりとステラに視線を向けた。

「カップル炎上しろおおおおおおお！」

ステラの絶叫とともに、負の感情たっぷりの炎が聖堂内を暴れ回る。俺はラヴィーナの身体を引き寄せ、防壁魔法《マシルド》で炎を遮断した。ラヴィーナが死んでもここで復活するだけなのだから、やめなされ。

「うわ、ステぴっぴガチ切れじゃん。引くわー」

切れさせたお前に俺はドン引きだ。と、俺にさらに身体を密着させてラヴィーナは耳元で囁《ささや》いた。

「でさ、実際のところステぴっぴとできてるの？　アタシ、浮気は許さないけど好きになった男

の人がモテモテなのはダイジョーブな感じ？」

「私にとってステラさんは……信用できる大切な隣人です」

「そっか。じゃあこれからは、新しい彼女ができたらちゃーんとほーれんそーね！」

寛容《かんよう》に縛《しば》るタイプとはこれいかに。

「野菜ですか？」

「報告、連絡、相談っていうじゃん？」

初めてまともな答えが返ってきた。

ステラが魔法を撃ちきって肩で息をする。レベル2になって威力も増しているようだが、大神樹の加護の元にある、俺の防壁《マシルド》を破るほどではなかったか。それにしても――舞剣士は泰然《たいぜん》としたものだ。

「ステラさんの魔法を見たというのに、ラヴィーナさんはずいぶんと落ち着いていますね」

魔王の魔法力をまるでわかっていないか、もしくは〝ステラの魔法を単独で防御できる〟実力が備《そな》わっているからこその余裕があるからか。

ラヴィーナはピースで自分の瞳を上下に挟むようにして、ニカッと笑った。

「女の子は秘密と甘い物でできてるんだよセイぴっぴ！」

うわ面倒くさい。もう王都に返してしまおうと思ったところで――

「あうぅ……セイクリッドの……ばかぁ」

たった一発、上級火炎魔法《ヴァーナフレア》を放っただけでステラは身体をフラフラとさせていた。

すかさず彼女に駆け寄り抱き留める。

「大丈夫ですか？　しっかりしてくださいステラさん」

ラヴィーナが「ステぴっぴだいじょぶ？」と、心配そうに覗《のぞ》き込《こ》む。

そのままおでこをステラのそれにぴたりとつけると――

「うわ！　ちょー熱出てんじゃん！　セイぴっぴ早く治してあげなきゃだよ」

「そうしたいのは山々なのですが……この症状には見覚えがあります」

魔法力欠乏症。発熱は恐らく魔法の使いすぎによるものだろう。治療のために魔法を使えば悪化する可能性があるものだ。先ほどまでケンカをしていたラヴィーナが焦《あせ》りだした。

「ど、どどどしたらいいの？」

「落ち着いてくださいラヴィーナさん。ステラさんは魔法力が枯渇《こかつ》している状態です。少し横になって休めばじきに回復するでしょう」

俺はステラを腕の中に抱えると、私室に向かった。

魔王城の前に送り届けるにも、ラヴィーナに教会の外を見られかねない。

「誰か街の人呼んでこよっか？」

「それには及《およ》びません。キッチンにタオルがあるので、濡《ぬ》らしてしぼって持ってきてください」

「おっけー！　ラヴィにおまかせだよ」

安易《あんい》に人を信じるのはどうかと思うのだが、意外にいいところもあるようだ。

ベッドにステラをそっと寝かせて、俺は彼女の髪を撫《な》でる。

「……ん……ニーナ……クッキー……がんばるから……」

どうやらクッキー作りに苦戦して、寝不足がたたったのかもしれないな。

オーブンの火力も問題だが、一度手本を見せて作り方を直接指導した方がいいかもしれない。

ほどなくして「水タオルできたよセイぴっぴ！」と、ラヴィーナが戻ってきた。

それを軽くしぼって踊り子はそっと優しく、ステラのおでこにあてがう。

「ありがとうございます。お優しいのですね」

「体調悪いステぴっぴに勝ってもずるいじゃん？　好きになったメンズは正々堂々、勝ち取るものだし」

「私はお断りしているじゃありませんか」

ラヴィーナはまじめな顔で俺に返す。

「人間、好きって言われた相手のことを好きになっちゃうもんだよ？　セイぴっぴは断るって言うけど、アタシのことキライとは言わないし。つまり脈あり！」

ないです（迫真）。

仕事以外ではあまり付き合いを深めたくないタイプだ。押しも強いし、正直理解しがたい。

が、どうにもこの踊り子が気になる。妙な胸騒ぎが気のせいであれと祈っていると――

『やっほーセイクリッド！　また来ちゃった！』

『恥ずかしながら戻ってしまいましたであります』

ああああああ……一人ずつでも面倒……もとい、大変なのに。

ステラが熱を出して寝込んでいると知れば、神官見習いが「熱が引くのは座薬であります」とテンパり、勇者が「ボク、美少女を看病してみたかったんだよね」と、余計なことをする未来が見える。

ラヴィーナがニッコリ笑った。

「女の子が二人追加って、セイぴっぴヤバくない？」

あと幼女に女騎士がいるんだよ。そこにお前が加わったんだよ。

最後の教会なのに利用者増えすぎ問題、深刻化の一途《いっと》である。

第二章　正しい壁のドツキ方

勇者と神官見習いがステラのことを知れば騒ぎそうなので、魔王をベッドに寝かせたまま、俺はラヴィーナを連れて私室から聖堂に移動した。蘇生《そせい》後さっそく似たような波長を持つ二人が、お互いを一目で同類同族と見分け、嗅《か》ぎ分《わ》け、握手をかわす。

「へぇえ、ラヴィーナっていうんだぁ。ボクはアコで、こっちは神官見習いのカノンだよ」

「よ、よろしくであります」

復活するやいなや、踊り子姿のラヴィーナにアコは「にょへ～」っと、鼻の下を伸ばした。

一方、そんな勇者を迷惑がったりもせず、握手を解くとその手で目尻《めじり》にピースをあてて、踊り子はキメ顔を作る。

「よろしくー！　えっとアコっぴとカノっさね」

「じ、自分はカノンであります！　カノッサではないであります！」

眼鏡《めがね》のレンズをキランと光らせるカノンに、アコがそっと告げる。

「ラヴィは愛称をつけてくれたんだよ。ボクはアコっぴかぁ。アコアコアコっぴだね」

カエルの魔物にそんな名前のがいたような気がするが、きっと気のせいだろう。

しかし——ラヴィーナとアコ。危険な二人が揃《そろ》ってしまったような気がしないでもない。

「アコっぴってゆーしゃ様なの？」

「うん！　こう見えても、ラスベギガス近辺を根城にしてた上級魔族をやっつけたんだから！」

えへんとアコが胸を張ると、大きな果実がたゆんと揺れた。

「すっごーい！　アコっぴ上級魔族倒しちゃったんだぁ」

ラヴィーナは薄茶色の瞳《ひとみ》をキラキラさせてアコの胸をツンツンする。

「きゃん♪　もー！　いきなり触られると驚くんだけど」

「えーいーじゃん。女の子どーしってやつ？　ねえねえこの中に何が入ってんの？　スライム何個分のプニプニかなぁ」

「ボクの胸にはスライムどころか、魔王も驚くくらいの夢と希望と美少女への愛がいーっぱいなのさ。あ！　セイクリッドへの愛もあるから心配しないでね」

黒いツンツン髪を愉快《ゆかい》そうに揺らしてアコは笑う。

「っていうかー二人だけなの？　ねぇねぇアタシも仲間にしてよ！」

「うんいいよ！　カノンもいいよね？」

「り、リーダーはアコ殿でありますから、従うでありますが……」

神官（見習い）のお許しが出たところで、アコとラヴィーナはハイタッチをかわして、その場で腕を組むとスキップしながら踊りだす。カノンが俺の隣《となり》にスッと身を寄せるようにしてぼやいた。

「アコ殿が二人に増えたであります」

「がんばってくださいね。ちょうど、ラヴィーナの引き取り先を探していたところでした」

「引き取るって、子犬ではないのでありますよ！」

俺は首を傾《かし》げるカノンに微笑《ほほえ》んで返す。

「いいですか後輩よ。これも光の神が貴方《あなた》の成長のために与えた試練です」

「あうぅ……セイクリッド殿はオーダー厳しいでありますな」

「神官はパーティー崩壊を防ぐ最後の要《かなめ》ですから。アコさんだけを見ているだけではいけませんし、これからはどちらもフォローしつつ、時には手遅れと判断した場合、見殺しにする冷静な判断力も必要となります」

視野が狭く戦闘中の感情コントロールができず、さらに自ら攻撃に参加してしまうカノンのトレーニングにもなりそうだ。アコとの交友を深めたところで、ラヴィーナが俺のもとにやってきた。

「セイぴっぴのおかげで友達増えちゃったし、この教会気に入ったからまた来るね。あとステぴっぴが元気になったら、ライバルだかんね！　って、言っといてよ」

もう面倒なので、送り先は王都でいいな。

「転移魔法《ラポタル》」

俺は三人まとめて王都へと転移させた。この魔法、少し改編《アレンジ》すると、行き先を決めずに適当にぶっ飛ばすこともできるのだが、そこで行き倒れてこの教会に戻ってこられても困る。

「あっ……しまった。蘇生費用の寄付金《きふきん》を奪い……もとい、納《おさ》めてもらいそこねましたね」

つい、溜《た》め息《いき》が出たところで、またしても大神樹の芽が光を帯びた。

壊れているのだろうか。管理局員の頭が。

『…………』

大聖樹の芽からは声もメッセージも出ないが、誰《だれ》かがいるのは間違いない。

「蘇生魔法《リザレク》」

うんざりしつつ仕事をこなすと――

「…………」

「ラヴィーナさん、また死んでしまうとは情けないを通り越して、いささか不可思議ですね」

王都の教会前に送ったばかりのラヴィーナが蘇生された。

「…………」

じっと沈黙を続けるラヴィーナだが、不思議なことに気づいた。髪が長い。

肩に掛かる程度だったのだが、付け髪でもしたように腰の長さまであった。それ以前に、身なりからして別人だ。服装も際《きわ》どかったものが、ゆるやかなローブ風に変わっている。

頭には宝玉《オーブ》のはめ込まれた銀のサークレットをしており、代わりに手足にジャラジャラとつけた金細工は消えていた。そして腰には占い符――タロットカードの収まったケースをベルトから下げている。

「占い師の格好などして、いったいどうしたのですか？　たった今、王都に送り返したばかりでどうやって死んだのかもわかりませんが……」

薄茶色の瞳がじっと俺を見据《みす》えたままだ。

「あの、ラヴィーナさん？　いきなりアコさんたちとケンカでもしたのですか？」

「……？」

先ほどから言葉を封じられたように、一言も喋《しゃべ》らない。

「喋れなくなる呪いでしょうか？　解呪のお手伝いなら喜んで承りましょう」

「……名前……教えて」

喋れるじゃないか。しかし、声色というか声の感触まで先ほどの騒がしさが嘘《うそ》のようだ。聞き取りやすさはあるのだが、どことなくか細く寂《さび》しい感じである。

「先ほど私のことをセイぴっぴと仰《おっしゃ》っていたのは貴方ですよ」

「……セイぴっぴ」

眉一つ動かさず少女はもう一度、淡々とした口振りで繰り返す。

「……ぴっぴ」

すると、抜刀《ばっとう》するような勢いで、彼女は腰のケースからタロットカードを取り出し身構《みがま》えた。

「あの、ラヴィーナさん？」

「……ぴっぴの運命は……これ」

スッとカードの束から一枚を抜いて俺に見せる。

それは黒い影がデスサイズを構えた『死神《ザ・デス》』のカードだった。

「私が死ぬと仰りたいのですか？」

ラヴィーナ（？）は俺に見せたカードを指先でくるんと自分の方に向けると、死神を確認して呟《つぶや》く。

「……ええと」

死神のカードを束の真ん中あたりに差し入れて、彼女は一番上のカードをこちらに見せた。

「……じゃあ、これ」

『吊るされた男《ザ・ハングドマン》』だ。

「私を吊るすと？」

「……これ」

次に出たのは『塔の崩壊《ザ・タワー》』。

「この教会を破壊ですか」

「……もう一回」

さらに一枚、引き直すと『悪魔《ザ・デビル》』のカードが出た。神の敵対者という意味では魔族と言い換えても良いかもしれない。

「神聖な聖堂に悪魔《まぞく》などいるわけがありません」

無表情のまま少女はぽつりと返す。

「……カードは苦手」

じゃあ何が得意なんだ？　俺は小さく咳払《せきばら》いを挟《はさ》む。

「コホン……まあ、占いはこれくらいにして……大変失礼いたしました。つい先ほどまで、貴方とうり二つの女性がこの教会にいらしたものでして」

素《そ》っ気《け》なく「……そう」と返すと占い師の少女はタロットをケースにしまう。

「改めてお名前をうかがってもよろしいですか？」

「……ルルーナ」

ラヴィーナとルルーナ。どことなく語感が似ている。

「他人のそら似ではなさそうですね」

「……ラヴィーナは姉」

「双子の姉妹ということですか」

占い師の妹――ルルーナはコクリと頷《うなず》く。

姉同様、彼女にも〝最後の教会〟で蘇生されてしまったいきさつをきちんと話しておこう。

「ルルーナさん。貴方は本来戻るべき教会ではなく、別の教会に魂《たましい》を送られてしまいました。先ほど申し上げました通り、ラヴィーナさんは王都にお送りしましたが、貴方もそのようにいたしますか？」

「……セイぴっぴ」

きちんと名乗り忘れた結果、またしてもぴっぴである。

「失礼。自己紹介が遅れましたね。私はセイクリッドと申します。この教会で司祭を務《つと》めているただの神官です。本来でしたら、復活の際に寄付をしていただくのですが、今回は手違いもありましたので、寄付のお願いはいたしません」

「……そう」

俺ではなく、聖堂内を見回すルルーナ。どことなく寂しげな横顔だ。

双子だから性格まで似るとは限らないが、ここまで感情の起伏に落差があるのは珍しい。

もしや古いしきたりかなにかで、双子は不吉だからと妹のルルーナだけ地下に幽閉《ゆうへい》されていた
……ことはさすがにないか。それにしても――

ラヴィーナと行動していたのに、ルルーナが遅れてこの教会に魂を送られたのも気になる。

「差し出がましいとは思いますが、何かお姉さんとトラブルでも抱えていらっしゃるのでは？」

「……姉がトラブル」

なるほど。たった一言でルルーナの苦労が目に浮かんだ。

どうやら彼女は〝まともに話ができる〟人間のようだ。

「貴方のつらいお気持ち、このセイクリッドお察しいたします」

「……ありがとう」

自由奔放《じゆうほんぽう》な姉に振り回されているのだろう。

「さて、いかがいたしましょうルルーナさん。毒の治療も解呪も必要そうには見えませんが、私で力になれることがありましたらなんなりとお申し付けください」

ルルーナはぼそりと呟いた。

「……姉を娶《めと》ってください」

「ええ、それくらいのことでしたらお断りします」

いま、さらりと承諾《しょうだく》しかけた。表情一つ変えずにルルーナは「……チッ」と、舌打ちした。

訂正——やはりこの教会に魂を誤配送される冒険者に、まともな人材は一人として存在しない説。

「お姉さんご本人の承諾もなく、重大な約束を妹の貴方が持ちかけるのはいかがなものかと？」

「……セイぴっぴ」

「たしかに、そのようには呼ばれましたが、私だけではありません。この教会の近所に住む、黒魔導士の少女も同じように呼んでいましたし」

「……男性をぴっぴと呼んだのは、たぶんあなたが初めて」

ずいぶんと俺はラヴィーナに気に入られたようだ。

ルルーナはローブの懐《ふところ》から片手に収まるくらいの水晶玉を取り出した。

「……姉を嫁にしないとあなたに不幸が訪れる」

「それは占いではなく脅迫というんですよ」

「……地獄に落ちます」

「詐欺師《さぎし》の手口ですか？」

「……どうしたらラヴィーナを好きになりますか？」

占い師にしては口下手《くちべた》というか、コミュニケーション能力に欠《か》ける未熟ぶりだ。

「いいですかルルーナさん。愛とは誰かに命じられるでも、強制させるものでもなく自然と湧き上がる感情なのです」

「……このインポ野郎」

「はい？」

――ルルーナから自分と同類の匂いを感じた。口下手で無表情という皮を被《かぶ》っているに過《す》ぎず、本性は別のようだった。本音が出やすいあたり修行不足だが、美少女だから上手《うま》く誤魔化《ごまか》せてきたのだろう。

「ともかく王都にお送りしましょう」

「……待って。ラヴィーナは……妹のわたしを庇《かば》ったから先に……優しいところもあるから」

なるほど、だから二人同時ではなく時差が生じたわけか。

「ラヴィーナさんが妹思いの素敵な女性ということは承知いたしました」

「……それじゃあ」

「お断りいたします。それと、本人を前に舌打ちはおやめください。まだまだ外面の取りつくろい方が甘いですよ」

クールなポーカーフェイスのルルーナが下を向いた。彼女に詰め寄り、壁際に追い詰める。

「……はう」

逃げようとする彼女の退路を、腕を壁にドンとつけて塞《ふさ》いでから俺は言う。

「良いですか小娘。腹黒な者同士のよしみです。貴方自身は隠せているとお思いでしょうが、先ほどから盛大に尻尾《しっぽ》が出っぱなしですから。我々のような人種は、可能な限り他人との摩擦《まさつ》を起こさないように、静かに深く水の底で潜伏するように行動しなければなりません」

「……どうしてそんなこと言うの？」

「さあ、どうしてでしょうね。では……転移魔法《ラポタル》」

「……ま、待って」

言葉は最後まで発せられることなく、少女の姿は光に包まれ消えた。行き先は王都に設定してある。すぐにも姉やアコたちと合流できるだろう。

しかし、ラヴィーナにルルーナか。外見はそっくりだが、中身はずいぶんと違うな。

少し手間取ったが、これでようやく平和な日常が戻ってきた——

「ちょ、ちょっと……壁ドンってどういうことよ！」

枕をギュッと抱えて、ステラが俺の私室から聖堂にやってきた。

「壁ドンですか？」

「ラヴィーナを壁際に追い詰めて……き、きき、キスしようとしてたんじゃないの？」

「今のはラヴィーナの双子の妹のルルーナさんですよ」

「嘘よ！」

「神に誓って嘘など申し上げておりません。それに転移魔法《ラボタル》で王都に返したのは私ですから」

「そ、そうだけど……あんなに顔を近づけて……うらやま……な、なんでもないから」

まだステラは本調子にはほど遠いようだ。

「しばらくクッキー作りも含《ふく》めて、お休みしてはいかがですか。このところ色々とありましたし、時には休暇も必要ですよ」

「休んでなんていられないわよ！　うかうかしてたらセイクリッドが……」

「私は当分、どこにもいきませんし誰かに倒されることもないでしょう。まあ、貴方が成長すればどうなるかわかりませんが」

ステラがほっぺたをぷくっとさせる。

「そういうこと言ってるんじゃないの！　さっきのがラヴィーナでも妹でも……なんで増えるのよぉ」

「私も同意です。自力で〝最後の教会〟にたどり着いた冒険者がいないのが嘆《なげ》かわしいですね」

ステラは大きく息を吐いた。

「はぁ……ともかく、セイクリッドをあたしが守ってあげなきゃ……」

「魔王に守られる神官というのは前代未聞《ぜんだいみもん》ですよ」

赤毛を揺らして少女は瞳を燃やしながら、俺の顔を指さした。

「なら最初の一人になればいいじゃない！　今日のところはクッキーもちらばっちゃったし、余計な邪魔ばっかり入ってもうアレな感じだから帰ってあげるわ！」

俺に背を向けお尻と尻尾を不機嫌そうに揺らしてステラは聖堂の正面扉から出ていった。

俺の枕を手にしたまま、代わりにバスケットと黒焦げクッキーを残して。

「問題は山積みですか」

魔王のデスクッキーにグイグイ系の踊り子。さらに、その踊り子を俺に嫁《とつ》がせたがる妹と、我が人生は難題に満ちている。明日はニーナを誘って、どこか静かなところで焚《た》き火《び》など囲んで、ゆるくキャンプでもしたい気持ちになった。

第三章　TS、あたしは元気です

双子姉妹に振り回された日の翌朝——まだニワトリも目覚める前の早朝のことだ。

ドンドンドン！　ドンドンドン！

金属製の扉が叩《たた》かれた音で目を覚ました。枕をステラに強奪《ごうだつ》されたために眠りが浅かったようだ。

用事があるなら勝手に入ってくればいいのに。ズケズケと侵入してこない律儀《りちぎ》さはベリアルだろうか？　そんなことを考えつつ、俺は上掛けを羽織《はお》って私室を出た。聖堂を抜けて正面扉を開くと——

「ちょっとどういうことなのよ！　意味がわからないじゃない！」

俺を憎らしげに見上げて、赤毛の少年がビシッと顔を指さしてくる。

「どちら様ですか？」

お尻《しり》をあげるようにして少年は吼《ほ》える。

「あたしよあたし！」

見れば少年なのにピンクのパジャマ姿だ。赤い瞳《ひとみ》は今にも泣き出しそうで、尻尾《しっぽ》がお尻のあたりで揺れている。

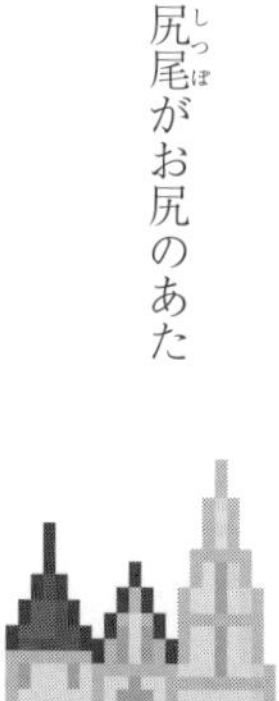

「存じ上げませんね。魔王城の方でしょうか？」

「だーから！　あたしだって言ってるでしょ！」

赤毛を振り乱す少年に俺は首をひねる。

「二度寝しますので、これにて失礼」

扉を閉めようとすると少年はつま先を扉の隙間《すきま》に突っ込んできた。

「させないんだから！　教会の扉は誰《だれ》にでも開かれてるんでしょ？」

俺は大きく息を吐く。

「まあ、そうですが……自己紹介くらいしてくださってもよろしいのではありませんか？」

「あたしよ！」

「あたしあたし詐欺《さぎ》の方ですね」

「んもー！　だから……うう……」

少年は聖堂内に自分の身体《からだ》をねじ込むようにして、うつむき気味に呟《つぶや》いた。

「す、ステラっていいます。職業は魔王です」

「私の存じ上げる方にそっくりな経歴ですね。名前にいたってはそのままではありませんか？」

少年（？）は、顔をあげて俺に懇願《こんがん》した。

「あたしが魔王ステラなのー！」

「はて、私の知っているステラさんは可憐《かれん》な少女だったと記憶しておりますが」

うつむいて視線を俺からそらすと、ステラ（？）はぼそりと呟いた。

「呪い……失敗したみたい」

間違いなく魔王ステラその人だ。

「以前申し上げましたよね？　私に呪いをかけるなら、相応の準備と覚悟をするようにと」

「だ、だってぇ！　この呪いならノーリスクハイリターンだったから！」

涙目になって腰をくねくねさせる仕草《しぐさ》もステラだった。駄目魔王だった。

俺は溜《た》め息《いき》交じりに彼女を大神樹の芽の前に呼び寄せる。

「では、ステラさんは当教会に呪いを解きにいらしたのですね？」

「ええそうよ！　仕事をさせてあげるから、早く解いてちょうだい！」

なんでこうも上からなのか。魔王だからか？

「わかりました。神官たるもの、どのような呪いか診断することもできますが、それをかけた当人からどういった呪いか伺《うかが》うことができれば、解呪の難易度も下がります。ステラさんは誰に何の呪いをかけたのですか？」

ステラの顔が青ざめる。

「え？　い、言わなきゃ駄目なの？」

「そうしていただけると大変ありがたいですね。早く終われば二度寝もできますし」

「い、言いたくないんですけどぉ」

「教えてもらえないなら解呪料金……もとい、寄付金《きふきん》を何倍にしましょうか。相場の百倍程度で手を打ちましょう」

「待って待って！　高すぎじゃない？」

「でなければ、トイレにいくたびに困惑《こんわく》し続けることになりますよ」

「な、なんでそういう話になっちゃうのよ！　あ！　ははーんさてはセイクリッド、もし自分が女の子になったら自分のおっぱいとか揉《も》んじゃうんでしょ？　むっつりー！」

なぜばれた。が、今ので大体把握《はあく》した。

「つまり、私に性別反転の呪いを掛けて反射されましたね？」

途端《とたん》に少年の顔が真《ま》っ赤《か》になった。それにしてもこの少年、元が美少女だけに美少年だ。

「ち、違うから！　あたしがかけたのは美少女になる呪いよ！」

「どうしてまた、そのような無茶を」

「だってぇ……仮にもしセイクリッドへの呪いが失敗して、あたしに反射しても女の子が女の子になるだけでしょ？」

だからノーリスクハイリターンと言っていたわけだな。

「実際には、男を女にする呪いではなく性別反転の呪いだったようですね」

「騙《だま》されたの！　『手軽に簡単誰でも呪殺術　――初級編――』って本には、男を女にする呪いって書いてあったんだもの」

「その書物ですが、昨年改訂版が出ましたよ。そちらではたしか、性別反転として同じ呪いが紹介されていたはずです」

最近は呪術書さえもジェンダーフリーの波に呑《の》まれたようだ。ステラは悔し涙を浮かべて赤いカーペットに跪《ひざまず》いた。大神樹の芽に向かって祈る。

「助けて神様！」

お前が言うな。

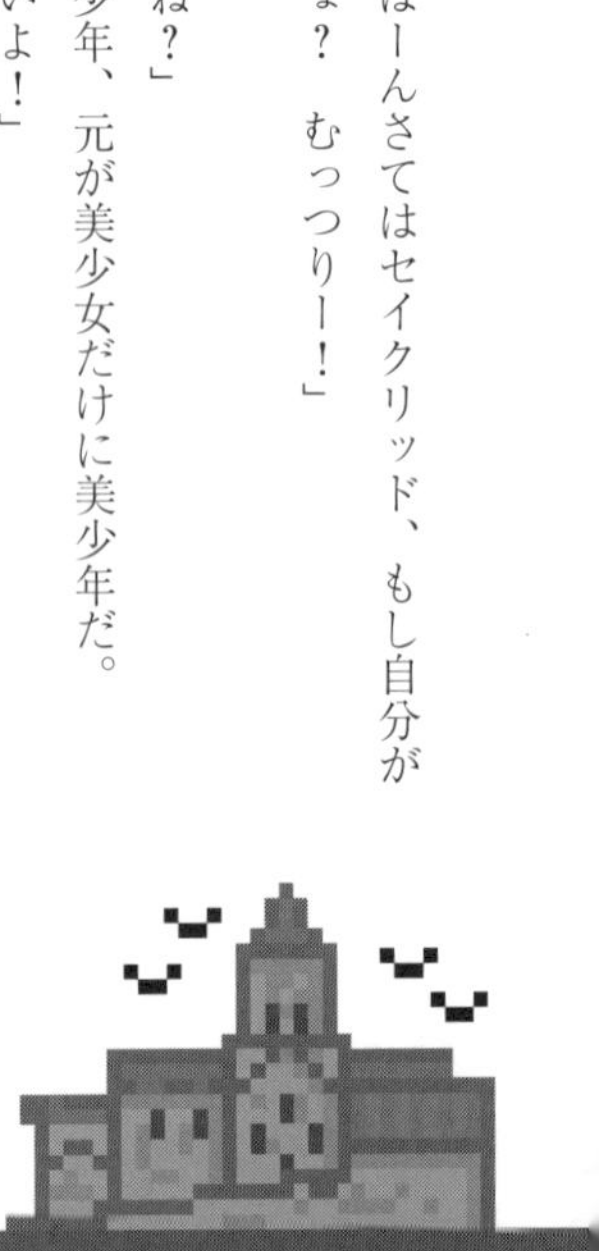

「まったく、仕方ありませんね。ところでニーナさんやベリアルさんはご存じなのですか？」

「ベリアルにはまだ見つかってないけど、魔王城にいたら時間の問題だし」

「素直に『呪いまちがっちゃったテヘペロ』とでも言えばいいじゃないですか」

「ドジッ子すぎて魔王の威厳が失われるでしょ！」

まだ失われるほど残っていると思ってるんだな……威厳尊厳《そんげん》魔王の貫禄《かんろく》ｅｔｃｅｔｃ。

「はぁ……ではニーナさんには？」

「み、見せられないわよ！　ニーナにとってあたしは、素敵で可愛《かわい》いお姉ちゃんなんだから」

お兄ちゃんだとしてもニーナは受け入れてしまいそうな器の大きさを感じるが、まあ、ともあれこのままにもしておけないか。

「わかりました魔王ステラよ。では祈りなさい。大神樹の芽に。その身を冒《おか》した呪いを神の名の下に消し去りま……おや」

大神樹の芽が一度、ほわんと光ったのだが……。

『呪いレベルが高すぎて解呪不能』

エラーメッセージが光となって聖堂の壁に照射された。途端にステラくんが俺に抱きつき泣き出す。

「助けてセイクリッドぉ！　おまたのあたりになにかぷっくりしたものがあって違和感がすごいのぉ！」

「そういえば、パジャマの下は……」

必要もないのに少年の首筋からブラの肩紐《かたひも》がちらりと覗《のぞ》く。

つまり下も女性用下着ということだ。これは好きな人にはたまらない危険な状況と言えた。

「こんな姿ニーナに見られたら死んじゃう案件だからあああああ！」

「すみませんステラさん。私ではお役にたてないようです」

「このまま魔王城に帰れっていうの⁉　こんな姿をベリアルに見られたら……美少年好きなベリアルがどうなるかわかったものじゃないわ！」

本当だとすれば残念ながら当然の結果に。嘘《うそ》ならばベリアルへの熱い風評被害である。

「襲われてください」

「いやあああああ！　かくまって！　きっと時間が経《た》てば呪いの効力も弱まるから！」

意外にもステラの言っていることはあり得る話だった。

魔王のかけた呪いは強力である。が、魔王自身の魔法抵抗力の高さがあれば、時間とともに呪力が落ちて解呪可能になるかもしれない。俺は大きく溜め息をつく。

「では、一日だけですよ……というか、魔王城から魔王が一日不在というのも問題ありと思いますが」

「それは大丈夫よ！　ちゃんと『一日仕事で出かけます』って、書き置きを残してきたから」

最初から教会にやっかいになる気まんまんか……いや、待てよ。

「そうですか。働きたいと」

「え、ええ？　そんなこと言ってないんだけど」

「たまにはステラさんも教会の業務の過酷《かこく》さを身をもって体験してもいいかもしれません」

魔王の職業体験in教会。もはや踊る文字列が狂気の沙汰だ。

俺は一度私室に戻ると、着古しの神官ローブをステラに手渡した。

「ちゃんと洗濯済みですから安心してください。よければ下着もお貸ししましょう。新米神官見習いのラステくん」

「え!?　えええええええッ!?」

今日一日、俺に変わって神官の仕事をやってもらうことにした。魔王に。

下っ端がやることと言えば掃除《そうじ》である。

「なんであたしが絨毯《じゅうたん》をコロコロしなきゃいけないの。けどこのコロコロすごくいいわね……」

正面扉へと続く絨毯の上にしゃがみ込んで、ステラ……もといラステが楽しそうにコロコロをかける。

「お買い上げでしたら、教皇庁まで出頭ください魔王様。入り口の売店で〝穢《けが》れ落とし器〟として販売していますから」

リピーター率98%を誇るローラーは、大神樹管理局設備開発部が生み出した、数少ない役立つものの一つだ。時折、転がすのが楽しくなって止《や》め時を見失う中毒性があった。

掃除を指示したものの、ラステはずっとコロコロばかりかけ続けている。

「ハァ……尻尾を立てて振らないように。ローブのお尻のあたりが怪しく盛り上がっていますよ」

人間になりすまして悪事を働く策謀《さくぼう》家系の魔王なら、即座に正体を見破られるだろう。

尻尾をぺたんとさせてラステは口を尖《とが》らせる。

「しょ、しょうがないでしょ？　楽しいんだもの」

「それから、もう少し口調をどうにか工夫していただけませんか？」

「お、おう！　わかったぞ」

「偉そうですね」

「う、うん！　わかったよセイクリッドおにーちゃん！」

瞳をキラキラさせて可愛い子犬系の後輩気取り。魔王としてのプライドはない模様である。

「おにーちゃんではありません。司祭様と呼ぶように」

「はぁい司祭様。あ！　セイクリッドはうっかりあたし……じゃない、ぼくのことを、親愛なる魔王様とか完全無欠の美少女様とか、素敵なフレグランスが二時間続く花の妖精様とか呼んじゃだめよ。ほら、能ある鷹《たか》は爪《つめ》を隠す。ベリアルに角隠《つのかく》しっていうし」

ベリアルがどこかへ嫁《とつ》ぎだしそうな流れだが、あれで酒さえ入らなければニーナに次いでまともだ。

次点は……該当《がいとう》なし。魔族も人間もみなドングリの背比べか。

俺が黙っていると「はぁ……目立ちたくないわぁ……ひっそりくらしたいわぁ。人間の姿になっても溢《あふ》れ出る魔王の覇気《はき》みたいなのを見破られないように、本気だけはだせませんわぁ」と、ラステはやれやれ顔で言ってみせた。

そのうち「ぼく、なにかやっちゃいましたか？」とでも言いだしそうでならない。

ともあれ、言われたことには素直に従い、自分のやりたいところ中心とはいえ、掃除も手伝うラステを、今日は一日こきつかって……神官の先輩として指導していこうと思う。

掃除を済ませ朝の祈りを大神樹の芽に捧《ささ》げると、パンにコーヒーという簡単な朝食を済ませると、すぐに聖堂に戻った。俺は講壇に上がる。司祭の定位置だ。ここで来訪者を待つのが〝仕事〟である。

ラステは最初こそそわそわしていたのだが、そのうちあくびをして、長椅子に座り、横になり、そのまま椅子の端からだらりととろけるように赤いカーペットの上に落ちた、かと思えば、突然立ち上がって絨毯の上をいったりきたりしてみたり。

結局やることがないと気づいた結果――

「めっちゃヒマなんですけどセイクリッドぱいせ～ん。面白いモノマネとかできないんスか～」

ラステは再び長椅子に腰掛けると、前の席の背もたれに脚を乗せてだらけきる。

「お行儀が悪いですよ」

「なんかぁ～男の子になったらぁ～ワイルド感出ちゃうんですよぉ。ほら、おれって正直中身はけっこう悪《ワル》じゃないッスか？」

ぼくだったりおれだったり、キャラがブレブレである。マイナス10点。

「モノマネはできませんが、一つ余興《よきょう》でもしましょう。手伝っていただけますか」

俺が言うとラステはぴょんと飛び上がるように立ち上がった。

「うんうんやるやる！　ねえねえセイクリッドなにやるの？」

ス（テラ）に戻ってるぞ。講壇の前まで少年はやってくる。お尻のあたりがもりあがっているのを見るに、尻尾はビンビンに立っているようだ。俺も講壇から降りて小柄な少年に告げる。

「ちょっとしたゲームですよ。まず大きな箱を用意します」

「うんうん！」

「そこにラステくんには入っていただきます」

「なんだかかくれんぼみたいね。わくわくしちゃう。それでそれで？」

「蓋《ふた》をして、この光る棒を箱に突き入れます」

「いきなり串刺《くしざ》しッ⁉　死んじゃうじゃない⁉」

「鈍器《どんき》ですから大丈夫ですよ。さてと、箱が用意できそうにないので……そうですね。今から転移《ひとつばしり》魔法して、知り合いのワインセラーに使い古しの樽《たる》でも譲っていただきましょう。うまく突くことができたら、貴方《あなた》が飛び出すというアレです」

魔王、危機一髪。ちなみにこの余興《ゲーム》に必要なのは、大樽一つ。大神官（光る棒が出せるやつ）一人。射出される魔王一体。ぜひみんなも遊んでみてくれよな！　大神官との約束だぞ。

「いやあああああああ！　なんかセイクリッド遠慮も容赦も慈悲《じひ》もないんですけどぉ！」

「それは元から……いえ、当然です。今の貴方は神官見習い。いわば身内なのですから」

泣き顔だったラステが急に、ぽっと頬を赤らめる。

「み、身内……って……いいかも」

「身内であればこそ、よそ様にご迷惑をかける前に始末……指導するのが年長者の務めです」

「さらりと始末って言った！　やだやだこんな殺人鬼と一緒に密室になんていられないわ！　あたしはあっちの私室に引き籠《こ》もって、戸棚のおやつを貪《むさぼ》りながら紅茶でも飲んでやる！　そもそも魔王に労働なんて無理なのよ！　だからお願い引き籠もらせて‼」

飽《あ》くなき引き籠もり願望に脱帽《だつぼう》。その部屋は殺人鬼呼ばわりした人物の私室なのだが……。

逃げだそうとするラステの襟首《えりくび》をぎゅっと摑《つか》むと、手足をジタバタさせて必死な様相だ。

ふふ、ちょっと面白い。

「いやあああ！　箱詰めも樽詰めも勘弁《かんべん》しておねがいなんでもするから言うこときくから！

良い魔王になりますからぁ！」

「今の貴方は指導を受けるべき私の後輩ですよ。神様もきっと天から薄ら笑いを浮かべて、そっと遠巻きに見守ってくれています」

「神様メッチャ引いてるじゃないのー！」

さてと、本当に樽詰めにして棒で殴り続けるとトラウマで二度と笑えなくなってしまいそうなので、他になにかやんわりとできそうな生活指導がないか考えていると――大神樹の芽が光った。

『やっほー！　セイクリッド！　遊びにきたよー！』

『だ、だめでありますよその言い方は！　死んじゃったのでありますから！』

お！　これはちょうど良い。俺はそっとラステを解放して告げる。

「ではラステくん。私は大神樹の芽の裏に隠れていますから、お二人のお相手をしてください」

「え!?　ちょ、ちょっと！　無理無理無理無理！　だってあたし、セイクリッドみたいに王都に転移魔法《ラポタル》とか使えないし！　蘇生魔法《リザレク》だって……」

「そういったことは裏から私がちゃんとフォローをいれますから。上手《うま》くできたら樽詰めの件はなしにして、ご褒美《ほうび》をあげましょう」

「や、やります！　やらせてください！」

がんばれ新米神官見習いラステくん。きみの双肩に教会の平穏がかかっているぞ。

ラステが講壇に上がったところで、その裏手に回って大神樹の芽の陰に隠れると、俺は蘇生魔法《リザレク》でアコとカノンを甦《よみがえ》らせた。光が集まり二つのシルエットが浮かび上がる。ツンツン黒髪に黒目がくりっとした少女と、眼鏡《めがね》に白いキャスケットがトレードマークの神官見習いが姿を現す。二人が見上げる講壇には、見慣れぬ赤髪の美少年の姿があった。

アコがきょろきょろと周りを見る。

「あれ？　どうなってるの？」

カノンが眼鏡のブリッジを指先で押し上げた。

「もしや、セイクリッド殿の教会ではない別の教会に送られてしまったのでありましょうか？」

すると勇者は鼻をヒクヒクさせた。

「たぶんここはセイクリッドの教会だよ。匂いが一緒だし」

犬かよ。しかし、教会の造りというのは割と似通ってしまいがちなので、一発で嗅《か》ぎ分《わ》けたのは優秀だ。名犬アコの言葉に、カノンも「なるほどそうなのでありますか」と、疑いもしない。

壇上から少年のハイトーンな声が響いた。

「ちょ、ちょっとちょっと二人とも！　ちゃんとあた……ぼくを見てください。ふふふ」

俺を参考にしたのか含《ふく》むような笑みを浮かべるラステを、アコがびしっと指差した。

「キミはいったい何者なんだい？　セイクリッドをどこへやったのさ？」

「セイクリッドは死にました」

勝手に殺すな。魔王司祭はさらに続ける。

「ぼくがこの教会の新しい管理人のラステです。さあ迷える人間どもよ！　我が威光にひれ伏し

願い赦《ゆる》しを請《こ》うがいい！」

おや、カノンがその場で膝《ひざ》から崩れ落ちたぞ。

「そ、そんな……セイクリッド殿が……死ぬなんて嘘であります！　どうか本当の事だけを言って欲しいであります！　あのお方が……そんな……ありえないのであります」

悔し涙で絨毯を濡《ぬ》らすカノンに、ラステはさらりと告げる。

「嘘です。ぼくは臨時で任された一日魔王様ならぬ、一日司祭様だから」

カーペットに伏したかと思いきや、カノンは立ち上がると涙混じりに吼《ほ》えた。

「そんな大役を貴殿のような若造が任されるわけないでありましょう！　いったいいくら払ったのでありますか！　嘘は大目に見るので正直に教えてくださいお願いします！」

赤毛の少年は前髪を手櫛《てぐし》でかきあげるようにした。

「お金？　そんなの払ってないですね。まあ、しいて上げるなら実力……ですかねぇ」

「はうっ!?　じ、自分にお声がかからなかったのは、実力不足だと？」

カノンは奥歯をぎりぎりとすり減らし始めた。どれだけ悔しいんだ。

王都にいくつかある教会の司祭や、教皇庁の要職ならいざしらず、こんな小さな教会の司祭にどれほどの価値もなかろうに。アコが不思議そうに首を傾げる。

「ボクは勇者アコ。こっちの奥歯ぎしぎしさせてるのが、セイクリッドを神様の如《ごと》く崇拝《すうはい》して、毎晩名前をノートに100回したためることで有名な、セイクリッド大好きっ子のカノンだよ」

「いやあああああああ！　言わないでほしいであります！」

「あれ？　やっぱり言っちゃだめなの？　猟奇的だもんね」

「ご本人がいなかったのだけが救いでありますな。どうかご内密にお願いするであります」

はい、手遅れ。今後はカノンとはより一層の距離を保つよう努力しよう。

しかしカノンのお願いにラステが顔を赤くした。

「お、同じことする人いるんだぁ」

なにその怖い共時性《シンクロニシティ》。脱獄した死刑囚が集まって、デスゲームを開幕しそうな勢いだ。

と、カノンが自分の頬を両手で包むようにした。

「同志でありましたか……ポッ」

ポッ……じゃないだろ。壇上でラステがカノンから視線を背《そむ》けて呟く。

「べ、別にあた……ぼくは好きとかそういうのとは違うけどね。名前のあとに呪いマークつけてるから」

「じ、自分だって光輝く十字架マークをつけているでありますよ！　尊敬の念が形になってしまっただけであります！　もう三冊目でありますからノートが！」

「やるじゃない。きみとは良い勝負ができそうだよ」

いったい何を競うつもりだ。

「「デュッフフッフッフ」」

一緒に笑うな魔王と神官見習い。アコが腕組みをする。

「けどさぁ、なんか怖いよ二人とも。愛情の注ぎ方に闇を感じるんだけど」

ダメッ子アコちゃんが一番まともに見える日なんて、来てほしくなかった。

カノンにせよステラにせよ、年頃の少女というのは年上の男に幻想を抱くものなのかもしれな

い。

　学生時代はよく不幸の手紙や呪いの手紙にまじって、俺の名前をびっしり書いて埋め尽くした手紙ももらったものだ。俺に筆跡を似せているあたり、どんな脅迫や呪詛《じゅそ》よりも怖かったなぁ。

　さて、そろそろラステには仕事をしてもらわなければ。俺は右の手のひらに、小粒な光の光弾魔法を作ると、ラステのお尻の辺りに「フッ」と、息を吹きかけて飛ばした。

　ふわふわと光弾が大神樹の芽の裏手から綿毛のように飛んでいき、ラステのお尻の辺りでパンッ！　と、小さく爆《は》ぜる。

「ひゃん！　ちょ！　なにすんのよ！」

　振り返るラステにカノンとアコが怪訝《けげん》な顔だ。

「どうしたでありますか若き司祭殿？」

「ねーキミ名前教えてよぉ」

　一瞬だけラステは俺の方に向き直ったが、すぐに咳払《せきばら》いを挟《はさ》んで前の二人に告げる。

「えー、コホン。自己紹介が遅れましたね。ぼくの名前はラステと言います」

　アコがじっと少年の顔を見つめて呟いた。

「あれぇ。どっかで会ったことない？」

「え、えぇぇと、今朝教会に初めて来たんだけどぉ」

「ねえねえラステきゅんってさ」

　アコが目を細めるとラステのお尻で尻尾がビンッ！　と立った。

「ら、ラステきゅん⁉」

アコはうんと頷《うなず》いて、今にも講壇に上がって来てラステに襲いかかり……抱きつきそうだ。

「綺麗《きれい》な赤い瞳に赤い髪でしょ。もしかして、ラステきゅんってお姉ちゃんいるんじゃない？」

するとカノンも小さく手をパンッ！　と合わせた。

「そうであります！　どうも初めてという気がしなかったであります。ラステ殿のご家族か親類に超絶技量の黒魔導士の方がいないでありますか？」

途端にラステの頬が真っ赤になった。膝頭を擦《こす》り付けてモジモジする。

「そんなぁ……言われるほどでもあるけどぉ」

おいステラがはみ出まくってるぞ。しかしカノンはそれで納得したようだ。

「なるほど！　ステラ殿の弟君でありましたか」

アコも「あーあ、やっぱりかぁ。じゃあニーナちゃんのお兄さん？」とラステに確認するように訊《き》いた。

さあ、下手《へた》に答えるとあとあとやっかいだぞ。魔王ステラがどう切り抜けるか拝見しよう。

「え、えっと弟でもなくてその、遠い親戚なんです」

アコが講壇に詰め寄る。

「へー。そっかぁ。この街……か、どうかは、そういえば外に出たことないんでわかんないんだけど、この辺りに住んでるの？」

「い、いやちょっと遠いところ……かなぁ」

カノンがうんうんと首を縦に振る。

「自分と同世代で司祭代行を任されるからには、教皇庁か王都の教会で司祭補佐を務められてい

るのでしょうな！　ちなみにそこまでなられるのに、どれほどの成績を修《おさ》められたのでありますか？」

ラステの事を、飛び級卒業したエノク神学校の同輩と、カノンは思ったようだ。

「あ、あの……ぼくはええと……野生の神官だから」

「な、なんと!?　ではエノク神学校には通っておられないのでありますか？」

「そうそう、もう学校なんて行ってらんないんだよねぇ。ほら、ぼくって天才だから。その才能を一目で見抜いて大抜擢《だいばってき》してくれたのが、セイクリッドっていうわけ」

押し切りやがったこの魔王。そのままふんぞり返って胸を張ると、ラステは告げる。

「というわけで死んでしまうとは情けない！　さあ、とっとと有り金の半分を差し出すのだ！」

それはもはや魔王というより山賊の類《たぐ》いのセリフであった。アコが眉尻を下げる。

「えー。そこもセイクリッドと同じルールなのぉ？　ねえねえラステきゅんさ！　お姉ちゃんがおっぱい見せてあげるから、もうちょっとこう……なんとかならんかね？」

脱ぎ出そうとするアコをカノンが止める。

「や、やめるでありますアコ殿！　というか、いきなりどうしたでありますか？　セイクリッド殿の時はそのようなことはしなかったでありますよ！」

上着に手を掛けてへそをちらりつかせながら、アコが笑う。

「だってやったらめっちゃ怒られそうじゃん。けど、ラステきゅんみたいな純朴な少年なら、イケる気がしたんだよね。勝算のある賭《か》けってやつさ。そうだ！　いっそ揉んじゃう？　揉むコースなら所持金の半分の半分の半分でいいよね？」

アコを勇者に任命した神の責任を問いたい。問い詰めたい。

ラステの背中が、肩が、湧き上がる感情に打ち震えていた。

「勇者……恐ろしい子……セイクリッドはいつもこんな感じで応対してるんだ。性格が砂漠のように乾《かわ》いて心が死んでも仕方ないのかも。ああ、セイクリッド可哀相《かわいそう》すぎる」

哀《あわ》れむんじゃあない。カノンが叫ぶ。

「ど、どうするでありますかラステ殿！　揉むのでありますか⁉　神官としての倫理に反すると思う反面、オネショタは大好物であります！」

ラステは頭を抱えた。

「お金とかいらないから帰ってどうぞ！」

しょうがない。俺は転移魔法《ラボタル》を勇者と神官見習いにかける。

「あ！　ちょっと！　冗談《じょうだん》だってお金ちゃんと払うから！　所持金10ゴールドだけど！」

「ところでラステ殿のお尻には……」

とんでもないセリフを残して二人の姿は聖堂からかき消えた。

泣きながらラステが大神樹の裏まで駆けてくる。

「ふえええええん！　怖かったよぉ。冒険者って頭のおかしな人たちばっかりなの⁉　セイクリッドはどうして正気を保っていられるのぉ⁉」

俺の胸を涙と鼻水で汚している魔王よ。どうして自分がその〝人たち〟のくくりから外れていると、自信を持って言えるんだ。俺はそっと赤毛を撫《な》でる。

「よく頑張りましたね」

「ご、ご褒美くれる!?」

なぜか顔をあげるとラステは口を小さくすぼめた。

「男同士で抱き合ったうえに、何をしようというのですか？」

「はうッ!?」

まあ、魔王の努力は認めよう。褒美というほどでもないが、欲しがっていたしアレをプレゼント……と、思った矢先。またしても大神樹の芽が光り輝いた。

『やっほー！　セイぴっぴいるよね？』

『……姉さんはしゃぎすぎ』

俺はそっと抱きつくラステを引き離すと、くるりと背中を向けさせて講壇の方に押し出す。

「いや、いやあああああああ！」

「第二ラウンド、がんばってください」

俺にとってもまだ未知の存在である、踊り子と占い師の双子姉妹。情報はあるだけ良い。

ここはラステのさらなる奮起を期待しよう。


俺の唱えた蘇生魔法《リザレク》で、踊り子と占い師――双子姉妹が復活した。

まばゆい魔法の光が収まると、踊り子がその場でくるりとターンをする。

「ありがとねセイぴっぴ……あれ？　アンタ誰？」

講壇に立つ赤毛の少年に踊り子――ラヴィーナはきょとんとした顔になった。

隣《となり》で仏頂面のまま、ルルーナが呟く。

「……姉さん。初対面」

「えー怒られたし。あのえっとね、アタシはラヴィーナ！　見ての通りのセクシーダンサーだよ？　で、こっちの同じ顔してるのがルルーナ。占いが得意な妹ちゃんなの」

「……ちゃんは余計」

ルルーナの方がじっとラステを見据《みす》える。

「……あいつは？」

俺はどうやらルルーナにとって〝あいつ〟らしい。ラステがえへんと胸を張る。

「死にました」

「……そう」

さらりと流す妹とは対照的に、またしてもカーペットにorzになる少女が一人。

「セイぴっぴが死んじゃったああああああ！」

ラヴィーナが号泣する。一度会っただけなのに、ずいぶんと情の深い少女である。

「アタシいきなり未亡人で可哀相すぎる」

が、どうやら俺の死を悼《いた》む涙ではなかったらしい。ルルーナがしゃがむと姉の頭をそっと撫でる。

「……よしよし」

「どうしようルルーナ！　お腹にはセイぴっぴとの愛の結晶がいるんだよ？」

ラヴィーナはそっと自分のおへそのあたりを手で優しくさすった。

「……育てるの？」

「も、もちろん！　きっとセイぴっぴみたいなイケメンになるから、アタシがんばるね！」

「……そう」

このやりとりに講壇の上のラステくんが、大神樹の陰に潜む俺を睨《にら》みつけ呟く。

「………キスしたんだ………」

こちらから何かした覚えはない。泣き崩れそうなラヴィーナにルルーナは手を差し伸べた。

「……ほら姉さん立って」

「う、うん」

「……女の子一人で赤ちゃん育てるのは大変」

「じゃあ、どうしよう」

スッとルルーナがラステを指差す。踊り子の表情が見るまに晴れた。

「そっか、ねえ！　名前教えてよ？」

訊かれてラステが前を向く。

「え、えっとボクはラステっていいます。セイクリッドの代わりに……」

ラヴィーナが瞳をハートマークにして、お腹をさすりながら嬉《うれ》しそうに笑った。

「この子の新しいパパになってくれるのね！」

「え、えぇぇ～」

人間にドン引く魔王in教会。ルルーナがそっとラヴィーナを小突いた。

「……姉さん」

「あっ！　ごめんねー！　けどラスティがセイぴっぴ死んだとか言うのがいけないんだよー」

踊り子はケラケラと笑う。どうやらあの涙も演技だったようだ。

あっけにとられて半分口を開けたまま、ラステが魂《たましい》の抜けたような声を出す。

「じゃ、じゃあ、お腹の赤ちゃんって……」

「うーん、これからの話って感じ？　けど、セイぴっぴっておかた〜い仕事じゃん。アタシの魅力でメロメロにしたいんだけどねぇ。神官って誘惑できないのかな？」

艶めかしい腰つきと、薄衣からこぼれそうな胸を弾ませて妖しく踊るラヴィーナに、ラステの顔が赤くなった。

「あ！　やっぱアタシってイケてるし。ラスティ顔赤いよぉ？」

さらにラヴィーナが激しくダンスをすると、ラステは腰を引っ込めるように前屈《まえかが》みになった。

「なっ！　なにこれ……あああああああ！」

少年の肉体には刺激が強すぎたようだ。魅惑の踊りに高ぶってしまったか。合掌。魔王に幸アレ。

「……あいつはどこ？」

苦しげなラステの事など意に介《かい》さずルルーナは訊く。

「こ、殺す！　ああんもう立ってらんない！」

立っているのに立っていられないとはこれいかに。というか呪いを仕掛けた自業自得だ。

踊り続けるラヴィーナに視線を奪われたまま、どんどん前屈みになっていくラステが吼えた。

「と、ともかく二人とも死んじゃうなんて情けない！　ええと、がんばって使命をまっとうしてください！　ほら帰った帰った！」

雑すぎる。神官失格だな。

とはいえ、流石《さすが》に世間知らずな魔王では、人を食ったような双子姉妹相手は厳しかったか。

こっそり転移魔法《ラボタル》を準備すると、ラヴィーナがぴたりと踊りを止めた。

「がんばるかぁ。がんばってるんだけどね」

「…………」

ラヴィーナとルルーナがお互いの顔を見つめ合うと、そっと右手と左手を合わせる。

ラステが前屈みになりすぎて、顔の半分を講壇の台の下に潜めつつ訊いた。

「なにか問題でもあるわけ？」

「ほんとはセイぴっぴに相談したかったんだけど、アタシらの問題だし、自力でなんとかしなきゃね」

「……あいつに頼ると高くつきそう」

ルルーナ正解。洞察力はなかなかのものだ。ラステがお尻をもぞもぞさせながら続ける。

「だったらぼくにならえるんじゃない？　今日一日限りの臨時司祭代理だし」

二人はもう一度お互いに視線を合わせると、同時に頷いた。息ぴったりで実に双子らしい。

饒舌《じょうぜつ》な姉が言う。

「えっとね、アタシとルルーナの故郷にも魔族がいるんだよね。で、そいつを倒したいの」

若き神官代理はようやく収まったようで、そっと講壇の上に姿を現した。

「強い魔族に挑んで負け続けてるってこと？」

「ま、そんなとこ。だけど、その魔族が条件だしてきてさ」

ラヴィーナの声が暗い。普段の明るさもあって余計に影が濃く感じられた。少年司祭が促す。

「それで？　どんな条件なの？」

「アタシが欲しいんだって。魔族なのにねー。もしアタシが結婚してくれたら、アタシらの故郷のある地域から引っ越すって。そうなると、みんな喜ぶんだけど……ね」

実にいやらしい。性的な意味ではなく、生《い》け贄《にえ》を求める方法が魔族らしい。

「それってラヴィーナを犠牲にして、みんなが助かるってこと？」

「そーゆーこと！　アタシだっていやだよ。だけど……」

「……姉さん」

ルルーナがラヴィーナの手をにぎる。と、ラステは壇上から降りて姉妹の元に向かう。

「だけど、なに？　ちゃんと教えて」

その声は双子姉妹だけではなく、俺にも向けられていた。

ラヴィーナは「あ、あはは。なんでもないよ」と力なく笑う。ラステは二人に迫った。

「言って！」

「……魔族は双子が嫌い」

ルルーナが思い詰めたように呟くと、ラヴィーナが補足した。

「あのね、アタシが欲しい魔族って、アタシを独占したいんだって。同じ顔のルルーナの存在が許せないから、ルルーナを殺すっていうの。もう復活もできないようにするって」

蘇生《リザレク》魔法があるので生き返ることはできるのだが、それをさせない特別な『冒険者の殺し方』があるのかもしれない。

「魔族ってチョー勝手だよね。だから旅をして一緒に戦ってくれる仲間を探してるんだけどさ。勇者さまにはまだ言えてないんだよねぇ」

まとめると、とある地方を支配する魔族がラヴィーナに求婚しつつ、ルルーナに殺害予告。ラヴィーナが嫁げばその地域から引っ越すという条件付きだ。つまりこれは――俺も一枚かませてもらった方が良い案件かもしれない。ラヴィーナとルルーナは帰還先に王都ではなく、そこから海を隔《へだ》てた南西、遥か遠くにある〝砂漠に咲いたオアシスの大都市《サマラーン》〟を希望した。

ラステが転移魔法《ラポタル》と口にして、俺が裏で魔法を発動させると、姉妹の姿が光に包まれ消える。

「ふぅ……さすがに今日はもうこないわよね」

少年ラステからステラの口振りに戻り、講壇から降りようとしたその時――

赤いカーペットの先で扉がゆっくり開いた。

「セイクリッドはいるか？」

凜《りん》とした声の主は、甲冑に身を包んだ女騎士だ。背中には先が三《み》つ叉《また》に割れた槍《やり》を背負っている。

慌ててラステが講壇の上に戻った。

「ど、どちらさまでしょうか？」

揉み手で腰を低くする少年司祭に女騎士――ベリアルが小さく首を傾げる。

「おや？　きさま、その服装は神官のようだが？」

「ぼ、ぼくはぁ……セイクリッドの代理です。はい」

「セイクリッドはどうしたのだ？」

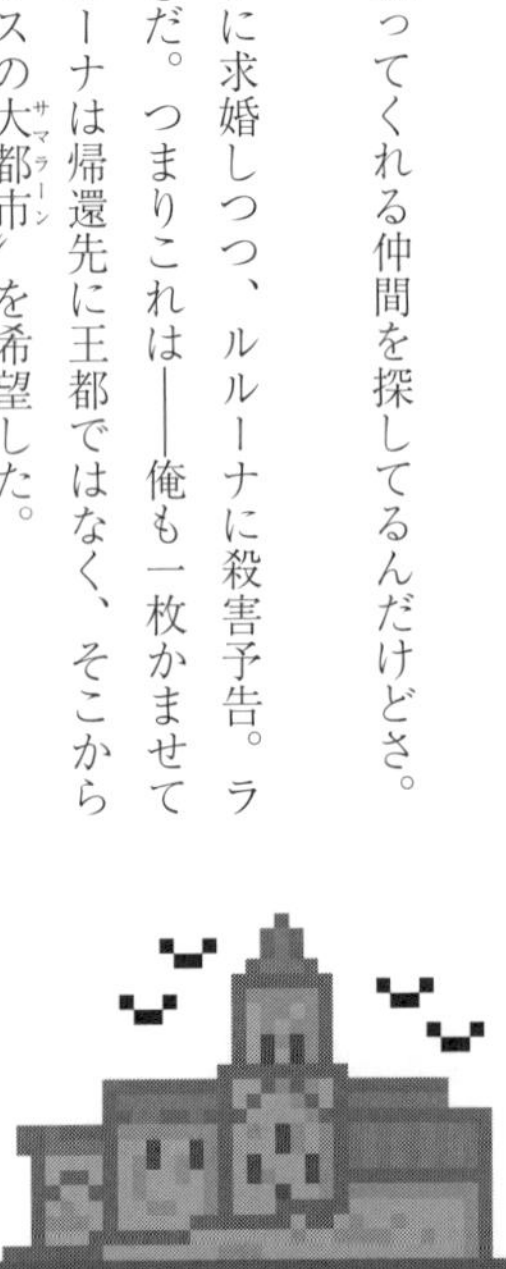

「死にました」

「そうか……色々とあったが惜《お》しい男を亡くしたものだ。しかし、あの男を討ち取る者が現れるとは、世界は広いな」

しゅんと肩を落とすベリアルにラステは言う。

「あ、えっと、生きてるから冗談だから！」

すると、ベリアルは背中の槍を手にラステの喉元《のどもと》に切っ先を向けた。

あまりに素早い居合抜きの達人じみた動作に、ラステは反応することもできない。

「これが実戦なら死んでいたぞ小僧」

「ご、ごめんなさい！　お願いだからその物騒《ぶっそう》なものを引っ込めて！　どうか慈悲を！」

部下に平謝る魔王。小物っぷりに呆《あき》れたのか、ベリアルはスッと槍を引いた。

「きさまが生きていられるのも、この教会の本来の司祭である、あの男の代理だからというだけだ。教会内は治外法権だからな。もし戦場でまみえたなら、わたしはためらいなくきさまを殺すだろう」

「ひっ⁉　以後気をつけます！　教会から一歩も出ませんですはい！」

だんだん敬語になっていくのだが、これ、あとでもしラステの正体を知ったらベリアル自害案件になりかねない。ここは冷静にラステをサポートしつつ、その正体が明かされないよう見守ることにしよう。不機嫌そうにベリアルはラステを睨む。

「それでセイクリッドは何処《どこ》へ？　また、あの美味《うま》い酒を買いに行ったのであれば……うっ……思い出しただけで酔ってしまいそうだ」

口元からヨダレ出てるぞ。ラステが返す。

「え、えーと、今日はその……教皇庁ってところに行ってるんです」

「ってところとは？　神官の貴様もその一員ではないのか？」

「え、ええ！　よく行きますよ。もう週に三、四回は。お土産《みやげ》にコロコロとか売ってるし」

焦るラステにベリアルは怪訝そうだ。

「まあいい。では、セイクリッドは不在なのだな。しかし……ではいったいステラ様はどこに？あの者と逢瀬《おうせ》を楽しんでおられるかと心配したのだが」

みるまにラステの顔が赤くなる。

「し、心配するようなことなの？　じゃない、心配しなくても大丈夫ですよ。セイクリッドはそういうの、全然しないさせない持ち込まない主義だから」

これに女騎士は腕組みすると「確かに。あの男に限って、ステラ様を誘惑などするはずもないか」と、納得したように独《ひと》り頷く。

「そうそう！　だって神官と魔王なんてくっつきたくてもくっつけるわけ……」

瞬間――再びラステの喉元に槍の鋭《するど》い切っ先が少年に突きつけられた。女騎士、吼える。

「わたしはステラ様としか言っていないが、なぜきさまが魔王と知っている？　つまりは、この教会がどこにあるかということも……」

「あ、あわわわわ……」

蛇《へび》に睨まれた蛙《かえる》ならぬ、部下にイキられたビビリ魔王、ここに爆誕《ばくたん》。

ラステは膝をガタガタ言わせながら、腰を抜かしそうだ。かろうじて立ってはいるが、これ以上ボロを出したらベリアルに刺されるかもしれない。俺が止めに出ようとしたその時――

タッタッタッタ……と、小さな影が女騎士を追って、カーペットの上を駆けてきた。

「ベリアルおねーちゃ、そっちにステラおねーちゃいた？」

慌ててベリアルが槍を引くと、振り返って膝を着き小さな影――ニーナにひざまずく。

「どうやらこちらにもステラ様はいらしていないようです」

ニーナは「おねーちゃはかくれんぼの天才だったんだぁ」と、幼女らしくもない感慨深げな口振りで言うと、視線を上げる。赤髪に赤い瞳の少年司祭と目が合った。

「あ！　ステラおねーちゃみーつけた！」

口が回らず「は、はひ？」と声を上げるラステのもとへ、ニーナはトコトコ駆けていく。講壇の上にあがってローブの裾《すそ》をきゅっと摑むと、幼女はニッコリ笑った。

「おねーちゃ、おとこのこみたいな格好なのです」

さすが幼女。曇《くも》りなき眼で真実を見極めた。大あわてでラステは首を左右に振る。

「ち、違うよお嬢ちゃん！　ぼくはラステっていうんだ！」

「らすてらおねにーちゃ？」

混ぜても大して危険じゃない。ベリアルがブルッと震えて立ち上がった。

「ま、まさか……その赤い髪と瞳は……あ、あああああああ！」

ゆっくりとベリアルはラステに向かって膝を着き、淀《よど》みないスムーズな動作で土下座へと移行する。

「このたびはなんということを……このベリアルの首を捧げますゆえ」

ニーナは目をぱちくりとさせ、ラステはこの状況に声をあげる。

「いやちょっと待って！　ぼくは本当にラステっていうどこぞの馬の骨であって、あなたが考えてるような美少女ツインテール魔王じゃないから！」

「どうしてステラ様の髪型をご存じなのか!?　ご本人なのですよね!?」

何か言う度《たび》剝《は》げていく化けの皮だが、魔王はあと何回、変身を残しているのだろう。

幼女がくいくいとラステの服の裾を引っ張る。

「おにーちゃになっても、ニーナはステラおねーちゃ大好き。あのねあのね、ひみつのお話あるからちょっとしゃがんでほしいのです」

「あ、あううう、はい」

言われるままにラステがしゃがんだとたん、幼女の唇《くちびる》がチュッと少年の頬に触れた。

「ひみつのお話じゃなくて、ちゅーでしたぁ。えへへぇ」

そう、呪いは時に真実の愛によって解かれることがある。ニーナの愛が魔王にかけられた（自分でかけた）呪いから、魔王自身を解き放った。光がラステを包んだかと思うと、その髪は長く伸びてツインテールを独りでに結び、胸の慎《つつ》ましやかさはさほど変わらないながらも、女性らしい体つきへと変化する。その姿を見てベリアルは、自分の喉元に槍の切っ先を向けた。

「やはり……どうかこの命で罪を！」

「やめてベリアル話を聞いて！」

カーペットを血に染められても困りものだ。俺はしぶしぶ大神樹の芽の裏から姿を現した。

「いやはや、勘違いは誰にもあるものです。貴方が死んでどうなるというんですかベリアルさ

ん」

「き、きさま!?　隠れていたのか？」

ニーナは「はわわ、おにーちゃもかくれんぼの達人ですか」と、驚いた顔をする。

「少し出る機会を逸《いっ》していただけです。というわけでベリアルさん……恨《うら》むなら私を恨んでください」

槍を手にしたままベリアルの動きがピタリと止まる。

「どういうことか説明してもらおうか」

ここはステラのやらかしが原因とは言えないな。魔王の威厳だけは守ることにしよう。

「実は私の魔法実験の手伝いをしてもらったところ、ステラさんの性別が反転する呪いがかかってしまいまして。お二人に知られるのは恥ずかしいと、呪いが解けるまで教会にかくまっていたのですよ。するとステラさんは大変お優しいので、私の仕事を手伝ってくださる……と」

俺が「そうですよね？」と確認するまでもなく、ステラが立ち上がり胸を張った。

「概《おおむ》ねセイクリッドの言った通りよ！」

この切り替えと開き直りの早さが魔王の魅力だ。ベリアルの手からカランと槍が落ちた。

「そうでしたか。早とちりばかりの自分が恥ずかしい。しかし相談でしたら、わたしに……」

「し、示しがつかないでしょ！」

「失礼いたしました」

まあ、お互い納得できたようだ。ニーナは少し寂《さび》しそうな顔になった。

「おにーちゃになったステラおねーちゃとも遊びたかったなぁ」

ステラは「えっと、考えておくわね」と言葉を濁す。

ともあれ言えることは一つ。幼女の口づけにはどんな呪いも敵《かな》わない。

ダイヤモンドが砕《くだ》けない的な感じで覚えておきたい標語ができあがった。

第四章　熱砂の姉妹デート

ラステとして一日勤め上げたステラに、教皇庁謹製《きんせい》のコロコロを進呈《しんてい》した。

むしろニーナが気に入って「おねーちゃコロコロたのしいです」と、実質所有権は妹に移ったようだ。

翌日――朝一番で聖堂にステラがやってきた。

「おはようセイクリッド！　爽《さわ》やかな朝ね！」

「朝から教会に礼拝する敬虔《けいけん》な魔王様おはようございます。ようこそ教会へ。旅の記録を……」

「全部キャンセル！　まずはあたしの話を聞いて！」

聖堂の天井《てんじょう》に少女の声が響いた。尻尾《しっぽ》をピンッ！　と立ててステラはムッとした顔だ。

「ではお話をどうぞ」

「クッキーの味見してほしいのよ！」

少女はお尻《しり》をもじもじとさせながら、小さな包みを俺に手渡した。

紙の袋を開くと、そこには少しだけ焦《こ》げ気味だが、いかにも手作り感溢《あふ》れる不揃《ふぞろ》いなクッキーが十枚ほど入っていた。

一枚がカジノで使うコインほどの大きさだ。いびつなものもあるが、手にしてみるとその場で崩れて灰になるようなこともない。

瞳《ひとみ》をキラキラさせてステラは俺がクッキーを口に運ぶのを待っている。

「ほら、食べて！　ぐいっと一気に！」

黒焦げでないだけクッキーらしい見た目だが、あまり美味《おい》しそうには見えない。

「では、いただきます」

一枚食べる。少女がぐいっと詰め寄った。

「ど、どう⁉　ちゃんとできてる？」

一瞬の間を置いて――俺の口の中を衝撃が走った。

辛《から》い。ただただ、辛い。口内で獄炎魔法を吹き上げる暴君のようだ。

塩気ではなく唐辛子系の味である。とてもじゃないが、小さな子供に食べさせて良いものではない。

「なぜこんなに辛いのでしょう？」

ステラはえっへんと自信満々に胸を張った。

「セイクリッドのレシピをもとに、自分らしさを込めてみたの。赤はあたしのカラーでしょ？　唐辛子をプラスしたことで発汗作用があるからカロリーも減るし！　食べるほど痩《や》せちゃうのよ！　すごくない⁉」

すごく……美味しくないです。

お菓子を食べる甘いひとときの幸せを、欠片《かけら》も持ち合わせていなかった。

「このクッキーは出来損ないですね。食べられません」

「えっ⁉　どうしてッ⁉」

「教えたレシピを魔改造しすぎです。アレンジの領域を出てしまって、別物じゃありませんか」

料理が苦手な人がしがちなミスの一つに〝謎の自信から来る隠しきれない隠し味〟がある。今回はまさにその典型例だ。後世に過ちが起こらないよう悲劇を伝え、聖典に書き加えたいレベルである。

「工夫したのよ？　唐辛子を氷結魔法で氷らせて、爆発魔法で粉砕して練り込んだの！」

特（許）技（術）的に黒魔法を見事に無駄遣《むだづか》いしてくれたものだ。

「それに食感も重たいですね。指定通り生地をさっくり混ぜていますか？」

「ちゃんと混ぜてるわよ！　練れば練るほど色が七色に変わって楽しいんだから！」

少なくとも色が変わるようなレシピは教えていない。唐辛子以外に何が入っているのだろう。

「作る人だけが楽しむのではなく、食べる人の笑顔もきちんと思い浮かべてください。混ぜると練るではまったく違いますよ」

ステラはしょぼんと肩を落とした。

「じゃあ、このクッキーはやっぱりだめなの？」

「やっぱりとはどういう意味でしょう」

「あ、味見したんだけど、ちょっと辛いかもなぁ……って」

ちょっとどころではない。口の中が火事だ。香辛料《スパイス》をふんだんに使った南国の料理を思い出す味である。俺は手にしたクッキーの包みに視線を落とした。

「仕方ありませんね。これから少し、私に付き合っていただけませんか？」

「え？　お、お付き合いッ⁉」

目をまん丸く開いてステラは呼吸を荒くした。

「香辛料の本場にご案内しますが……その前に、このクッキーをどうにかしましょう」

俺は一度私室に戻ると、戸棚から酒瓶《さかびん》を取り出した。

「楽しみにとっておいたのですが、仕方ありませんか」

秘蔵の赤葡萄酒《ワイン》だ。しっかりとした味わいの中に甘味が感じられる……辛い料理にぴったりの一本である。それを手に聖堂に戻ると、ステラが心配そうに俺に訊く。

「そ、その瓶でクッキーを粉々に砕《くだ》いて外に撒《ま》くのね⁉　供養するのね！」

「まあ、クッキーだけではとても食べられませんが」

カーペットをまっすぐ歩きながら、扉を開けて外に出る。

「せっかくステラさんが一生懸命作ったのですから、このクッキーも誰《だれ》かを幸せにしてもらいましょう」

魔王城の城門前には、巨大な魔物姿のベリアルがデンッと門番らしく構えていた。

巨獣の前に俺は立つ。

「何用だセイクリッド？」

「ステラさんのクッキーをお裾分《すそわ》けしようかと思いまして」

「それは僥倖《ぎょうこう》……だが、その……人間よ、きさまが手にしている瓶はその……アレであるな？　よ、良い酒ではないか？　コルクの栓《せん》がしてあろうと、わたしの鼻はごまかせんぞ」

めざとく気づいて鼻も利く。

「ああ、これですか。ステラさんの焼いたクッキーに合わせるのに良いかと思いまして」

あっという間にベリアルの巨体が縮んで褐色美女に姿をかえた。甲冑《かっちゅう》姿ではなく、タイツのようなぴったりとした薄衣姿だ。

「い、いかんぞセイクリッド。わたしは門番の職務中だ。クッキーは良いが酒など飲もうものなら……ああ、やめてくれコルク栓を抜かないでくれ」

「おや、それは残念ですね」

振り返って聖堂に戻ろうとすると後ろから羽交《はが》い締《じ》めにされた。柔らかい感触が背中に密着する。

「待たれよ！　いや、どうかお待ちを！」

「ええ、待ちますから離してください」

力が緩まったところで振り返ると、俺はクッキーの包みとワインの瓶をベリアルに渡した。

――五分後。クッキーを食べて火を噴くような顔になったベリアルは、手刀でワイン瓶の口をスパッと開封するなり、たまらず葡萄酒で喉《のど》を潤《うるお》した。

「辛ッ！　美味《うま》い！　酒！　ぷはー！　なんという取り合わせだッ！　辛いだけのクッキーがこれほど葡萄酒に合うとは！」

聖堂内からステラがちらちらと門番を見ているのだが、ベリアルは気づかず城門前にどかっと座って酒盛りを始める。

「ふぅ……辛くて熱くて汗ばんできたな」

タイツのような薄衣が汗ばみ始めると、ベリアルは焼け付くような息を吐いて、脱皮でもするように身体《からだ》をもぞもぞとさせ始めた。これは悪いクセの兆候《ちょうこう》だ。

「では、失礼します」

「待てセイクリッド！　なぜ逃げる！」

脱ぎながらの絡み酒に付き合えるほど、俺は人間ができていない。ベリアルの側に向いたまま、縮地《しゅくち》歩行で後ろに下がり教会に逃げ込むと扉を閉めて施錠《せじょう》した。

ドンドン！　ドンドン！

扉を叩《たた》く音に混じってベリアルの「ともに飲み明かそうではないかー！　セイクリッドー！大人《おとな》の付き合いというものがあるだろうー！」という声が響く。

聖堂に戻ってきた俺にステラが眉尻を下げて呟《つぶや》いた。

「ベリアルって門番に向いてないかも」

「そうですね。葡萄酒一本で籠絡《ろうらく》されるようでは、安全保障に支障をきたします」

しばらくして、扉を叩く音が止《や》んだので様子を見るために扉を開くと――

「ぐがあああああ！　すやあああああ！」

ワイン瓶を抱く美女が教会の前で横たわっていた。全裸《ぜんら》で。さすがにベリアルをそのままにはしておけないので、俺は目を閉じて彼女を背負うと聖堂内を抜けて私室に向かう。

「はいこっちこっち！　っていうか、ちゃんと目を閉じてるわけ？」

「狭い教会ですし、目を閉じていてもだいたいわかりますよ」

ベリアルのもっちりとした太ももや、大きな胸などが背中に胸に手のひらに吸い付いてくる。

俺の耳元で「……ん」「……あん」と熱っぽく囁《ささや》くように声を漏《も》らした。

私室のベッドにそっと寝かせて毛布をかぶせたところで、部屋を出て聖堂に戻るとステラが腰に手を当て胸を張る。

「おつとめご苦労さま」

「どうしてそんなに偉そうなんですか」

「実際偉いもの。魔王よ魔王！　ひれ伏さない方がおかしいの」

「ああ、そういえばそうでしたね。これはうっかりしておりました魔王様」

跪《ひざまず》くとステラは不機嫌そうに「誠意が感じられないわ！　しょうがない大神官ね」と口を尖《とが》らせた。それから赤毛を揺らして少女は言う。

「これからどこかに行くのよね？」

「ええ、ステラさんさえ良ければ人間界の視察にお連れいたしましょう」

「じゃあニーナも一緒でいいかしら？」

門番《ベリアル》もこの調子だ。それにクッキーを食べる予定の幼女の意見は、積極的に取り入れたい。

「私とステラさんが不在となると、ニーナさんもきっと心配なさるに違いありません」

目を離してやらかすのは主に姉の方だ。ニーナの心労は絶《た》えないだろうな。

ステラはニッコリ微笑《ほほえ》んだ。

「魔王城もそれなりに難攻不落ではあるけれど、大神官がいれば安心よね」

この人型《ひとがた》総合警備装置に護衛はお任せあれ。

「それじゃ人間っぽい格好してくるから、ちょっと待っててね」

尻尾をふりふりさせ軽い足取りでステラは魔王城に戻っていった。

真夏のそれよりも燃える太陽が照りつけ、熱せられた空気は深く吸い込めば肺の中まで乾燥させてしまいそうな砂の海——大砂海。その中心に華のように広がる街があった。

巨大なオアシスを中心とした、交易拠点《きょてん》——サマラーン。砂漠に咲いた花のような大都市は、東西南北を繋《つな》ぐ道の中継地点だった。

キャラバンが往来し人も物もひっきりなしだ。文化が混じり合い金銀財宝と香辛料や毛皮に珍品やら魔法道具などが売り買いされる商都は……かつての活気を失っていた。

色とりどりの天幕が並ぶバザーは並べる品物の種類も数も、以前俺が訪れた時の半分程度にまで落ちこんでいた。おそろいのストローハットを被《かぶ》り、町娘風に変装したステラとニーナが首を傾《かし》げる。

「ちょっとセイクリッド。活気のある街って訊いてたけど？」

白い手が俺のローブの裾をくいくいっと引いた。

「おにーちゃ、みんな元気ない感じなのです」

何も知らずについてきたニーナにもわかるくらいだ。

「南西地方最大の商都なのですが……はて」

目当ての香辛料は入荷が少ないためか価格が高い。俺が香辛料を扱《あつか》う商人の露店に足を運ぶと、姉妹も後に付いてきた。ステラが並ぶカゴの中身を一つ一つ確認する。

「これ、全部違う香辛料なの？」

シナモン、クミン、カルダモン、ターメリック、白黒の胡椒《こしょう》に赤や青やらの唐辛子各種、ナッツ

メグにスターアニスなどなど。

ニーナが小さな鼻をすんすんさせた。

「へくちっ！」

小さくクシャミをする幼女の反応に、ステラが「ニーナにはちょっと刺激的すぎたかも」と、先ほどの唐辛子クッキーについて反省したようだった。

クッキーのことはニーナにはまだ秘密なのだが、俺は店主に断りを入れると各種香辛料の中からカルダモンを選ぶ。

「ニーナさん。この香りはいかがですか？」

「ニーナがくんくんですか？」

「はい。ぜひ好きか苦手か教えてください」

手のひらに載《の》せたカルダモンに、ニーナはそっと顔を近づける。

「甘いけど、ちょっとさらさらとしてます。ニーナは好きかも」

カルダモンには不思議な清涼感があった。さらさらという言葉でそれを表現するあたりが、とても幼女である尊《とうと》い。ステラも匂いを確認した。

「へー！　けどこれくっ……」

クッキーに混ぜて大丈夫なの？　と、口を滑《すべ》らせそうになったステラをニーナがじっと見つめる。

「くっ……殺せ！」

「ステラおねーちゃ死なないで！　おねーちゃはニーナが守りますから！」

そんな健気《けなげ》なニーナは俺が守るとして、相場よりかなり高めながらカルダモンを適量買い求めた。値切らず言い値で買う代わりに情報をもらおう。店主に街の惨状について訊く。

「ところでご主人。以前、訪れた時はもっと活気溢れる街だったのですが、何かあったのですか？」

立派な髭《ひげ》を蓄えた小太りの店主は、あご髭を撫《な》でながら溜《た》め息《いき》交じりだ。

「いやはや旅の神官さま、実は海賊が出ましてな」

砂漠に海賊とは奇妙な話だ。だが、このサマラーンの周囲に広がる砂漠は大砂海と呼ばれている。

山賊と言うよりはそれらしい。ステラがビシッと店主の顔を指さした。

「それって盗賊でしょ？　海賊なんてちょっとカッコイイ感じじゃない！」

「いえいえお嬢さん。本当なんですよ。砂の海を船が走ってるんだから驚いたのなんのって。月夜に砂をかき分けてすいーっとね」

商人が手のひらを宙に滑らせた。

「嘘《うそ》言ってないわよね？　信じられないわよ船が砂漠を走るなんて」

商人も目の前に魔王がいると教えても、なかなか信じはしないだろう。

「いやいや、高値で買ってくださったお客さんに嘘なんて教えるものですか」

困ったように商人は眉尻を下げて俺に言う。

「信じましょうステラさん。で、サマラーンは今、その海賊の被害を受けていると？」

「ええ、時折どこからかやってきて、交易路を征《ゆ》くキャラバンから積み荷を奪うんですよ」

「命までは奪わないのでしょうか？」

「そうなんでさ。こっちが積み荷を持ってないとわかると解放されるんです。なんでも『金まで奪って交易できなくなるのは、かわいそうだぷぎー！』ってね」

豚の鳴き声のような語尾を、ニーナが笑顔になって真似《まね》た。

「ぷぎぷぎー！」

どうやら幼女の心を摑《つか》んでしまったようだ。

「あはは！　ぷぎぷぎって変なのです。あはは！　あはははは！」

ツボったようで、幼女はお腹を抱えて大爆笑である。どこでスイッチが入るかわからない。困った時にぷぎーと語尾につけようぷぎー。絶対ウケる。ステラが冷静な表情のまま腕組みをする。

「ねえセイクリッド。どういうことなのかしら？」

「キャラバンがいなくなってしまえば、海賊は略奪《りゃくだつ》できません。商人の金銭と命を奪わないのは〝継続的な収穫《しゅうかく》〟のためと考えられます」

魔王が目をぱちくりさせる。

「けど、死んでも復活するじゃない？　アコやカノンみたいに」

大神樹による冒険者復活の仕組みについて、魔王のステラが知らないのも当然だ。

少し調べればわかることなので、隠す事もないか。

「復活できるのは教会に登録した者だけです。キャラバンを率《ひき》いる商人の多くは教会に冒険者登録をしています。が、中には未登録の商人もいるわけですし、なにより死んで復活となれば教会に寄付《きふ》をしていただくことになります」

冒険者が復活できるのも、教会に届け出があればこそ。他にもルールはあるが、今はそれだけステラが理解してくれればいい。ちなみに寄付金滞納《たいのう》が続き悪質と判断されると、登録解除になる。

「ちなみにその海賊ですが、魔族ではありませんかぷぎー？」

「あっっはっはっはっはああ！　おにーちゃぷぎーって！　あっはっはっはっは！」

幼女の大爆笑、いただきました。ステラが「ちょっと！　ニーナが過呼吸に陥ったじゃない！しっかりニーナ！」と、幼女の背中をしゃがんでさする。

姉妹の騒ぎに商人が困惑《こんわく》しつつも続ける。

「船長は巨漢の豚男《オーク》で、船員らもみんな異形でしたよ。格好だけは人間のフリしてますが、魔族とバレバレって感じで……」

途端《とたん》に腕組みしていたステラがお尻の方に手を回して「鎮《しず》まれあたしのチャームポイント」と焦りながら言う。

香辛料商人は「悪い事は言いませんから、関わり合いにはならん方がいいですよ。あっしは長くこの街で商売をし続けて、今から他のどこかへってわけにゃいきませんし」と、肩を落とした。

「通商破壊ですね。護衛をつけたキャラバンはいないのでしょうか？」

「あっしの聞いた話じゃ、冒険者はみんな海賊にやられちまったとか。ひどい世の中になったもんです」

地元の冒険者でも刃が立たないとなると厄介《やっかい》そうだ。

「その海賊は名乗りませんでしたか？」

「ええ『オレぴっぴは大砂海の海賊船長《キャプテン》ピッグミーだぷぎー！』と。あのおぞましい声は一度耳にすれば忘れられませんよ」

ぴっぴ……だって？

「つかぬ事をお聞きしますが、この街で目立つ双子の冒険者をご存じではありませんか？」

「双子といえば確か……」

「あ、いえ、だいたいわかりましたので。貴重な情報、ありがとうございます」

ステラはキョトンとした顔だが、色々と繋がってしまったな。

ニーナがやっと落ち着いてきたのをみて、俺は店主に十字を切って祝福を授けた。

「貴方《あなた》の進む道から困難が退《しりぞ》くよう祈ります」

「ありがとうございます神官様」

二人を連れて、街の目抜き通りにあるバザーからオアシスのある中央街へと向かう。

遠く海のように広がる巨大なオアシスを見ながら、ステラが小さく息を吐いた。

「魔族って迷惑ね」

思っていても口にしちゃまずいだろ魔王様。

「ステラさんが気に病《や》むことではありません。貴方に従わない魔族なら、貴方の管轄外《かんかつがい》ですよ」

手を繋ぎながら、ニーナが心配そうに姉の顔を下から見上げる。

「おねーちゃは哀《かな》しいのです？」

「え、えっと……なんでもないわよ。それにしてもあっついわねー！」

空《あ》いた手で胸元をパタパタとさせながら、ステラは俺に告げる。

「ほら、美少女の胸元がチラチラしてるでしょ？　神官には刺激が強いかしら？」

先ほど全裸美女と密着した俺に死角なし。ニーナもぱたぱたと、自分の顔を手で扇《あお》ぐ。

「あっちっち……ふえぇ」

汗ばむ幼女もまた尊い。それでも辛《つら》いようなら、すぐに転移魔法《ラポタル》で戻ることもできるが……。

「もしよろしければ、砂漠の街らしいカフェがありますから、休憩してから帰りませんか？」

ステラがムウッと俺を睨《にら》む。

「教会に引《ひ》き籠《こ》もってるくせに、食べ物のお店とか、なんでそんなに詳しいのよ？」

「食べ歩きが趣味ですからね。ちなみに、この先にあるパブのオススメは椰子《やし》の実のジュースです。黒魔法の心得があるバーテンダーが氷結魔法でキンキンに冷やしてくれるんですよ」

言うやいなや、ステラの瞳が輝いた。

「早く行きましょ！」

「ニーナもいきたいのです。おねーちゃと一緒が良いからぁ」

仲睦まじい姉妹に挟《はさ》まれて、両手を引かれるまま歩く。ステラのクッキー作りのため、香辛料を買い求めに来ただけなのだが、どうやらこれも光の神の思《おぼ》し召《め》しか。

ラヴィーナとルルーナを狙う魔族は、この砂の海を根城に暴れ回っているに違いない。


砂漠の商都から戻ると、ステラはニーナを連れていったん魔王城に戻り、すぐにベリアルの着替えを持って教会にやってきた。きちんと魔王らしいドレス風の装束《しょうぞく》に着替えなおして、無断外出の痕跡《こんせき》を完全に隠蔽《いんぺい》する徹底ぶりだ。俺の私室でベリアルが、ベッドの上で頬を赤らめる。

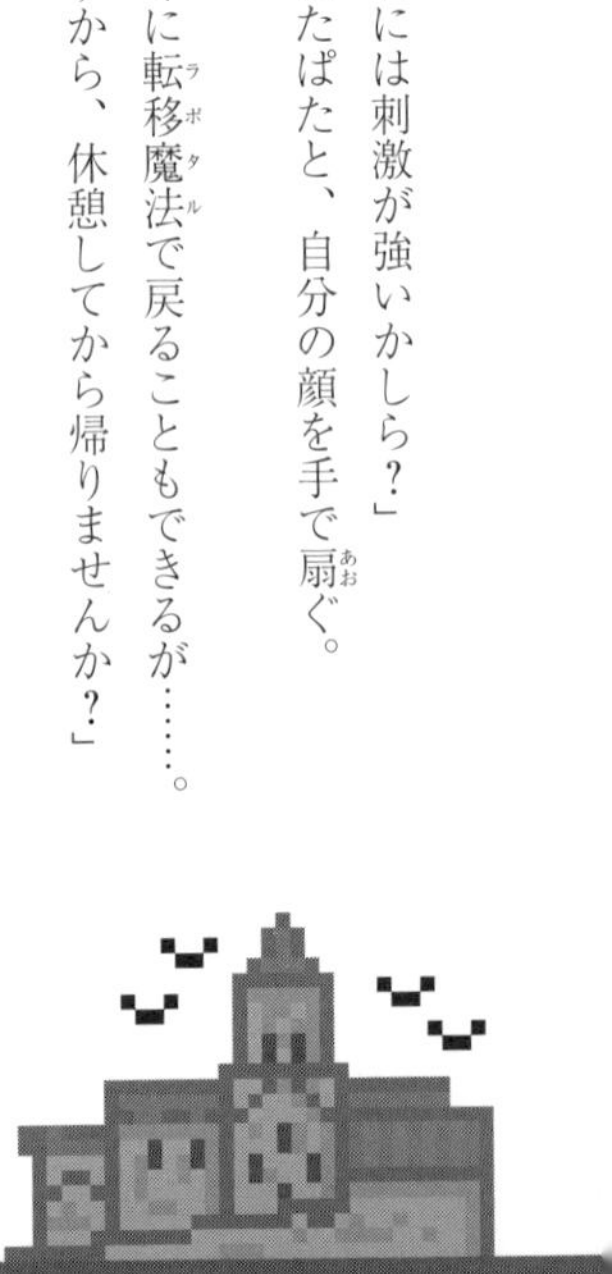

「酒を飲んだまでは覚えているが、なぜきさまの部屋のベッドで、あられもない姿なのだ……？」

「何もしていませんよ。そうですよねステラさん」

聖堂から私室を覗《のぞ》き込《こ》むようにしてステラが呟く。

「セイクリッドのセイは性欲のセイね」

ベリアルの顔がますます赤くなる。

「そ、そんな。ああ……く、殺せ……」

逆上するかと思いきや、しおらしくなるベリアルに、ステラが部屋に入るなり早口になった。

「うそうそ！　ベリアルがお酒飲んで寝ちゃったから、ここに運んだの。汗がすごかったから、あたしが脱がせて拭《ふ》いてあげただけ！　セイクリッドはずっと監視してたから安心して！　はいこれ着替え！」

魔王城から持ってきたベリアルの私服をステラは押しつけるように手渡す。

「そ、そうでしたか。お恥ずかしい！　やはりこの命を断つよりほかない！　どうか介錯《かいしゃく》をお願いいたします魔王様」

このあと、ベリアルの説得に二時間かかった。


それから数日後――

「あれぇ？　セイおにーちゃんいないのです。今日は二号さんだぁ」

「この案山子《かかし》の名前が二号っていうの？　っていうか、神官が職場放棄!?」

「おねーちゃ、お手紙があるのです。読んで読んで」

「んもう！　書き置きなんて、あたしが読むとは限らないじゃない。なになに……本日はお休みしますですって。アコやカノンや双子姉妹が死んだらどうするのよ？」

「おねーちゃ、二号さんの中、きらきらしてるよ？」

「げっ⁉　殺魔王兵器《きおくすいしょう》じゃないのッ⁉　ニーナは下がってて！」

「きらきらだねぇ～きれいだねぇ～」

「襲ってこないみたい。はっはっは！　この魔王であるあたしの威光にひれ伏したわね」

「お手紙はそれだけなのです？」

「えーと、おやつはキッチンの戸棚にあるので、みなさんで召し上がってください……だって！見に行きましょニーナ！」

「「わーい！　マカロンだぁ～」」

熱砂の海に咲いた華——オアシスの大都市サマラーンにて、午前中は情報収集に励んだ。

およそ海賊がどの辺りに出没するか、集めた情報から検討しつつ、ラクダと荷車を購入する。海賊を恐れてサマラーンを離れる商人も多いため、入手にはさほど苦労はしなかった。

荷車に空《から》の木箱を積んで、準備は万端だ。

フード付きの外套《がいとう》を羽織ると、俺は教会の私室から持ってきた懐かしい装備品を手にした。

白い仮面である。純白の陶器のようにつるりとしたそれには、古代文字を組み合わせて（´・ω・`）と記されていた。学生時代に身分を隠す時、よく使ったものだ。

まあ、上級魔族をしばきだした頃には、面倒になって使わなくなってしまったのだが……現在の俺は学生ではないので、こういった非合法活動《ボランティア》をするにあたり、使わざるを得ない。

「さて、行くとしますか」

ラクダを引いて月の昇る砂漠を歩き出す。ほどなくして街で集めた情報通りに、遠方から巨大な船が砂の海を渡って俺に向かってきた。かなりの大きさだ。砂煙を上げて船は迫ると、俺の行く手を阻《はば》むように船の横っ腹が砂の交易路を遮《さえぎ》った。

側面片側だけで大砲《カノン》が十門。海賊船を名乗るには十分すぎる武装だ。

甲板から曲刀を手にした男たちが姿を現す。その中に、ひときわデブっとした影があった。

赤い羽根付き帽子に立派な赤いコート姿。

右目に眼帯《アイパッチ》をして、左手はフック状の鉤爪《かぎづめ》の義手をした豚顔の豚である。

「ぷぎー！　獲物だぷぎー！」

豚は鳴いた。すると、トカゲやらオーガやらゴブリンやら、様々な種族が混然とした船員たちが声を上げる。

「「「ピニキッ！　やっちまいやしょうぜピニキ！」」」

ピニキと呼ばれた船長は、いの一番に甲板から飛び降りてきた。

それに続いて次々と、異形の者たちが曲刀を手に砂の大地に降りるやいなや、俺を取り囲む。

「商人ならオレぴっぴこと砂漠の大海賊のことを知っていないはずないぷぎー？」

太鼓《たいこ》でも抱えたような巨漢が俺に問う。一つ言えることがあるとすれば、この魔族は手下ではなく、自分が率先して行動するタイプであるようだ。リーダーシップを発揮《はっき》する人材か。実に惜しい。

「どうしたぷぎー？　この大砂海の支配者ピッグミー様を前にして、言葉を失ったぷぎーか？」

オーク系の上級魔族は首を傾げる。まず、間違いなくこの豚野郎が海賊の団長に違いない。

「っていうか、なんだぷぎー！　そのふざけた仮面はッ！」

俺の（´・ω・`）顔に立腹のようだ。

「…………」

あえて沈黙で返す。あえてね。ああ、なんだろうか。十代の頃の自分を思い出した。

「早く荷物を差し出すぷぎー！　オレぴっぴは寛大《かんだい》だから、命だけは助けてやるぷぎーよ？」

豚のような鼻をヒクヒクさせて、巨漢の海賊船長は左手の鉤爪フックで俺をびしっと指さす。

と、同時に俺を囲んだ異形の者――魔族たちが、殺気を漲《みなぎ》らせた。焦るなって。

「「「オイコラテメェ！　ピ（ッグミー）ニキに応《こた》えろやコラァ！」」」

砂漠に響く大合唱。男たちの怒声に俺はゆっくり頷《うなず》いて返す。

「どーもピッグミー＝サン……上級魔族デストロイヤーです」

ああ、あの頃の情熱に溢れていた自分を思い出す。魔族絶対許さないマンだった己が甦《よみがえ》り、俺はフード付きのローブを脱いだ。ピッグミーが声を上げる。

「抵抗するならやっちまうぷぎー！」

荷台を引いてきたラクダを解放して「自由に生きろよ」と告げると、俺は右手に光の撲殺剣《ぼくさつけん》を構える。犬系やら猫系やら熊《くま》やら爬虫《はちゅう》類《るい》やら、様々なタイプの獣人魔族たちが俺に斬りかかってきた。

「「「死にさらせやクソ商人があああああ!!」」」

全方位から迫る曲刀の斬撃《ざんげき》。が、どれも他愛《たわい》ない。魔王の魔法に比べれば、そよ風のようだ。

正面から挑んできたトカゲ獣人の剣を光る棒で弾き飛ばす。トカゲ獣人は砂の海を転がり、のたうち苦しみ意識を失った。一撃《ワンパン》ＫＯ余裕でした。

他の曲刀はすべて躱《かわ》しきり、俺は俺を殺そうと躍起《やっき》になる一同に告げる。

「死にたい方からかかってきてください」

「ぷぎー！　人間のクセに生意気だぷぎー！」

お前が俺の知人に手を出したのが運の尽きだ。

（・ω・）仮面をつけているので表情は伝わらないが、俺は久しぶりの闘争に笑顔になっていた。

ああ、仮面って素晴らしい。なにせ何人ブチのめしても、俺だと特定できないのだから。

まずは三桁近くは乗船しているであろう、海賊船長《ビッグミー》の配下を一人ずつしばき倒して、二度と交易商人に手出しできないようトラウマを植え付けることにしよう。

狼《おおかみ》獣人が牙《きば》を剝《む》いて曲刀を振るう。

「よくもダチをやってくれたなぁああ！」

「友人なら悪事に手を染めるのを止めておあげなさい」

光の撲殺剣で刃を弾く。軽くあしらったつもりだが、狼獣人は後ろに大きくのけぞった。

「ぬおあああ！　商人のくせになんてバカ力だ」

そのままひっくり返った狼獣人の頭をコツンと光の撲殺剣で叩く。

「商人の強さを思い知りましたか？」

舌をべろんと出し「ぐへっ！」と、うめくと狼獣人も動かなくなった。

「次は誰が私の相手をしてくださるのでしょうか？」

俺を中心に取り囲んだ海賊団員たちが、お互いに視線で牽制《けんせい》しあう。

今、俺が倒した狼獣人は彼らの中でも一目置かれる使い手だったようだ。

「ウルぴっぴさんがやられちまったぞ」

「ぴっぴの称号をピニキから下賜《かし》されたウルフィンがッ!?」

「ヤベーマジヤベーよぉ」

かかってこないというなら、そろそろこちらから——と、思った矢先。

護衛を数名従えて、後方にデンっと構えた巨漢の海賊船長が大口を開けた。

「怯《ひる》むな野郎どもぷぎー！　相手がいくら強いっつっても一人だぷぎー！　一人が五十人に勝てるわけないぷぎー！　その商人を倒したやつには、ウルフィンにかわってぴっぴの称号を与えるぷぎよ？　みんなで一斉に突き殺すぷぎーー！」

曲刀は刺突よりも斬撃を得意とする武器だ。剣を振り回して俺一人を囲んでも、一度に攻撃できるのは左右正面と四人がせいぜい。それ以上で仕掛ければ同士討ちになりかねない。

だからこそ海賊団員たちは俺を囲み、剣を突きの形に構え直した。３６０度、切っ先が俺を狙う。

まさに大神官危機一髪。まさか俺が剣を刺される側に回るとは。後方の安全地帯で、ピッグミーが手を握《にぎ》り親指を立てる。腕を前にぐいっと出すと、手首をひねって親指をゆっくりと下に向けた。

「「「「「「「「お許しが出たぞひゃっはああああああああああああああ!!」」」」」」」」

獣人たちが俺めがけて切っ先を向けながら突進してくる。俺めがけて全員が殺到したせいで、砂塵《さじん》が舞って視界不良に見舞われた。俺からもピッグミーからも、互いが見えない状態だ。

「やった……ぷぎーか？」

「残念。そのセリフはやれていないフラグですね」

俺の全身に刃が突き立てられ――手足はもちろん、胴体も喉元も隙間《すきま》なく曲刀の切っ先が貫《つらぬ》こうとした。が、それらは俺の身体に届く寸前の所で阻《はば》まれる。光輝く魔法力の鎧《よろい》によって。

力を込めても突き刺さらず、切っ先が欠けたことにも気づかぬまま、団員の一人が悲鳴をあげた。

「ピニキッ！　こいつ！　こいつメッチャ硬い！　あと、なんか眩《まぶ》しい！」

久しぶりに使ってしまった……この全身を光で包む鎧の魔法。俺は忠告する。

「早く離れた方がいいですよ」

剣を押し込もうとする彼らは、俺の身体を包む光の正体を理解していない。

これもいわば、神官見習いのカノンが放つ光弾などの光属性魔法を応用したものだ。

剣のようにすれば光の撲殺剣。それを鎧にして身に纏《まと》った姿から、いつしか俺に説得（物理）された者たちは言うようになった。光り輝くデストロイヤー……と。

「うるせえええ！　なんで！　なんで死なないんだよ！　剣が刺さってるはずだろ？」

ピッグミーほどではないが、巨体の熊獣人が肩を戦慄《わなな》かせる。

「残念ですが……狼狽《うろた》えるな小僧ども」

瞬間——カッ！　と、俺を中心に閃光《せんこう》が夜の砂漠を一瞬だけ、まるで昼間のように明るく染め上げた。俺を囲んだ五十人以上の海賊団員たちは、爆風で四方八方ちりぢりとなって吹き飛ばされる。

周囲をなぎ払った爆発の中心地で、俺は夜空の星を見上げた。

「爆発反応装光魔法。敵味方問わず自分以外みな吹き飛ぶ。いやはや、砂漠が広かったおかげで壁や天井に叩きつけられなくて、みなさん良かったですね」

一瞬で団員のほとんどが退場したところで、ピッグミーの顔つきが変わる。

「なん……なんなんだぶぎー！　なんなんなんなんなんなんだぶぎーよ！」

余裕は消し飛び焦りが海賊船長を早口にする。

「おや、あんなにたくさんいた部下も、今では片手で数えられる程度に。いかがいたしましょうピッグミーさん。死ぬか殺《や》られるか、どちらになさいますか？」

「どっちも一緒だぶぎー！」

側近たちも、今にも海賊船に逃げようかという雰囲気《ふんいき》だ。鉤爪をこちらに向けて豚が鳴く。

「と、ともかくッ！　光輝く死の商人……その顔、覚えたぶぎーよ！」

（´・ω・｀）これを覚えてどうするの？　ねえ（´・ω・｀）に団員みんな吹き飛ばされてどんな気持ち？

「まあ素性《すじょう》は明かせませんが、別に私の正体がなんであれいいじゃないですか」

「な、なんだぶぎー？　そんな怖い声で言われても全然怖くないぶぎーよ！」

恐怖を自覚しているのに否定するの、魔族の間で流行《はや》っているのか。

「どのみちここで、私に倒されるわけですから」

勇者アコの時と違い、今回はラヴィーナとルーナの成長を後援する必要はない。

「ひ、ひぃぃぃッ！　見逃してほしいぷぎー！」

じりりと後ろに下がり始めるピッグミーに、俺はゆっくりと歩み寄る。

およそ二十メートルほど。縮地歩行は使わない。あえてね。じわじわと真綿《まわた》で首を絞《し》めるように距離を詰める。心憎い死の商人の演出が魔族の心に深手を負わせた。

「来るな！　来るなぷぎ～～～！　あっ！　こらおまえたち逃げるんじゃあないぷぎー！」

側近も悲鳴をあげて、ちりぢりに逃げていった。統率力はあったが、それも相手が弱い時限定か。

残るはピッグミーのみ。わざとらしく全身をゆらして幽鬼かゾンビのように、俺は砂の海を進む。

「悪い魔族はいねぇぇかあぁぁ……悪い魔族はいねぇぇかあぁぁ……」

「魔族はだいたい悪い事するぷぎーよ！　その質問はおかしいぷぎっ！」

俺があと五メートルまで迫ってもピッグミーは腰の剣を抜きもしなかった。

ピッグミーまで三メートル。踏み込んで光の撲殺剣で成敗《せいばい》できるところまできて、俺は問う。

「ところでピッグミーさん。貴方は人間に求婚しているそうですね？」

「な、なんで商人がそのこと知ってるぷぎーか？」

震える声で海賊船長は否定しなかった。

「彼女の故郷から離れるという条件で迫るのはいかがなものかと」

「約束は守るぷぎーよ！　ラヴィぴっぴの村とそれに続く交易路では略奪しないぷぎー！」

「では、その双子の妹を殺すというのは？」

「当然ぷぎー！　愛するラヴィぴっぴと同じ顔の女が、別の男とイチャイチャするなんて想像しただけで吐き気がするぷ……」

ピニキをフルスイングでホームランするRTA《リアルタイムアサシネーション》はーじまーるよ。

光の撲殺剣を抜き払い、踏み込み、打つ。瞬《またた》きする間にピッグミーの身体が宙を舞う。

「ぷぎぎぎぎっぎっぎっぎーっ！」

終わりました。

予想外というか、手応えはあったものの、ピッグミーは十メートルほど後方に跳んだだけだ。腫《は》れた頬を庇《かば》うように撫でながら、砂の上に着地する。

どうやら自ら後方に跳んで衝撃を和《やわ》らげたようだ。それに、そもそもピッグミーの肉体は、脂肪の塊《かたまり》ではなく、鋼のように強靱《きょうじん》な筋肉でできているらしい。打ち据えたこちらの手が軽く痺れる。

鉤爪を俺に向けてピッグミーは吼える。

「い、いきなり殴るなんてひどいぷぎー！」

「いきなり船で乗り付けて荷物を置いていけと脅し、五十人以上のそれはそれは恐ろしい魔族たちで取り囲み、あまつさえ一斉に剣で突き刺せと指示を出した貴方には言われたくありませんね」

今度はもう少し、光の撲殺剣の火力を上げた方がよさそうだ。

片手持ちできるサイズだった撲殺剣を、極太の柱サイズにして肩にかける。

「ひ、ひぃい！　おっきくなったぷぎー！」

「私に光の撲殺丸太を持たせる魔族は、そうそういません。では、行きますよォ」

「こうなったら奥の手ぷぎー！」

ピッグミーが懐から小さな煙筒を取り出した。魔法道具か。こういったモノは使い手の実力と無関係に、予想外に強力なものもある。と、一瞬踏み込むのをためらい、警戒してしまった。

ボシュッ…………ヒューン…………パアァン！

煙筒から赤い光弾が夜空に放たれる。と、沈黙を守ってきたピッグミーの背後の海賊船が振動し、その船体横っ腹から突き出た十門の大砲が火を噴いた。即座に防壁魔法《マシルド》を前面に展開する。

着弾はしなかったが、中級爆発魔法を十発同時に浴《あ》びせられたような衝撃だ。

砂煙と硝煙でピッグミーを見失う。

「死の商人よさらばだぷぎー！　帰還魔法《リターニア》ッ！」

視界を砂塵に阻まれては、正確に呪封魔法《イレイス》でピッグミーの魔法をキャンセルすることもままならない。海賊船長の奥の手は逃げの一手だったようだ。

巨体は砂煙が収まるころには姿を消し、砂の海を渡る海賊船もすでに俺から逃げるようにはるか遠くへと走り去っていった。

「仕留め損な……説得には失敗しましたね」

しばらく実戦から遠のいていて、交渉（物理）の勘が鈍《にぶ》ったようだ。まあ、一度や二度失敗したくらいで、説得を諦《あきら》めるような俺ではない。

奥の手も把握《はあく》できたし、次こそ逃がさず必ず会心して……もとい、改心させてやるからな。

そう、心に誓って俺は撲殺丸太の素振りをしながら、砂漠のオアシスの帰路についた。

それからしばらく、活気を失っていたサマラーンである噂《うわさ》が流れ始める。

(´・ω・`)と描いた仮面をつけ、同じしるしの旗を掲げると海賊に襲われなくなるというものだったが……実際に被害は減少したという。

(´・ω・`)は旅の安全を守るという伝説が、ここに生まれた。

第五章　三日待ってください。本当の近接格闘をお見せしますよ

聖堂内を軽快な音色が包む。

時々外れた音を出すオルガンを弾くと、それに合わせてニーナが踊った。

振り付けをしたのは双子姉妹の姉——踊り子にして舞剣士《ソードダンサー》のラヴィーナだ。

ニーナが小さな手足を大きく伸ばして、リズミカルな曲に合わせてステップを踏む。

珠《たま》のような汗が弾けた。幼女はほっぺたを赤く染めながら、もはやダンスに夢中だ。

ラヴィーナがカウントをしながら手を叩《たた》く。

「ワーンツースリーフォー！　ワーンツースリーフォー！　ワーンツースリーターンッ！」

ニーナはバレリーナよろしく、その場でくるりと一回転。そして——ピタッ！　と止まる。緩まない。残心《ざんしん》までキチンと決めるとは、幼女に末恐ろしさを感じた。

「はいオッケー！　もーサイコーだよニーにゃんってば！」

パンッ！　と、ラヴィーナが手を叩いてようやくニーナは身体《からだ》の力を抜いた。

「はぁ……はぁ……ニーナできてましたか？」

やりきった表情のニーナをラヴィーナはしゃがみながらぎゅうっと抱きしめた。

「すっごく良かったよぉ！　ね？　セイぴっぴもそー思うでしょ？」

オルガンの鍵盤《けんばん》から手を膝《ひざ》の上に置き、俺はそっと頷《うなず》いた。

「三つもステップを覚えるなんて、ニーナさんには踊りの才能があるのかもしれませんね」

ニーナは小さくうつむくと、耳の先まで顔を赤くする。

「そんなことないのです。ラヴィししょーの教え方が、とってもとってもわかりやすいから
……」

謙虚。さすがニーナ謙虚。姉《ステラ》にほんの少しでいいから、分けてあげたい。

「んもーそんなことないって！　ニーにゃん本当に呑《の》み込《こ》みチョー早いし。そだ！　こんどサマラーンの劇場でショーに出てみない？」

そっとニーナを解放してラヴィーナはスカウトまで始めてしまった。

ニーナは両手で自分のほっぺたを包むようにして「困っちゃうのです」と、まんざらでもなさそうだ。

と、そんなニーナについ訊《き》いてしまった。

「ニーナさんは、アコさんを先生と呼んでおられましたが、ラヴィーナさんは師匠なのですか？」

もじもじと膝を擦《こす》るようにして幼女は「うん」と首を縦に振った。

「せんせーとししょーはちがうのです」

ニーナはキュッと拳《こぶし》を握《にぎ》って力説した。

「どこらへんが違うのでしょう？」

「けんじゃとだいまどうしくらいちがうのです」

よくわからないが、ともかくニーナの中ではアコとラヴィーナはそれぞれ別々の尊敬を集めているようである。ラヴィーナが膝を折ったままニーナに視線の高さを合わせる。

「けっこうアタシってば、マジでニーにゃんをトップスターに育てたいんだけど、どーかな？」

ニーナはそわそわした素振《そぶ》りで、俺の方を見た。

相談するならステラかベリアルだろうに。が、残念ながら二人とも不在だ。

「ニーナさんが本気でやるというのなら、私は協力を惜しみません」

幼女の幸せを祈り万難を排《はい》することこそ大人《おとな》の務めである。

が、ニーナは恥ずかしそうにはにかんだ。

「えっと、ニーナはまだ自分のこともちゃんとできません。踊りはたしなむだけにします。教えてくれてありがとうございます」

ちょこんと頭を下げるニーナにラヴィーナは「そっかー。うん！　ニーにゃんがダンスを好きになってくれただけでも、アタシはハッピーだし」と、あっけらかんと笑ってみせた。

ラヴィーナは膝をゆっくり伸ばして立ち上がると、俺に言う。

「そろそろ戻らなきゃ。セイぴっぴ蘇生《そせい》してくれてありがとね！　えーと、お金半分だっけ？」

「今日は素敵なダンスの先生をしてくださったので、結構ですよ」

「え？　いいの？」

「不思議とこの教会で復活する冒険者は、所持金をしぼっている方ばかりですしね」

「バレてるッ!?　やっぱりセイぴっぴとアタシって以心伝心？　みたいな」

パターン化しているだけである。アコと同類だなラヴィーナぴっぴは。

「そうそう、ぴっぴで思い出したのですが、ラヴィーナさんを付け狙う魔族についてうかがってもよろしいですか？」

「信じてセイぴっぴ！　浮気とかじゃないんだよ？　あっちが一方的につきまとってきて……」

「疑ってなどおりません。その魔族ですが、まだつきまといをやめていないのでしょうか？」

「あれ？　最近あんまり見ないかも……って、なんでセイぴっぴが豚《ブー》ヤン知ってんの⁉」

豚ヤンとはまた、ダイレクトなネーミングだな。本人が聞いたら案外喜ぶかもしれないが、残念ながら〝ぴっぴ〟の称号はつかないらしい。

「部下のラステくんからうかがいまして。大丈夫ですか？　助けは必要ではありませんか？」

「し、心配してくれてありがと……うーん、やっぱ今日は帰ろっと。ニーにゃん次に時間あったら、ちょっとむずかしーけど、チョーカッコイイ踊りを教えちゃうから♪」

「はいなのですラヴィししょー」

つきまとう魔族《ビッグミー》の話をした途端《とたん》、ラヴィーナはどことなく居心地が悪そうな顔だ。

当然か。配慮の至らなさを反省しよう。ルルーナを待つか確認する前に「サマラーンまでよろしくぴっぴッ！」と、ギャルピースで押し切られ、俺は彼女に転移魔法《ラポタル》をかける。

消える間際に俺とニーナに投げキッスを放つラヴィーナだが、その瞳《ひとみ》はどことなく寂《さび》しそうだった。

――直後、入れ替わるように大神樹の芽が光を帯びた。

『………』

反応しないという反応を見せるのはただ一人、ラヴィーナの妹で占い師のルルーナだ。

蘇生魔法《リザレク》で彼女を復活させると、ルルーナとニーナの視線がぴたりとあった。

「……幼女？」

「はぇぇ……」

まだラヴィーナに妹がいると教えていないので、ニーナは驚いているんじゃなかろうか。

「ラヴィししょーにそっくりなのです！」

目を丸くしてニーナは驚いたように声を上げた。思えば性別が変わってもラステをステラと見抜いた幼女である。目を細めるとルルーナはニーナに告げる。

「……そう。私はラヴィーナの影。彼女のドッペルゲンガー」

「どっぺちゃんなのですか？　ニーナはニーナっていいます」

ぺこりと幼女がお辞儀をした。俺が付け加えるようにルルーナに訊く。

「それでどっぺちゃんはこの教会にどのようなご用件でしょうか？」

「……ムッ。しまった」

姉の方がちゃらんぽらんで妹はしっかり者かと思いきや、実は逆なのでは？

不思議そうに幼女が瞳をぱちくりさせる。

「どっぺちゃん大丈夫？」

「……フフフ。実はどっぺちゃんは仮の姿。正体は……ルルーナ。ラヴィーナの双子の妹」

「えええ!?　そうなのー!?」

純粋に驚ける幼女に心が洗われる。俺は一度、咳払《せきばら》いを挟《はさ》んだ。

「えー、ではどっぺちゃん改めルルーナさん。死んでしまうだけでなく、出逢ってそうそう幼女を騙《だま》すとは許すまじ。このセイクリッドが地獄の釜《かま》に投げ込むものです」

「……こ、こわい」

ブルブル震えるどっぺちゃんを見て、ニーナがそっと俺のローブの裾《すそ》を摑《つか》んで首を左右に振った。

「おにーちゃ、ルルーナおねーちゃ怖がってるよ？」

俺は満面の笑みでルルーナに告げる。

「冗《じょう》談《だん》はこれくらいにして、姉のラヴィーナさんとまたバラバラになってしまったのですか？」

「……それは……ええと……」

一度、ルルーナはニーナをちらりと見た。ニーナはにっこり微笑《ほほえ》み返す。

たったそれだけで信頼を得たのか、それとも小さな女の子ならわからないと思ったのか、少し思い詰めた顔のまま占い師の少女は聖堂の長椅子に腰掛けて、続けた。

「……時々、フッといなくなる」

「ラヴィーナさんがですね」

水晶玉を取り出して、覗《のぞ》き込《こ》むようにして占い師は続ける。

「……そう。迷子になったのかと思って探すけど……」

「ルルーナさんの占いはどうも人捜しの役にはたたないようで」

「……闇の中にまだ、光は見えない」

占い能力でみる限り、控《ひか》えめに言ってポンコツである。

「一度離ればなれになったときに、合流場所など決めていたりしないのですか？」

俺の質問にルルーナはそっと教会の天井《てんじょう》を指さした。

「……ここ」

もっと他の場所にしてはもらえんだろうか。

「実は、つい先ほどまでラヴィーナさんはいらしていたのですが、たった今、サマラーンにお送りしたところです。すぐに追いかけられますか？」

「……待って」

ルルーナは神妙な顔つきのままだ。

そんなルルーナの手にした水晶玉を、ニーナがしゃがんで下から覗き込む。

「なにが見えるの？」

「……森羅万象《すべて》」

「わああ！　ニーナのこともお見通し？」

無言でコクリと頷くルルーナは、ミステリアスでいかにも百発百中言い当てそうな霊感少女らしさがある。ニーナがルルーナに詰め寄った。

「じゃあじゃあ、ルルーナちゃん教えて教えて」

「……セイクリッド。こんな小さな子から（お金）はとれない」

途中意図的に小声になったな。

「いきなりなんの話でしょう」

ルルーナが手にした水晶玉を俺に向けて覗き込む。

「……では無料占い。セイクリッドはロリコンの相あり」

「ほえぇ……おにーちゃはろりこんなのです？　ろりこんはこんころりーんとしてるのかなぁ……あはははは！　おにーちゃがこんころりーん！　じゃあろりはなんだろぉ」

ツボってお腹を抱える幼女もいとおかし。

とはいえ、ニーナの口から「セイおにーちゃ、ロリコンってなぁに？」という封印されるべき禁じられし言霊《ことだま》が解き放たれる寸前だ。

「今回は特別に占いをしていただくことで、寄付《きふ》とさせていただきましょう。私は占っていただきましたし、ニーナさん、せっかくですから占ってもらってはいかがでしょう？」

蘇生費用が冒険者から現物（？）支給される教会24時。

どこかで現金を所持した大富豪冒険者が死なないかな。その魂《たましい》の誤送なら大歓迎《ウエルカム》である。

幼女が瞳をキラキラさせて俺を見上げる。

「いいのセイおにーちゃ？」

「ええ、私のことはお気になさらず」

「じゃあえーと、ろりこんってなぁ……」

「ニーナさんは、もっと他に占って欲しいことがあるのではありませんか？　先ほど、ルルーナさんに教えてと言っていましたし」

ニーナは思い出したように目を丸くさせる。

「あ！　そーだった。ルルーナちゃん教えて！」

「……真実はいつも一つ」

ルルーナが占えば闇の中で、真実の迷宮入り待ったなし。

「あのねあのね、さいきんニーナのおねーちゃが、秘密にしてるの」

「……ニーナには姉さんがいるの？」

「とってもすてきなおねーちゃだけど、ニーナちょっとさびしいなぁ。おねーちゃ秘密秘密って」

バレてますよ魔王様。今日、ステラが姿を現さないのも、おそらくニーナに秘密でクッキーを焼く練習をしているからだろう。ルルーナは水晶玉を覗き込んだ。

「……姉は秘密を持つものです。それが姉という生き物だから」

「そうなのです!?」

「……ニーナが信じてあげれば、きっと大丈夫」

意外にもルルーナの占いは真実にたどり着いていた。

「そっかぁ。ニーナはとりこしぐろうでした。えへへぇ。じゃあ、今日はおねーちゃの秘密をみてみぬふりしよっかなぁ」

ほっと安心したようなニーナを「それは大変よろしいことかと」と、俺も後押しした。

ニーナが魔王城に帰ると、ルルーナと二人きりだ。

彼女は聖堂の長椅子に座ったまま、水晶玉を覗き込んでいる。

「よくわかりましたね。ニーナさんの姉が何を考えているか」

「……姉妹なんて、どこも同じようなものだから」

占いではなく経験則か。

「ここでラヴィーナさんを待たれますか？」

ルルーナはそっと首を左右に振る。

「……いつも私の前からいなくなって、気づくと隣《となり》にいる。猫よりも気まぐれな姉さんだから、こちらから会いに行こうとしても、会えたためしがない」

「双子の姉妹といっても、ずっと一緒にはいないものなのですね」

「……再会したのも一ヶ月前。その間、十年くらいは顔を合わせることもなかったから」

姉妹にも色々と事情があるようだ。深く息を吐くルルーナに、俺は手を差し伸べる。

「話したい事があるようでしたら、伺《うかが》いましょう。迷える子羊どっぺちゃん」

「……案外しつこい」

「失礼。どうも貴方《あなた》と二人だけだと、素《す》の自分が出てしまいがちで。腹黒い相手にはつい、気を許してしまうんですよ」

「……お主も悪よのう」

「ルルーナ様ほどではございません」

「……ぷっ」

感情豊かな姉の影を自称し、仏頂面を続けていた少女が小さく吹き出した。

「お茶を一杯、お付き合いいただけますか？」

「……お菓子があるなら」

俺の手をとって少女は立ち上がる。

十年会っていなかったという姉妹のいきさつは、紅茶と焼き菓子で聞き出すことにしよう。

双子姉妹の故郷はサマラーンの北西にあるオアシスの村だった。

ラヴィーナとルルーナの母親は二人を産み落としてすぐに他界し、父親の手で育てられたという。

二人が六歳になった頃――どこからかやってきた賢者を名乗る男が二人を見てこう言った。

『同じ顔の双子はこの村にとって不吉だ。すぐに片方を殺してしまえ』

賢者が訊いて呆《あき》れるが、不思議と村の人間たちはその言葉を信じてしまった。

父親は二人を守ろうと教会の司祭に相談し、結果――

「……私が王都の修道院に行くことになった」

二人でテーブルを囲んでしばらく。ルルーナは紅茶に口をつけることなく、あらましを話し終えた。

「そのようなことがあったのですか」

賢者の予言が気になるが、たしか村から出されたのはラヴィーナの方だったはず。

「……私はそれでよかった。あの自由奔放《じゆうほんぽう》な姉さんが、厳しい修道女の暮らしなんてできるはずない」

そっと視線をテーブルの上に落とすルルーナに、俺は焼き菓子を勧《すす》める。

マドレーヌを手にとって、子リスのように彼女は両手で持つとハムハムと口を動かした。

「幼い頃から、お二人の性格は違っていたようですね」

コクコクとルルーナは首を縦に振る。食べ終え、少し冷めた紅茶で喉《のど》を潤《うるお》して少女は続けた。

「……だけど、姉さんが私の代わりに王都へ行った。出発の前日に入れ替わっても、誰《だれ》も気づかなかった。父さんも……」

「それからどうなったのでしょう？」

「……すぐに私が……ルルーナが残ったということがわかったけど、村のみんなは片方がいなくなったならそれでいい……みたいな感じで」

「賢者はどうしましたか？」

「……姉さんが旅立った日の朝には、村から消えていた。姉さんを修道院に入れたあと、父さんは体調を崩してしまって……」

ほろり……と、少女の頬を一筋雫《しずく》が落ちる。

「辛《つら》いことを思い出させてしまいましたね」

淡々とした口振りで「……別に」と呟《つぶや》く姿が余計に痛々しい。

「賢者の顔を覚えていますか？」

ルルーナは首を小さく左右に振る。わからない……か。

「……けど、賢者の言葉は正しかった。姉さんが王都から十年ぶりに戻ってきてすぐ、村にあの魔族たちが現れたから。それまで村はずっと平和だった」

ピッグミー海賊団。タイミングが良すぎるといえばそうだが、恐らく偶然が重なっただけの不幸な事故だろう。

「たまたまですよ。魔族というのは、現れる時には現れるものなのです」

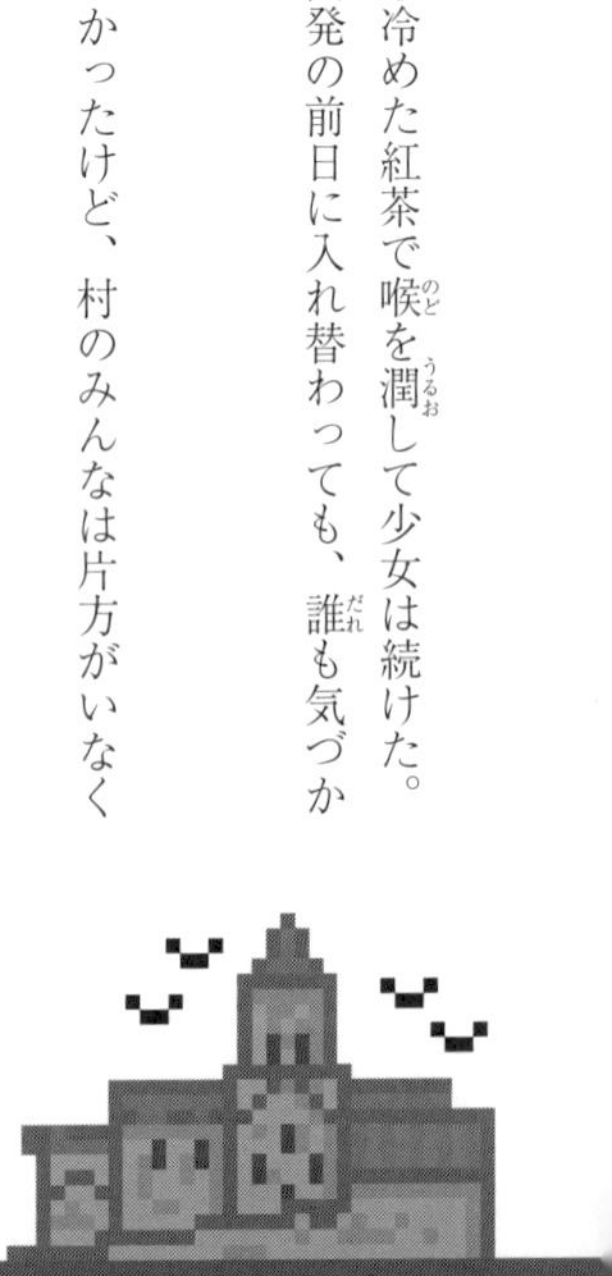

「……だったとして、姉さんが戻ってなければ、私がピッグミーの生《い》け贄《にえ》にされていた。それで終わっていたはずだった」

「終わらなかったようですね」

また、ルルーナの頬に涙が一粒伝って落ちた。

「……村に戻ったばかりの姉さんが私の代わりにピッグミーの前に出て……姉さんは今度も私を庇《かば》った。婚姻の儀式は吉日がいいからとか、適当なことを言って海賊団を引き上げさせて……その間になんとかしようって、二人で旅に出た……だけど」

俺はルルーナの空《そら》になったカップに紅茶を注《そそ》ぐ。薄い琥珀色《こはくいろ》の液体が湯気を上げてカップを満たす間、少女は黙ったままだった。

「よろしければ続けてください」

温まったカップを手に少女は頷く。

「……ある夜、人間に化けてピッグミーがやってきた。あいつは姉さんだと思って私に求婚してきた。そこに姉さんが現れて、あの魔族は言ったの。『オレぴっぴの愛は純愛だから二人を愛するなんてできないぷぎー！』って。だから私を殺すって」

「魔族らしく実に歪《ゆが》んでいますね。その時は助かったようですね？」

「……あいつ姉さんに手出しできないから。姉さんが時間を稼《かせ》いでる間に、私は逃げた……また、助けられて逃げることしか……できなかった」

一方的にただ助けられる。もう一人の自分ともいえる双子の姉に。

自身の無力さと悔しさとむなしさに、ルルーナはずっと苛《さいな》まれ続けてきたのだろう。

「その魔物はどうしてそこまで、人間を伴侶にしようとしているのでしょう」

「……それはわからない。けど、ピッグミーは砂漠の村や街に出没して、ずっと〝次の魔王になる自分に相応《ふさわ》しい人間の女性〟を探していたみたい」

そこで選ばれたのがラヴィーナだったというわけだ。

「……こんなことになるなら、村を離れて独《ひと》りで生きていけばよかった。でも、できなかった。父さんも母さんも姉さんもいない村を出て行かなかったのも……私が弱いから」

震える少女の手の中で、彼女の心の様を表すかのように紅茶の水面が揺れて波打つ。

「家族の思い出が詰まった家や、生まれ育った故郷は簡単に離れられないものです。貴方は少々腹黒いのと、占いが当たらないくらいで悪い事など一つもしていません。自分のせいかもしれないなどと、抱え込むのはおやめなさい」

少女は「……けど」と、ためらいながらそっと下唇《したくちびる》を噛《か》む。

「そうですね。今度は貴方がラヴィーナさんを救ってあげる番です」

「……姉さんを救うなんて……私には……戦闘でもいつも姉さんがほとんど一人で倒してしまうし……足を引っ張ってばかりで……」

舞剣士としてのラヴィーナの腕前は中々のようだ。しかし、修道院に送られたラヴィーナはいつ、その修練をしたのだろうか。ともあれ――

「私に良い考えがあります」

「……そういうのは大抵、失敗フラグ」

「まあ、そう仰《おっしゃ》らずに」

たった今思いついたアイディアだが、俺は〝概要〟を彼女に語った。必要なのはルルーナがラヴィーナに胸を張っていられるようになることと、ピッグミーに引導を渡すことだ。

ピッグミーを倒してしまっても構わないのだが、それだけではこの先も、ずっとルルーナはラヴィーナの影に隠れてますます出てこられなくなりかねない。

今こそ、一歩踏み出す時。そのお膳立てに協力者などなど、声かけは俺が請《う》け負《お》うことにしよう。

「という感じですが、いかがでしょう？　イタズラを仕掛けるみたいでわくわくしてきませんか？」

コクリと少女は首を小さく縦に振る。

「…………不良神官」

「学生時代によく言われていましたよ」

「…………どうしてそこまでしてくれるの？」

ルルーナの瞳の奥に不安がチラついていた。

「腹黒系の同類として放ってはおけませんから」

少女の震えはだんだんと収まり、カップの中の嵐は凪《な》ぎのように鎮《しず》まった。

ずっと暗かった顔が一瞬だけ笑顔になる。どうやら俺の計画に承認が下りたらしい。

ああ、やはり双子なのだ。ルルーナの明るい笑みはラヴィーナとうり二つだった。

教会の講壇に案山子二号《セイクリッドマークツー》を設置した。さらに「三日ほど留守にする」と一筆したためる。

野営道具と愛と勇気を背負い袋に詰めこんで、俺はルルーナとともに霊峰《れいほう》フージの麓《ふもと》に広がる湖畔へと転移魔法《ラボタル》で向かった。風もなく穏やかな昼下がりで、モスト湖の水面は緩やかに波打っている。

湖畔の草原に立って、ルルーナは呟いた。

「……ここは？」

「王都の西方にある霊峰フージの近くです。冠雪を戴《いただ》いた美しい姿に心が洗われますね」

青い山体の頂上に雪の冠《かんむり》を被《かぶ》った峰が空に映える。大神樹の力が強い霊場で、そこかしこに芽が吹いている。このモスト湖の辺りは、俺のお気に入りだ。

「……たしかに綺麗《きれい》」

「まあ、観光に来たわけではありませんが」

ルルーナは「……じゃあ、なに？」と、首を傾《かし》げた。

「もちろん特訓ですよ。これから貴方の力を見せていただきます。得意な魔法は？」

少女は手を広げて数えるように一本ずつ指を折り曲げていく。

「……解毒《げどく》、麻痺治癒、中級回復《キュアアル》、睡眠《ドリムル》、中級風刃《ウインゲイル》……くらい」

回復に補助といった白魔法系統が中心だ。攻撃が中級風刃《ウインゲイル》だけではちょっと心許《こころもと》ない。

「占いの道具を使った攻撃などはどうでしょう？」

「……無理」

引いたタロットカードから力を引き出すというような類《たぐ》いのことは、できないのか。

占い師を名乗るにはまだまだだな。

「なるほど。でしたら武器を使った戦いはどうでしょう？」

「……苦手」

見ればそもそも、ルルーナは武器らしい武器を持っていなかった。

「戦闘の専門家などから指導を受けたことはありますか？」

「……ありま……せん」

正直に応《こた》えられてえらい。頭を撫《な》でたいところだが、噛みつかれそうな雰囲気《ふんいき》なのでよしておこう。

「本当にへこんでいらっしゃるのですね」

「……チッ」

他に誰もいないと舌打ちも盛大に聞こえるが、悔しい気持ちがあるのならきっと彼女は伸びるだろう。教《おし》え甲斐《がい》もあるというものだ。セイクリッド打撃コーチ就任である。

「そこで私が伝授しようというわけです。すぐに舞剣士のラヴィーナさんに追いつくのは難しいかもしれませんが、せめて自分の身を守れるくらいにはなっていただきます」

「……そんなことできるの？」

「ええ。ただし特訓を受けることで、二度と笑ったり泣いたりできなくなりますがよろしいですね？」

「……もともとしてない」

決意の瞳が俺を見据《みす》える。ルルーナは本気だ。

「というのは冗談です。私の特訓から逃げられないよう、この場を選びました。ではさっそく組

み手から始めましょう」

　荷物を下ろして俺は身構《みがま》える。

「……いきなり？」

「大丈夫です。たっぷり手加減して差し上げますから」

　風が湖面を揺らし草木がカサカサと鳴る中で、占い師の少女とこのあとめちゃくちゃ（特訓）した。


　ルルーナに必要だったもの。それは専門家による的確な指導である。

　エノク神学校の体術プログラムを先鋭化した大神官流の近接格闘《クローズクオータズコンバット》を文字通り、彼女に叩き込んだ。そうすることで、たった三日間で少女は見違えるほどの〝戦士〟に変貌《へんぼう》したのだ。

　総仕上げとして砂漠のオアシス――サマラーンに戻ると、俺とルルーナはフード付きの外套をまとって旅人に扮《ふん》し、狙ってくる獣人魔族の盗賊を逆襲撃することにした。

　星空も美しい夜の砂漠で、さっそくたちの悪そうな連中に囲まれる。

「夜の砂漠でナニしようってんだ？　身ぐるみ剝《は》いで女の方はもらっていくぜぇ！」

　ピッグミーの身内ならルルーナの顔を見てこうは言うまい。

「こらしめておあげなさい。ルルーナさん」

　ルルーナは外套《がいとう》を脱ぎ払った。占い師の装束《しょうぞく》はそのままだが、中身は三日前とは見違えるほど別物に仕上がっている。夜盗の一人――犬顔がナイフの刃の腹をべろりと舐《な》めた。

「女に戦わせんのか？　そんな男は放っておいて、オレらと仲良くしねぇか嬢ちゃんよぉ？」

ルルーナは「……笑止」と、呟くなり懐《ふところ》からそっと水晶玉を取り出した。

右手に持った水晶玉に魔法力を込める。光は透明な球体を満たしてうっすらと光を帯びたままになった。光弾魔法や俺が得意とする光の撲殺剣《ぼくさつけん》の応用だ。あの力を神聖なる水晶に宿すことで威力を上げて、魔物に叩きつける。ルルーナが握った水晶玉を犬顔の鼻先にスッと向けた。

「……今日は貴方の前に素敵な撲殺少女が現れ、所々血の雨が振るでしょう」

占いではなく殺害予告兼《けん》天気予報だ。教えた俺が言うのもなんだが、実に物騒《ぶっそう》極まりない。

「んだとクソガキぃ！　せっかく優しく誘ってやったってのに！　身体で思い知らせてやるぜええぇ！」

ナイフを逆手《さかて》に構えて犬顔が突っ込んでくる。

「……大神官流近接格闘にナイフで挑むとは。貴方には愚者《ザ・フール》のカードがぴったり」

少女は突進をひらりと躱《かわ》し、空《あ》いている左手でナイフを突き出した犬顔の手首を掴む。そのまままひねるようにしつつ、同時に男の勢いを利用しながら足払いをして転ばせた。見事なカウンター投げであった。一瞬の出来事に犬顔は何が起こったのかわからないまま、砂の地面に背をつけて倒れる。

「あっ⁉　なにが起こったんだッ⁉」

唖然《あぜん》とするその顔めがけて、光り輝く水晶玉が打ち下ろされた。

ドガンッ！　と、光が爆《は》ぜて犬顔の鼻っ柱が潰《つぶ》れる。返り血にまみれた水晶玉を手にルルーナは口元を緩ませながら、ゆらりゆらりとした足取りで、残る夜盗に歩み寄る。

「よ、よくもやりやがったな！」

仲間を一瞬で倒されたことへの怒りよりも、少女の戦いぶりに彼らは〝恐怖〟していた。

剣でも魔法でもない。手にした玉で殴るスタイル。しかも占い師の風体だ。

「……潰されたい方から、かかってきて。どうぞ」

ルルーナが告げると「どうぜマグレだろ！」と、今度は獅子顔《ししがお》の獣人が剣を振り上げ襲いかかった。

「……大振りすぎてあくびが出る。シャーイニーング……」

力任せの攻撃を、ルルーナは見事に避けつつ獅子男の顔面に光る水晶をめり込ませ――

「クリスタール！」

爆発させた。流派大神官は聖者の風よ。二人が倒され、残る夜盗はあと四人。マグレではなくルルーナの実力というのも理解できたのだろう。俺の背後に熊顔《くまがお》の大男が回り込んだ。

「だったらオマエを人質にしてやるぜぇ！」

羽交《はが》い締《じ》めにしようとする熊顔に見向きもせず、俺は光の撲殺剣を手から引き抜くような動作で展開すると、自身の腋の下から背後に向けて突くように放つ。

熊顔のみぞおちに光る棒が突き刺さり「ぐへっ」と、声を漏《も》らすと巨体が砂の地面に倒れた。

「ルルーナさん。皆さんの運命を占って差し上げたらいかがでしょう？」

ルルーナは左手でタロットカードをケースから一枚引き抜く。

「……運命は……これ」

占い師が見せたのは〝死神《ザ・デス》〟のカードだった。どうやら特訓によって占いの腕前も上がったようである。残る夜盗の絶叫が砂漠にこだましたのは、その直後の事であった――めでたし、めで

たし。

第六章　ニーナをだいじに

ルルーナの特訓を終えた翌日——教会の聖堂にニーナがやってきた。

普段の元気で明るい天使のような幼女が、どことなく寂《さび》しげな顔で長椅子に座って脚をぷらんぷらんとさせた。俺は膝《ひざ》を折って視線をニーナと同じ高さにした。

「何かお力になれませんか？」

「セイおにーちゃ……」

小さな口から吐息が漏《も》れる。

「欲しいモノがあればなんでも仰《おっしゃ》ってください」

ニーナは小さく首を傾《かし》げた。

「えっとえっと……ニーナね、赤ちゃんが欲しいなぁ」

鎮《しず》まれ俺のフィーリング。

「赤ちゃん……ですか？」

「うん！　それでね、ニーナがおねーちゃになっていっぱい育てるの」

幼女はやっと笑顔を見せた。

「どうしてまた、そのようなことを？」

「ステラおねーちゃはニーナに秘密って言うから、ニーナがおねーちゃになったら、きっとステラおねーちゃの気持ちがわかるかもって思ったのです」

なんだこの聖女は。神か。

ステラのニーナを喜ばせたいというクッキー作りが、幼い妹を傷つけてしまったようだ。

が、それでもステラを信じるニーナの心に、このセイクリッド心を打たれたと言わざるを得ない。

というか、まだステラのクッキーは完成していなかったのか。まったく仕方ない。こちらからニーナにフォローを入れておこう。

「ニーナさんは大変お優しいですね。きっとステラさんもニーナさんを思っていますから、ご安心ください。もし違ったなら私を大神樹の下に埋めてくださってもかまいません」

「セイおにーちゃ埋まっちゃうのだめですからぁ」

笑顔の幼女が眩《まぶ》しすぎて直視できない件。と、そこにようやくステラが現れた。

聖堂の扉を開いてバスケットいっぱいのクッキーをカゴに抱えたまま、ニーナを見つめる。

「やっと出来たわよセイクリ……はうあああ！」

魔王城で姉に秘密と言われ、傷心の妹が駆け込み教会していなかったと思わなかったのか魔王様。

「おねーちゃ？」

ぽややんっとした表情でニーナはステラを見つめる。

「ま、待って！　まだ秘密なの！」

焦《あせ》って帰ろうとするステラに俺は告げた。

「そろそろ秘密がベールを脱いでも構わないのではありませんか？」

「まだまだ完璧《かんぺき》じゃないから！　ちょっと焦《こ》がしちゃったし」

退却しようとするステラの前に、魔王城の門番——ベリアルの巨体が立ちはだかった。

「ステラ様。今こそ決断の時！」

「だ、だめよ！　まだもうちょっと改良の余地っていうか……」

教会の入り口付近であたふたするステラに、ニーナはとっとっとっと歩み寄る。

「おねーちゃだいじょうぶ？」

「だ、だだ、大丈夫よ！」

「わあぁ！　美味《おい》しそうなクッキーなのです」

結局見つかってしまったようだ。俺もニーナのあとに続いた。

楕円形の籐のカゴにはピンクのクロスが敷かれ、丸く型抜きされたクッキーがどっさり入っていた。

魔王は恥ずかしいというよりも、どこか申し訳なさそうな顔をしている。尻尾《しっぽ》もうなだれ元気がない。まだ改良の余地があるという手作りクッキーは、焼き色が濃く端々《はしばし》が焦げていた。

「おねーちゃ、ニーナ、食べてみてもいい？」

上目遣いで幼女が姉に懇願《こんがん》するように訊《き》いた。

「え、ええと……」

悩むステラに俺はそっと頷《うなず》く。なにも、王都の菓子職人のような上質なものを求めているわけ

じゃない。ニーナが欲しいのは〝おねーちゃの手作りクッキー〟だ。ステラが声を震えさせた。

「で、でもまだちゃんとできてないし」

背後からベリアルの巨体が教会の出入り口に蓋《ふた》でもするように迫る。

「魔王様、お覚悟なさいませ」

ベリアルの身を挺《てい》した（？）説得で、ついにステラはバスケットを手にしたまま、腰を落とした。

「ほ、本当はニーナにはもっと美味しいのを作ってあげたかったんだけど……」

ニーナが背伸びをして、ステラの顔を見上げた。

「もしかして、おねーちゃ……ニーナにクッキー焼いてくれたの？」

「う、うん……秘密にしててごめんね。今日のはずいぶんマシになったけど、まだ焦げてるし」

バスケットから一番焦げ焦げな一枚を手にしてニーナはハムっと食べる。

「とっても美味しいのです。ステラおねーちゃはお菓子作りの天才かも」

「う、うわあああああああん！」

ステラはしゃがんでニーナを抱きしめる。ニーナは少しだけ苦しそうだ。

「おねーちゃ、どうしちゃったの？」

「ごめんね！　ごめんね！　黒焦げで……」

ニーナはニッコリ笑った。

「このクッキーはニーナが好きな香りがするのです。おねーちゃの愛がいっぱい詰まってるから、どんなお菓子よりもおいしい！」

砂漠の都で二人で選んだ香辛料《スパイス》が姉妹の絆《きずな》を深めたようだ。

「せっかくですからこのクッキーを囲んで紅茶などいかがですか？　ベリアルさんも」

「いただくとしよう」

ベリアルの巨体が縮んで女騎士の姿になった。ニーナがとびきりの笑みを浮かべる。

「おにーちゃに大賛成！」

まだクッキーの出来に満足していないステラだが、喜ぶ妹に心底安堵《あんど》しているようだった。


我が私室にて午後の紅茶を楽しむことになった。

ベリアルは紅茶に蒸留酒を入れて欲しいというのだが、彼女はまだ勤務時間内である。

不許可だ不許可。香りの強い茶葉を選んで、端が焦げたものの、これまでで一番クッキーらしく焼き上がったステラの手作りのそれを食べる。ステラはずっと自信なさそうにしていた。

「もうちょっとで完璧だったのよ」

俺はステラのクッキーを食べつつ返す。

「いえ、これは完璧ですよ。ニーナさんへの愛でいっぱいですから」

ニーナもうんうんと、何度も首を縦に振る。

「おねーちゃ、ニーナがクッキー大好きだから作ってくれたの？」

尻尾をたらりと下げてステラは「うん」とだけ応《こた》えた。

「ありがとうなのです！　ニーナはおねーちゃのこと、もっともっともーっと大好き！」

見る間にステラの顔が耳まで真《ま》っ赤《か》になった。

と、同時に、ニーナが椅子から身を乗り出してステラのほっぺたにチュッと、唇《くちびる》を添える。

「きゃっ！　ちょ、ちょっとニーナ！　いきなりびっくりするじゃない!?」

「ニーナに秘密にしてたから罰《ばつ》ゲームなの」

そんな罰ならいくらでも受けたい。そして幼女は姉にこう言った。

「あのね、あのね……今度はニーナも、おねーちゃのクッキーのお手伝いしたいなぁ」

「に、ニーナにお手伝いできるかしら？」

「できるよぉ！」

姉妹のやりとりに俺は心の中で悶絶《もんぜつ》し、同席したベリアルはティーカップを手にしたまま「尊い！　尊い！」と連呼した。ベリアルの意見に概《おおむ》ね同意である。

かくして、ステラとニーナ姉妹の小さな問題は解決に向かいそうだが、もう一方の姉妹について、そろそろ魔王様にもご協力を願いたいところだ。

「このクッキーを引き出物にするのもいいかもしれませんね」

ステラが目を丸くする。

「えっ!?　セイクリッド結婚するの!?」

「いえ、私ではありませんが……」

ホッとしたステラとギョッとした顔のベリアルに挟《はさ》まれて、幼女は不思議そうな顔だった。

そんな顔もまた、尊い。間違いなく尊いのだ。

大神樹の芽が光り輝き、少女の声が聖堂内にこだました。

『またちょっと無理しちゃったかも。セイぴっぴ起こしてぇ』

寝坊でもしたような気だるい口振りで、双子姉妹の姉——ラヴィーナが俺に語りかける。

蘇生魔法《リザレク》で彼女を甦《よみがえ》らせた。光が集まって、柔肌の露出も多い舞剣士《ソードダンサー》の姿が現れる。

「おお、死んでしまうとは情けな……」

前口上の途中でラヴィーナは俺に正面から抱きついてきた。

「んもー！　アタシとセイぴっぴの仲なんだし、そーゆーのいらないって！」

ぎゅっと彼女が腕に力を込めて密着する。その豊かな双丘が、柔らかく押しつけられた。

「ところでラヴィーナさん。今日もお一人なのですか？」

「え、えっと……ルルーナとはその……ちょっと入れ違いになっちゃうみたい。ほら、双子って考える事も似てるっていうかぁ」

俺から離れて後ろに手を回すと、ラヴィーナは伏し目がちにモジモジとする。

「似てるようには思えませんね」

「性格はちょっと違うかもだけど、アタシが待ってる時ってだいたいルルーナも待っちゃうの。で、アタシが探しに行こうとすると、ルルーナもアタシを探し始めてすれ違いも多い？　みたいなぁ」

二人の性格は違っても、意思決定のタイミングは妙にピタリと合ってしまうようだ。

「なるほど。さて……ラヴィーナさんは剣の腕が立つとルルーナさんから伺《うかが》ったのですが、案外よく死んでおられますよね」

「死ねばセイぴっぴに会えるじゃん！」

俺はじっと彼女の顔を見つめる。と、ばつが悪そうにラヴィーナはぺろっと舌を出した。

「あのね、アタシって戦いになると周りが見えなくなるから。ルルーナがこっそり回復とか魔法で補助《アシスト》してくんないと、だめみたいなんだよね。お姉ちゃんなのに妹のお世話になりっぱ？　みたいな」

恥ずかしさを隠すようにラヴィーナは笑うが、瞳《ひとみ》は寂《さび》しげだ。俺は小さく息を吐いてから、告げる。

「事情はルルーナさんから聞いています。貴方《あなた》が独《ひと》りで背負い込むことはありません。苦しみや悲しみは半分に分け合い、喜びはお互いを思うことで二倍になる。そういうものではありませんか？」

「その言葉、ルルーナと一緒に聞きたかったかも。ありがとねセイクリッド」

俺からぴっぴの称号を外して、真剣な眼差《まなざ》しでラヴィーナは続けた。

「だけどさ……やっぱ無理っぽいんだ。勇者様にお願いしようと思ったけど……その、あんまりこーゆーこと言いたくないけどぶっちゃけその……弱くない？」

ガタッ！　と、聖堂隣《となり》の私室のドア辺りで音がした。

「え？　なに？」

「きっと猫か何かが迷い込んだのでしょう。それはそれとして、続けてくださいラヴィーナさん」

一度ラヴィーナはじっと扉を見つめたが、物音は一度きりで収まった。

ゆっくり呼吸を整えて、舞剣士は頷く。

「勇者様は成長途中みたいだし、ステぴっぴは……強そうだけどお願いできる立場じゃないし」

「ラヴィーナさんはやはりルルーナさんの姉なのですね。普段の明るく奔放《ほんぽう》な素振りも、相手に気遣《きづか》いをさせないための仮面《ペルソナ》のようです」

「セイクリッドだからしょーじきに言うね。半分正解。あんまし堅苦しいのはニガテだから、半分は素のアタシ。修道院追い出されちゃったのはしょーがないじゃん？　これがアタシなんだから」

「残りのもう半分は？」

　髪の毛先を人差し指で巻くようにして少女は呟《つぶや》く。

「みんな踊り子のアタシには、こういう明るいせーかくでいてほしいって。サマラーンの劇場に来てくれるお客さんたちの幻想が作ったのが、残りの半分ってとこかな。みんなの期待に応えるラヴィーナちゃんってわけ」

　聖堂に少女の声が凛《りん》と響く。

「それで、この先はどうなさるおつもりですか？」

「えへへ……あのね……たぶん豚ヤンと戦っても、アタシじゃ勝てないっぽいし。あっちが本気になったらお手上げ？　みたいな」

「魔王候補となった上級魔族相手ですからね。倒したあとで魔族の力の象徴である、玉座を破壊なり封印なりしなければなりませんし」

「うん。だから結婚……受けよっかなって。条件はルルーナの身の安全を保証すること。それができないなら、アタシ死んでやるんだから」

「もう何度となく死んでいますけどね」

ラヴィーナが力なく笑う。

「茶化さないで。冒険者契約切って自殺したら、セイクリッドにも蘇生《そせい》は無理でしょ？」

「はい。さすが元修道院暮らしなだけあって、教会の制度《システム》をよくご存じで」

ラヴィーナは口を尖《とが》らせつつ、俺に言う。

「なーんで豚ヤンが人間のアタシと結婚したがるのかわかんないんだけどね。責任をもってアタシが説得するから……ルルーナにはそう、伝えておいてよ」

そろそろ頃合いか。俺は大神樹の芽の裏手に声をかけた。

「だそうですが、いかがですかルルーナさん」

普段の仏頂面が今にも崩れそうな顔をして、占い師の装束《しょうぞく》に身を包んだ双子の妹——ルルーナが聖堂にやってきた。

「ちょ、な、なんでルルーナがいるのよッ！」

「……姉さん。また、同じことの繰り返しは……嫌」

ルルーナから歩み寄り、ラヴィーナを抱きしめ口を開く。

「……今度はわたしに……助けさせて」

「ルルーナ……」

決意の瞳が不安げな舞剣士を射貫《いぬ》くように見つめた。

そして——ガチャンと私室のドアが開いて黒髪ツンツン少女と、白いキャスケットに眼鏡《めがね》の少女が聖堂に飛び込んでくる。

「偶然通りかかったところで話は聞かせてもらったよ！　ボクはアコ！　とっても親切な勇者さ！」

アコがぐいっと胸を張ると、隣でカノンがぼそりと一言。

「おっぱいに成長力を奪われて勇者としては発展途上でありますな」

「うわあああん！　ひどいよ！　確かにボクは勇者として半人前さ」

つい俺の口から言葉が漏れる。

「半人前どころか四分の一以下ですよね」

「セイクリッドまでぇ！　けど、前向きさだけなら一人前だからね！　ラヴィーナ、ルルーナ！ボクとカノンにも手伝えることはないかな？」

ラヴィーナが困惑《こんわく》しながら俺に視線を向ける。

「セイ……ぴっぴ。謀《はか》ったでしょ？」

「さあ、なんのことやら。偶然居合わせただけですよ」

俺に視線が集まったところで、聖堂正面の金属扉が開いて閉まる。

「あら？　なんの集まりかしら？　今日はずいぶんとたくさん冒険者がいるわね」

ステラが棒読みな口振りで赤いカーペットをまっすぐ進む。その後ろには剣を腰に提《さ》げた甲《かっ》冑《ちゅう》の美女が控えていた。

「ステラ様。どうやらパーティーが始まるようです」

女騎士《ベリアル》の言葉に小さく首を縦に振りながら、ステラはツカツカと双子姉妹の元に歩み寄った。

そっと手を差し伸べる。

「こっちも魔王候補を野放しにできないのよ。これはあたしにとっても有意義なことだから、手を貸してあげるわ」

ルルーナがラヴィーナの手をとった。

「……姉さんは独りじゃない」

妹に導かれるようにラヴィーナの手がステラの手を握《にぎ》る。そこにルルーナの手が重なり、アコとカノンが続いた。ベリアルも「僭越《せんえつ》ながら」と、加わり円陣が組まれる。全員の顔をぐるりと見てからラヴィーナは微笑《ほほえ》んだ。

「うん。ゴメンね……ううん……アリガト」

その瞳は涙に潤《うる》んでいたが、こぼれ落ちる事はなかった。


ラヴィーナが受け入れたその時——もう一度、教会正面の扉に小さな隙間《すきま》ができて、すぐに閉じた。タッタッタッ！　と、小さな影が円陣に潜り込む。

「ニーナもニーナもいれてー！」

これは想定外だ。いつもならニーナは昼寝の時間なのだが、ステラとベリアルがいないのに気づいて、探しにきてしまったか。ステラが慌《あわ》てて早口になる。

「だ、ダメよニーナは。まだ小さいんだから。お姉ちゃんたちはその……お、お仕事で行かなきゃならないのよ」

しょんぼりと幼女がうつむく。とはいえ、姉が幼い彼女を心配に思うのは当然だ。

このメンバーで魔王候補に殴り込むのに、幼女を連れていくわけにはいかない。

氷牙皇帝戦は、ニーナの昼寝中に終わらせることができたのだが……どうしたものか。

幼女は肩を落として、背伸びをして伸ばした手を引っ込めようとした。俺はそんなニーナに訊く。

「ニーナさんはステラさんと一緒にいたいのですね」

「え、えっと……うん。お仕事のお手伝い、まだできないかもだけど……ニーナもお手伝いしたいの。おねーちゃのこと大好きだから！　今度はニーナが、おねーちゃにクッキーを焼いてあげたいのです」

秘密のクッキーがニーナを成長させたようだ。

が、言われたステラは石のように固まってしまった。ニーナの気持ちは嬉《うれ》しいのだろうが、上級魔族相手に殴り込みをするのである。心配にならないわけがない。

「……なら、一緒にいく？」

ニーナに手を差し伸べたのは、意外にもルルーナだった。

「えっと……えっとぉ……いきたいけど、ごめーわくかもしれなくて……あうぅ」

「……お姉ちゃんのお手伝いがしたいんだよね。おんなじ妹だから、わかるよ」

毒舌腹黒物理攻撃型占い師らしからぬ、優しい問いかけである。

ニーナはコクコクと二回、首を縦に振った。ベリアルがルルーナを睨《にら》む。

「ニーナ様を連れ出すのには反対だ」

ニーナをみすみす危険にさらす必要はない。守護者で保護者のベリアルにとって、ルルーナの提案は軽薄《けいはく》なものに見えたのだろう。

「あ、あうぅ……ニーナは……」

俺は円陣に加わると、ニーナの手に手を添えた。ステラをお手伝いしたいというのは、ニーナの妹としての夢だ。健気《けなげ》な幼女の夢を叶《かな》えてあげるのも、大人《おとな》の役目というものである。

ニーナ以外の誰《だれ》もが目を丸くする中、俺は断言した。

「ニーナさんは責任をもって、私がお守りします」

反対派の急先鋒、ベリアルが静かな怒りの矛先《ほこさき》を俺に向ける。

「それには及ばない。ニーナ様には残っていただく」

「指一本触れさせませんよ。もしニーナさんに危害を加えようという者があれば、このセイクリッド全身全霊をもって、その脅威悪意のすべてを根絶すると神に誓います」

割と本気である。ベリアルが背筋をぶるっとさせながら、食い下がる。

「だ、だがセイクリッドよ。教会の仕事はどうする？」

「案山子《かかし》でも置いておけばいいでしょう」

「そもそも、前回は教会の出張所ということできさまは出動したではないか？　理由もなく動くのは教会の神官としてどうなのだ？」

「それは良い質問ですね。ベリアルさんの仰る通り。逸脱《いつだつ》した行為は教皇庁から神官としての適性を疑われかねません。まあ、私は優秀なので問題ありませんが」

カノンが思い出したように声を上げた。

「そういえば！　噂《うわさ》でありますが、教皇庁には影の密偵がいるって聞いたことがありま……」

俺はそっと人差し指で彼女の口を閉じさせた。

「カノンさん。それ以上は口にしない方がよろしいかと」

「はぅ……であります」

教会は公平公正な〝影のできない光〟である。それが教皇庁の見解《けんかい》だ。不心得者の神官が、ある日突然、行方不明になることはあるようだが……。さておき、俺は一同に宣言する。

「ニーナさんは私がお守りしますから。それに、司祭が出向く理由もきちんと用意してあります」

アコがうんと首を縦に振る。

「セイクリッドが守るってことは、移動要塞《ようさい》状態だね」

言い得て妙だ。カノンがブルッと震えた。

「武者震いが止まらないでありますよ！」

ベリアルは俺を睨《にら》みつけたままだ。

「……クッ……きさまの実力は認めるが……」

苦しげなベリアルをニーナは心配そうに見つめた。

「ニーナはお留守番じゃなくていいの？」

ニーナ自身も空気の変化に困惑する中で、最後の決め手はステラだ。

「お手伝いしたいのよね？」

「は、はいなのですステラおねーちゃ。だけど、ニーナはまだみじゅくものですからぁ」

赤毛を揺らしてステラはニーナから視線を俺に向け直した。

「ニーナの出番も考えて、なおかつちゃんと安全も確保しなさい。これは命令よセイクリッ

ド！」

「仰《おお》せのままに」

ベリアルもついに「ステラ様がそう仰るなら」と、折れる。やりとりにラヴィーナが眉尻を下げた。

「ニーにゃん来てくれて百人力って感じ？」

「わああい！　ニーナもお手伝いがんばるのです！」

作戦の成功よりもニーナを守ることで全員の気持ちが一つになってしまったような気がするが、ともあれ俺に課《か》せられた使命も責任も大変重たいものになった。

万全を期する。大神官のあらゆる力をもってして。

「それでセイクリッド。あたしはなにをすればいいの？」ステラが俺に訊く。

「そうですね。まずはここにいる全員で、クッキー作りでもしましょうか」

俺の言葉にニーナ以外が「は？」と、ぽかんと口を開けた。

「ニーナもクッキー作るのです！」

全員の重ねた手を上下させてニーナがぴょんぴょんその場で跳ねた。

今日も元気だ幼女がかわいい。

さてと、クッキー作りをしながら、頭の中で脚本《さくせん》に修正を加えるとしよう。

第七章　婚姻ハック！　修羅場と化した式場

砂の海を走る船は、砂漠にいくつか点在するオアシスの脇に停泊した。

船のデッキは色とりどりの南国の花や果物で飾り付けられ、直射日光を遮《さえぎ》る天幕で覆《おお》われる。

甲板に用意されたテーブルに、豪華なご馳走《ちそう》の数々がずらりと並べられた。

酒も葡萄酒《ワイン》から砂漠地方に伝わる椰子《やし》の醸造酒など、様々だ。ベリアルがチラチラと酒に視線を奪われるのを、俺は視線で牽制《けんせい》する。参列者たちはみな正装だった。といっても、海賊団の連中は普段通りの格好で、首にタイだけ引っかけているという感じだが。

カーン！　カーン！　カーン！

天高く祝福の鐘《かね》が鳴り、続けて景気づけのように船の横っ腹から突き出た砲塔が、ボンッ！

ボボンッ！　と空砲を放つ。

結婚式――バージンロードは船の先端まで続き、その先に即席で作られた段の上に俺は立つ。

司式者が必要ということで、俺が新婦に依頼されてこの場を任された。

獣じみた船員たちばかりでは華やかさに欠けるということで、新婦の友人も招《まね》かれ並ぶ。

簡易教壇の一番手前側だ。

「ちょっと胸がキツキツだよぉ」

カチューシャではなく花のコサージュをつけて、普段のツンツンとした髪も整えたアコが苦笑いを浮かべる。青いタイトなドレスは背中から胸元にかけて大きくあいていた。寄せずとも深い谷を作る胸は今にも溢《あふ》れ出しそうだ。あまり露出が多い服装は式に好ましくないのだが、アコに合うサイズがなくやむなしだった。隣《となり》でステラがムッと口を尖《とが》らせる。

「なによそれイヤミかしら？」

赤のドレスは変わらないが、差し色の黒は控えめでスカートも長い。チャームポイントの尻尾《しっぽ》を隠すためやむなし……とは、ステラ本人の言葉だ。

角《つの》も飾りでは言い訳が立たないので、つばの広いゴージャスな帽子を被《かぶ》っていた。

「じ、自分はドレスなんて初めてであります。緊張でありますよ。やっぱり今から普段の聖職者ローブに着替えてきた方が……」

カノンは落ち着いたベージュ系のドレスだが、本人はそれでも派手すぎると悩んでいるようだった。

「クッ……このような姿をさらすことになるとは」

紫のシンプルなドレス姿でベリアルが愚痴《ぐち》をこぼした。

胸もさることながら身体《からだ》のラインの美しさを引き立たせるタイトなスカートには、深いスリットが入っていてベリアルのうす褐色な太ももが時折チラリと覗《のぞ》く。

ニーナは薄いピンクのドレス姿である。まるで可憐《かれん》な桜の妖精という出で立ちだ。このまま散らない花となれ。そして妖精は両腕で抱えるようにしてバスケットを持つと、むさ苦しい獣人たちの間をいったりきたりした。

「幸運のクッキーです！　食べてくださいなのです！」

「おお嬢ちゃんあんがとな！」

「おいおいこっちに幸運をわけてくれよ！」

さすが幼女。荒くれ者の海賊たちが、誰《だれ》も彼も目尻《めじり》をとろんと落としてしまった。

カゴに山ほど用意した特製クッキーがあっという間に空《から》になる。そんな中——

「すんません司祭様。この棺桶《かんおけ》はどちらに？」

先日、俺が商人に扮《ふん》して倒した狼《おおかみ》顔の獣人が、部下を引き連れて棺桶を運んできた。

「それはそうですね。私の後ろのスペースに並べてください」

「へ、へい……ですがなんで棺桶なんですかい？　せっかくピニキ団長の晴れ舞台ってのに、不吉でしょうがねぇや」

ピニキ——ピッグミーにはこの棺桶を運び込む了承をとってある。

「その中には新婦の嫁入り道具が入っているのですよ。結婚は人生の墓場といいますし、洒落《しゃれ》が利いていると新郎も承諾《しょうだく》いたしまして」

狼顔が目を丸くした。

「へー！　けど、別に今は嫁入り道具なんていらんでしょ？」

「新婦にとって、とても大切なものが詰まっているそうですから。晴れの舞台に手元とはいいませんが、近くに置いておきたいとたっての希望がありまして」

「はぁ……まあ、ピニキがそれでいいってんなら。よし野郎ども運ぶぞ！」

えっほえっほと棺桶が俺の立つ台の後ろにそっと置かれた。聖典と祝福を与えた聖水の小瓶《こびん》を

用意する。赤い絨毯《じゅうたん》の続く先、船室への出入り口がゆっくり開くと、そこに本日の主役が並んだ。

白無垢《しろむく》のドレスに身を包んだ少女の、肩先くらいの長さの髪が、オアシスの湿《しめ》り気《け》を含《ふく》んだ風に小さく揺れる。

ふわっと頭を包むような白いベールの上に、ニーナが摘《つ》んで編《あ》んだ花飾りの輪をいただいて、新婦は新郎――白のタキシード姿の海賊団長に手を引かれる。

でっぷりとした太鼓腹《たいこばら》を右手で抱えるようにして、ピッグミーが鼻をブヒっと鳴らすように笑った。

「いやあようやくこの時がきたぷぎー。左手が鉤爪《かぎづめ》で悪いぷぎー。先っぽが尖ってるから、気をつけるぷぎーよ？」

新郎は右手に剣を持ち左手に姫を守る騎士のようであれ。というレクチャーをしたため、新郎の左隣に新婦が立った。新婦は黙ったまま、ピッグミーの鉤爪に手を添えるようにする。

「「「「おめでとうございますピニキ――――ッ‼」」」」

甲板の上に男たちの野太い声が響いた。

ステラたち女子勢は愛想笑いを浮かべつつ、パチパチと拍手する。

ピッグミーは右手を掲げて団員たちに返した。

「今日はお日柄も良いぷぎーよ！　野郎ども！」

「「「「うおおおおおおおおおおお――――ッ‼‼‼」」」」

ますます盛り上がる一同に、ピッグミーは上機嫌だ。

巨体を揺らし新婦をエスコートして歩く。歩幅をドレスの少女に合わせるようにして。

「そーんなに心配しなくても、妹には手を出さないぷぎーよ。オレぴっぴは真実の愛に目覚めたぷぎー。だから笑ってぷぎーよラヴィぴっぴ」

「…………」

うつむいてしまった少女に、足を止めて巨漢が笑う。

「ラヴィぴっぴは恥ずかしがり屋さんぷぎー。人生に一度の大イベントだから、緊張するのも仕方ないぷぎーね。けど、ここはオレぴっぴに任せるぷぎー。参列者もたくさんだし、ご馳走も酒も三日三晩宴《うたげ》が続けられるだけあるぷぎー。大船に乗ったつもりでいるぷぎー！　というか、ここオレぴっぴの船の上だったぷぎーな！　もう乗ってたぷぎー！　わっはっはっは！」

合わせて獣人たちが「わははがはは！」と、大爆笑でピッグミーに合わせた。さらに――

「ぷぎーぷぎー！　あはは！　あはははは！」

クッキーを配り終えてステラの隣にちょこんと立ったニーナが、ピッグミーの喋《しゃべ》り方にツボっていた。

ピッグミーが目を細める。

「あんなかわいい娘が欲しいぷぎーなぁ。けど、オレぴっぴの跡継ぎに男の子も欲しいぷぎー」

げっひっひとピッグミーの口から欲望に満ちた笑いが漏《も》れる。

「今夜は寝かせないぷぎーよラヴィぴっぴ！」

「…………」

「愛してるぷぎーよ！　誓うぷぎーよ！　だから笑うぷぎーラヴィぴっぴ！」

新婦は何も語らない。

「ツンデレぷぎーね！　そういうのも悪くないぷぎー！」

二人の愛が本物か、すでに試《ため》されているというのに、どこまでもお気楽だなピッグミー。

二人はゆったりとした足取りで、祝福の言葉と拍手に彩られた赤い絨毯の上を、再び歩き出す。

さて、そろそろ人間式の挙式にこだわる理由も合わせて、訊《き》かせてもらうとしよう。

ここでは神官の俺がルールだ。新郎新婦の愛が紛《まぎ》れもないものであれば、神の名の元に祝福を与えてやるさ。俺は台座の上の聖典を手にした。俺の前に新郎新婦が立ち、全ての準備が整う。

さあ、宴の始まりだ。


ようやくニーナが「ぷぎー」語尾になれて落ち着いたところで、俺は聖典を手に開く。

美少女と野獣が並んだ。

「えー新郎ピッグミーさん。この挙式に際して、お聞かせ願いたいことがあるのですが」

「なんだぷぎー！　はやく誓いの言葉に指輪交換させるぷぎー！　そしてむっふっふ誓いのチューぷぎーよ！　結婚するまで指一本触れない約束だったから辛抱《しんぼう》たまらんぷぎー！　触れたのはこの鉤爪だけぷぎー」

鼻息荒くピッグミーは俺に迫る。約束を違《たが》わないというよりも、約束を守ったのだから好きにさせろという圧力のように思えてならない。新婦はじっと赤い絨毯に視線を落としたままだ。

「…………」

「ラヴィぴっぴが恥ずかしがってるぷぎー。可愛《かわい》いぷぎーよ」

鼻の下を伸ばすピッグミーに俺は確認する。

「約束はきちんと守っていただけるのですね？」

「わかってるぷぎー。不本意だけど妹は殺さないでおいてやるぷぎー。ただし、オレぴっぴとラヴィぴっぴの視界に入らないよう、どこか遠くに行くぷぎよ。見つけたら容赦しないぷぎー。約束を守らないやつは大キライぷぎー！」

俺は表情を変えずに続ける。

「約束を守ろうという心がけは大変すばらしいと思います」

「当然ぷぎーよ。オレぴっぴは魔王になる男ぷぎー。先代魔王を越えて世界の王になるぷぎー」

自信満々の豚男の言葉に、参列者の中から殺気がゆらりと上がった。

柳眉《りゅうび》を吊《つ》り上げ、その表情が「こいつ極大獄炎魔法《ナラクノホムラ》ったろうか」と語っている。

落ち着けステラ。ステイステイ。

「ところで魔王を目指すお方が人間式の挙式に人間の伴侶《はんりょ》というのが不思議でなりません。私も迷いなき心で式を進めたく思いますので、どうして彼女を選んだのかお教え願えませんか？」

ピッグミーは不機嫌そうだ。

「さっきからなんなんだぷぎー！　とっとと始めるぷぎーよ！」

「お二人が愛し合うこととなった馴《な》れ初《そ》めを是非《ぜひ》お聞かせいただきたいのです。愛が深いほど私も心からお二人の幸福を願い祈ることができますから」

ニッコリ優しい司祭風の笑みに、参列する女子一同から「うわ」っと声があがった。

「「「ひそひそ、ひそひそ」」」

はいそこ、私語はしない。腕組みしつつ鼻から息をぶわっと吐き出して、豚男は俺に告げる。

「人間に変装してサマラーンの劇場を見に行ったぷぎー。ステージを一目見てオレぴっぴのお嫁さんにすると決めたぷぎーよ！」

「つまり、外見で選んだ……と」

「見た目は大事ぷぎー！　それに劇場の他の女どもなんてスッポンぷぎーよ！　ラヴィぴっぴの輝きは彼女だけのものぷぎー！　オレぴっぴにしかわからないぷぎがねー！」

新郎の隣で新婦がますます顔を背ける。

「輝きは違ってもそっくりな妹は困るぷぎー。顔が一緒なのはまずいぷぎ！　他の男と並んで歩いてるのを見たりしたら、温厚なオレぴっぴでも嫉妬《しっと》でどうにかなっちゃいそうぷぎぎっ！」

新婦の肩が小さく震える。怒りで。俺は小さく息を吐いた。

「人間の中でもひときわ輝いて見えたから、彼女を選んだ……と？」

ピッグミーは右手で腹鼓《はらづつみ》をパンッと鳴らす。

「ラヴィぴっぴは特別ぷぎー！　それをわかってあげられるのは、世界広しといえどオレぴっぴだけぷぎーから。それに先代魔王は人間の嫁を手に入れたぷぎー。これからの魔王候補は人間の嫁がステータスぷぎーよ！　これで他の魔王候補に差をつけるぷぎー！」

結局のところピッグミーが欲しかったのは、先代魔王——ステラとニーナの父親を表面上真似《まね》ることだったようだ。

そろそろいいだろう。というかステラがブチ切れ寸前だ。先代魔王がどうして人間の姫を迎え入れたのか、詳《くわ》しいところまで訊かされていないが、ニーナが〝愛の結晶〟なのは間違いない。

愛のない野望の種を芽吹かせるわけにはいかないと、義憤《ぎふん》にかられる魔王様。出番はもう少し後だぞ。早まるなよ。と、視線でステラを牽制《けんせい》しながら俺は式を進行した。

「すべて承知いたしました。では、新郎ピッグミーさん。貴方《あなた》は彼女を伴侶として迎えいれ、生涯愛すると誓いますか？」

「誓うぷぎー！」

「本当に？」

「ほ、本当だぷぎー！」

「この隣に立つ彼女をですよ」

「しつこいぷぎー！　当然だぷぎーよ！」

「では、ここに新郎の誓いの言葉をこの場の全員で共有いたします。誰もが証人ですよ」

ピッグミーがあってないような、ずんぐりとした首を傾《かし》げた。

「なんだか段取りと違うぷぎーな」

俺はずっと顔を背けたままの新婦に問う。

「新婦。貴方は新郎ピッグミーの伴侶となって生涯愛すると誓いますか」

「……………ます」

小声で呟《つぶや》くと白無垢ドレスの少女はピッグミーに向き直る。美少女と野獣の視線が合った。

「では、誓いのキスを」

指輪の交換が先なのだが、少女の潤《うる》んだ瞳《ひとみ》にすっかりピッグミーも舞い上がっていた。

「ナイスなアドリブぷぎー！　話のわかる神官ぷぎーね！　きっと出世するぷぎーよ！」

そりゃどうも。少女の小さな唇《くちびる》がそっと告げた。

「……じっと見られると恥ずかしいから……目……閉じて……」

「わ、わかったぷぎー！」

「……良いっていうまで……閉じてて」

「約束は守るぷぎーよ！」

ピッグミーはぎゅっと目をつむった。

二つの影がゆっくりと近づく。豚の鼻がブヒブヒと呼吸も荒くなった。

「「「「うおおおおおおおおおおおおおおおおお――――ッ！！！！」」」」

盛り上がりは最高潮だ。獣人たちは吼《ほ》え声《ごえ》を上げ、二つの影が一つに結ばれるのを待つ。

「ラヴィぴっぴの唇いただきますぷぎ～！」

べちょ……と、ピッグミーの厚ぼったい唇が、ヒンヤリつるんとした何かに押しつけられた。

「むちゅー……ん？　なんだか冷たいぷぎー。それに思ってたより硬いぷぎーな」

困惑《こんわく》しながらも、目をつむったままの豚男に見かねて、白無垢ドレスの少女が告げた。

「……目……開けて」

ピッグミーがゆっくり目を開くと、そこには――

（´・ω・｀）た
仮面をつけた俺が立っていた。

ピッグミーの口づけは（´・ω・｀）の愛らしいωを捉えており、誓いのキスは散華《さんげ》したのだ。

「ぷ、ぷぎー！　オレぴっぴのファーストキスがああああああ！」

驚き恐れて後ろに下がるピッグミー。ぐるりと振り返って団員たちに吼える。

「なななんで誰も止めなかったぷぎーか！」

団員たちはその場でお腹を抱えてしゃがみ込んでいた。

叫び声とうめき声が響く。ちょうど薬効が出始めたらしい。

「幸運のクッキーと降ウンのクッキーのレシピを間違えてしまいました。すべて私のミスです」

うっかりなのだ。うっかり特製下剤入りクッキーが配られてしまったのは事故なのだ。

いいねみんな。配った幼女に罪はないからね。というか、幼女は〝下剤入り〟の意味すらわかってないんだ。仮面をつけたまま、俺はピッグミー海賊団一同に告げる。

「不幸にも間違って配布されたクッキー型下剤ですが、服用した者は極端に振動に弱くなるので、その場から一歩でも歩こうとすると……ドカン！　ですよ」

「うぐおあああああ！」

「じぬ！　じぬうううう！」

「いやだいやだいやだ！　だずげでピニキィィッ！」

「トイレにいがぜでええええ！」

「お、俺は行くぞ騙《だま》されるも……あ……」

団員一名死亡。合掌である。ニーナが近くで冷や汗をかいてうずくまる獣人に「だ、だいじょぶ？」と、心配そうにハンカチで額《ひたい》の汗を拭《ふ》いてあげていた。

「ふっへっへ……天使の顔をした……悪魔め……ああ、けどこの感じ……た、たまらん」

「がんばるのです。きっとお腹いたいのよくなるのです」

「ぐはっ！　なんてプレイだ！　ねえお母さんって呼んでいい？」

ドMが一人見つかったようだな。華やかな結婚式は一転、惨劇の場と化した。

男たちは団長を除いてみな腹を抱えてうずくまり、立っているのは女性たちと（´・ω・｀）仮面の神官だけだ。ピッグミーが再びこちらに顔を向け直す。

やつの唾液が（´・ω・｀）のωからたらりと落ちて、カーペットに染みをつくった。

いや、本当に仮面がなかったら相打ちだったなこれは。危ない危ない。

「お、おまえはまさか……」

「どーもピッグミー＝サン……上級魔族デストロイヤーです」

「騙したぷぎーかああああああッ⁉」

「騙したのではありません。貴方が本当の愛をお持ちかどうか、確認したのです」

ピッグミーは目を丸くしながら新婦の顔を覗き込む。

「愛してるぷぎ！　ほら指輪も用意したぷぎ！　ラヴィぴっぴの大好きなゴールドぷぎー！」

「……好きなのはシルバー」

言いながら新婦はスカートの下から片手に収まる水晶玉を取り出した。ピッグミーが固まる。

「え、ええ⁉　だって髪型違うぷぎーよ！　ラヴィぴっぴは短めで妹の方は長いぷぎー！」

「……決意した少女は髪を切るもの……シャーイニーング」

「はっ⁉　ぷぎいいいいいいッ⁉」

「クリスタール！」

少女の手の中で光が爆《は》ぜると、輝く水晶玉が豚男の顔面にめり込んだ。

ドガンッ！　と、衝撃が走ってピッグミーが船首方向に吹き飛ぶ。そこには嫁入り道具を入れた棺桶があった。が、すでにその蓋《ふた》は開いており、中からかすかに白い冷気が溢れている。

大神樹管理局：設備開発部謹製《きんせい》――ヒンヤリ棺桶～！

そこから出た少女は、舞剣士《ソードダンサー》の姿をしていた。逆光で顔に影を落としつつ、吹っ飛ばされて倒れたピッグミーを見下ろしながら、新婦そっくりの少女が告げる。

「豚《ブー》ヤンさぁ……アタシだけの輝きが見えるんだってね」

「ひ、ひぃい⁉　それはその……違うぷぎー！　誤解ぷぎーよ！」

ようやくピッグミーも理解したようだ。理解して顔真《ま》っ赤《か》である。なにせあれだけラヴィーナだと思い込んで、愛を語り誓い自分にしか輝きは見えないと言ってのけたのを、部下たちに訊かれたのだから、かっこ悪ッ。その部下たちも襲い来る便の意に、それどころではないだろうが。

ヒラヒラと風に揺れる踊り子の装束《しょうぞく》姿で、白無垢ドレスと同じ顔の少女はニンマリ笑った。

「間違うのはしょーがないよ。アタシと同じくらい、妹も……ルルーナも輝いてるんだもんね。けどさぁ……結局豚ヤンって魔王？　だっけ、それになるためにアタシをお嫁さんにしたかったんでしょ？」

「愛してるぷぎーよ！　本当ぷぎー！」

「たった今ルルーナに愛を誓ったじゃん？　約束守んないやつは大ッキライなんですけどー」

ルルーナが「フッ」と口元を緩ませた。

「……わたしは誓ってない。誓いますじゃなくて……（ぶちのめし）ますって神に誓った」

このセイクリッドもしかと聞き届けました。まあ、小声すぎてピッグミーの耳に入らなかったのは残念だが。ラヴィーナが胸を張る。

「ってことだから婚約破棄ね。そっちの契約不履行？　みたいな。だってアタシをさしおいてルルーナと浮気したんだしぃ」

裏切られた方が復讐する物語なら、主役のピッグミーは「絶対綺麗《きれい》になってやる！」と意気込んで、是非ラヴィーナに挑んで、どうぞ。

「騙したぷぎーか！　騙したぷぎーね！　人が悪いぷぎーよ！」

「愛があったら入れ替わってもわかるはずじゃん？　豚ヤンさぁ、ちゃんと誰かを愛したことないんだよ。アタシのこと好きなんじゃなくて、誰かを好きになってる自分が好きなだけなんでしょ」

豚顔が引きつった。

「ぷぎー！　そんなことないぷぎー！　純粋な愛ぷぎー！　前魔王みたいに二人も娶《めと》るのは不純ぷぎー！　ラヴィぴっぴ一筋ぷぎー!!　現魔王を倒して新世界の王になるぷぎー!!」

おっと、この発言は前魔王ディス＆現魔王への挑戦状だ。姉妹の怒りだけでなく現魔王《ステラ》の怒りも頂天。メイン火力きたこれで勝つる。焼豚《チャーシュー》ですめばマシだったが、この分だと消し炭確定である。

わめく豚顔にラヴィーナが引導を渡した。

「アタシもルルーナも一緒に面倒みるくらいの度量のおっきいとこ見せてほしかったなぁ」

ルルーナが首をそっと左右に振る。

「……お断り」

「ざーんねん。フラれちゃったね豚ヤン。ちなみにアタシも最初っから〝ないな〟って思ってたから」

ルルーナが白無垢ドレスのスカートの下から、仮面を二つ取り出して、姉に一枚渡す。

(・∀・)がラヴィーナで(・A・)がルルーナだ。

装着しつつラヴィーナは棺桶から鋼の剣に騎士の剣、それに神官見習いの短杖《たんじょう》を取り出すと、それぞれの持ち主に投げる。アコとベリアルが剣を手にした。勇者と女騎士二人はスカートの内側などに隠していた仮面をつける。アコの仮面は(゜Д゜)でベリアルのそれは(´_ゝ`)だ。

「変身ッ！　であります！」

短杖を手に腕を伸ばして風車のように回しながら、カノンも仮面――(0w0)を装着した。

俺はニーナを呼び寄せると、そっと(´・ε・`)の仮面を被せる。

「おにーちゃ？　前がよくみえないのです」

幼女の仮面は、〝世界が金色きらきら綺麗《モザイク》〟に見える特殊レンズを目の部分に装着した特別仕様だ。

「少しだけ我慢《がまん》していてくださいね」

ここから先は十五歳未満には刺激が強い。ちなみにこのマスクに限らず、本日用意した全てのマスクには息苦しさを感じないよう、風の魔法と光の魔法で空気を清涼なものにする特許技術(教皇庁申請中)が用いられていた。そして俺はニーナの隣で手を握《にぎ》り、最後の一人が仮面を被るのを待つ。

赤毛は怒りに揺れて、隠していた尻尾が怒髪《どはつ》ともどもスカートを突き破り天を衝《つ》く。

「ニーナは怒ってないけど、あたしは怒ってるのよ。理由は……言わないけどね！」

胸元のシークレットスペース（わりと広め）からステラは仮面を取り出し装着した。

怒りに燃える魔王ステラ――（*´∀`*）爆誕。

男たちがそこかしこにうずくまりうめき声を上げる甲板に、導かれし者たちが並びたった。

（・∀・）（ﾟдﾟ）（´_ゝ`）（*´∀`*）（´・ω・`）（´・ω・`）（0w0）（・A・）

ピッグミーがよろよろと立ち上がる。

「ふ、ふざけてるぷぎーかッ!?」

見た目はそうかもしれないが、わりと本気でこの日のために準備をしてきた。

ホワイトロックキャニオンで氷牙皇帝にいてかました俺たち特攻部隊《チーム》は、勇者がポンコツとバレて身分を隠した。しかし、辺境の教会でくすぶっている様な俺たちじゃあない。

ロリさえいれば寄付金《きふ》次第で何でもやってのける命知らず。

不可能を修復不能にし、巨大な悪もろとも気分次第で正義にすら鉄槌《てっつい》を下す。

俺たち、お面戦隊デストロイヤーズ！　月に代《か》わってお仕置きターイム！

「アコさん。カノンさん。やっておしまいなさい」

勇者と神官見習いが武器を掲げる。

「「あらほらさっさー！　ほいさっさー！」」

ノリがよろしくてけっこう。二人はそれぞれ、腹痛で剣も抜けない獣人たちを倒していった。

剣の腹でポカリと頭を叩《たた》いてアコが虎獣人を気絶させる。

「一方的なのは卑怯《ひきよう》でちょっと勇者らしくないよなぁ」

「中級光弾魔法《フォースレア》！　中級光弾魔法《フォースレア》！　勝てば良かろうなのでありますよ！　フーッハッハ！」

悪のカリスマじみた神官見習いの将来が不安だ。左右の手に剣を構えて舞剣士が跳ぶ。

身体を独楽《こま》のように回転させながら、獣人たちを次々となます斬り。ややグロい。

「アーッハッハッハ！　みんな死んじゃうよおおお！　アタシの剣で死んじゃうんだからああああ！」

どうやらタロットの死神のカードとは、ラヴィーナのことだったらしい。キャラ変わりすぎだろ。

踊り子は笑いながら、船のメインマストから下がったロープを駆使して舞い踊る。

滑車でビュンと空高くあがり、畳まれていた海賊船の帆がばさりと開いた。

ショーの観客たちは抵抗もできず、次々と倒されていった。空中を飛び回り、剣を手足のように振るって無双する姿は、まるでどこぞの兵団の兵長である。地上でチマチマと戦うアコが、お腹を抱えてよろよろの獣人を一人倒す間に、ラヴィーナは五人は倒していた。

「死ねば助かるんだよぉ！」

腹を抱えた巨体の熊獣人が野太い声を上げた。

「お、おだずげぐだざぃいいい！」

「うん！　いいよー」

ラヴィーナが熊男の胸を一瞬で×字に斬り裂いた。

「ぐぎゃあああああ！」

ドサリと後ろに倒れる熊男。この技量がありながらラヴィーナが死んで教会で復活したのはなぜだろう。その答えはもう一人の彼女にあった。

ルルーナの奮戦である。妹の自立が機動力を武器とする舞剣士を解き放ったのだ。

下剤を食らってなお腹痛に負けず、剣を抜いた一団が占い師を囲む。

血走った目で連中は「ピニキに手をあげやがってえええ！」と、ルルーナに襲いかかった。

「……笑止」

先頭で仕掛けたネズミ顔の剣をすり抜け回避すると、カウンターで水晶玉のボディーブロー。

腹にめり込み埋まってドガンッ！　と、爆ぜる。

「——ッ!?」

崩れ落ちるネズミ顔のお尻の辺りがもりあがった。このほぼクッキーのような下剤にも、作り手の良心くらいは宿っている。食物の繊維《せんい》がたっぷりなのだ。

ルルーナは淡々とした口振りで海賊たちに告げる。

「……顔はよしておいてあげる」

「こいつ腹狙いだ！」

「なんて性格が悪いんだ！」

「鬼か悪魔か邪神か破壊神だぞ！」

「腹パンやめてマジで！」

魔族も恐れる占い師は、握った水晶玉に光の魔法力を込めてグルグル回す。

「……次は誰？」

獣人四人に囲まれ睨《にら》み合いだが、成長したルーナなら捌《さば》くだろう。そして——

「ぷ、ぷぎー！　よくも結婚式を無茶苦茶にしてくれたぷぎーね！　この貧乳まな板女！」

魔王ステラと海賊団長ピッグミーの対決だ。左手の鉤爪を振り回して豚男がブヒブヒ鳴くと、ステラの髪が赤く燃え上がるようにさかだった。

「だ〜れ〜が〜低刺激系ボディーよ！　焼豚になりなさい！　上級火炎魔法《ヴァーナフレア》！」

ステラの手から炎が渦巻《うずま》いてピッグミーを包み込む。

「そんなフォロー入った感じで言ってないぷぎいいいいいいいいいいいいいいいいい!!」

炎に包まれ白いタキシードが燃え尽きた。が、股間《こかん》の部分が残る。魔王の炎をもってしても、その部分を焼き尽くすことは難しい。オークの肉体が露《あらわ》になった。丸太のような腕にどっしりとした脚。

抱えるような腹は驚くことに六つに割れていた。ピッグミーは全身筋肉ダルマだ。

ステラの炎に焼かれて煤《すす》だらけになりながら、豚男は吼える。

「もうめちゃくちゃぷぎー！　許さないぷぎー！」

巨漢だが迅《はや》い。三歩でステラの目前まで間合いを詰めると、拳《こぶし》を打ち下ろした。

「——ッ!?」

ピッグミーの思わぬ反応速度にステラは棒立ちだ。そこにベリアルが飛び込んだ。割り込むようにステラを肩で突き飛ばし、ピッグミーの拳を代わりに受ける。

腕を×の字に組んでのクロスブロック。それを上から岩石のような拳がハンマーよろしく叩きつける。ベリアルの身体が膝《ひざ》のあたりまで甲板にめり込んだ。

「くあああっ！」

「べ、ベリアルッ⁉」

ステラが魔法を放とうとするが、ベリアルとピッグミーの距離が近すぎる。半端な黒魔法ではピッグミーはびくともしない。上級爆発魔法《ボウマクラスタ》など範囲の広い攻撃などもっての外だ。

鼻から激しく息を吐き、ピッグミーは「フー！　フー！」と興奮のあまり口からべろんと舌を出すと、ベリアルめがけてさらなる追撃の鉄拳を叩きつける。

ガゴンッ！

「ぬああああああああああああああああああああっ！」

鈍重な音とともに、女騎士は悲鳴をあげて甲板を貫通しながら船倉に落ちた。

野獣の視線が「次はオマエぷぎーよ！」と、ステラを見据《みす》える。

「ちょ、ちょっとなんとかしてよセイクリッド！」

「すみませんステラさん。ニーナさんのそばにいてあげなければなりませんので。自力でどうにかしてみてはいかがでしょう？」

ニーナはキラキラモザイクモードの視界に「ほえぇ～」と見入っている。

ステラが魔法を構築しながら悲鳴を上げる。

「な、なんとかって！　大きな花火だとみんな巻き込むでしょ！」

「わかっているなら工夫なさってください」

「も、もう！　ベリアルを助けに行かなきゃならないし……働きなさいよ役目でしょ！」

魔王はゆっくり間合いを詰めるピッグミーに、小さな火球を連打で浴《あ》びせかけた。

ドシン、ドシンと豚男の進軍は止まらない。

「いやあああああああ！」

俺の隣でニーナが（´・ω・`）顔を俺に向けた。

「おにーちゃ。ステラおねーちゃがたいへんかもです」

「大丈夫ですよニーナさん。貴方のお姉さんはとても優秀ですから、お一人でなんとかしてくれます。信じましょう」

「え？　は、はぁい！」

さあがんばれ魔王。妹の信頼に応《こた》えて一人でその窮地《きゅうち》から脱するのだ。と、そろそろ団員たちも残り僅《わず》かだな。雑魚《ザコ》が片付き次第、俺にも出番が回ってきそうだ。

ピッグミーを残して甲板の上がほぼ片付いたところで、俺はアコとカノンに指令を出した。

「アコさん、カノンさん、お二人はベリアルさんを見つけて来てください」

「うん！　行ってくるね！」

「ま、待つでありますよアコ殿！」

言うが早いか勇者が先陣を切って船内に続く船室へと飛び込んだ。

その間に、ピッグミーがステラを船の縁《ふち》に追い詰めて両腕を広げる。

「抱きしめて背骨をバキバキにしてやるぷぎー！」

「いやあああああああッ！」

結局、ステラの細かな連打ではピッグミーは止まらなかった。

巨大な影が赤毛の少女に上から覆い被さる刹那《せつな》――マストの上から飛び込むようにして、ラヴ

イーナの剣が閃《ひらめ》く。回転剣舞がピッグミーの左右の二の腕に無数の裂傷を残した。腱《けん》を切断したのか、巨漢の腕がだらんと下がる。着地と同時にラヴィーナはムッとした顔になる。

「手応え浅ッ！　ほんっと豚ヤン硬すぎだし」

雑魚団員に華麗な剣技を披露したラヴィーナだが、重量級相手は荷が重かったようだ。

「……こっちへ」

取り囲んだ四人をカウンターＫＯしきったルルーナが、ステラの手を引いてバージンロードの敷かれた船の中央――俺とニーナの元へと誘導する。船首側にラヴィーナが立ち、俺たちと舞剣士でピッグミーを挟《はさ》むような格好だ。身体をゆらゆらと揺するようにして豚顔が牙《きば》を剝《む》きだし吼えた。

「ラヴィぴっぴ……あんまりだあああ！」

さすが上級魔族というべきか、回復魔法など使わずとも傷がみるまにふさがっていった。

強靭《きょうじん》な肉体と腕力に加えて再生能力持ちとは、厄介《やっかい》だ。

本来なら回復を待ってやる義理はないのだが、ラヴィーナは挑発するようにピッグミーに告げる。

「フラれたからって別の女の子にアタックするの早すぎじゃない？　ま、それはそれとして」

左右の手で剣をバトンのようにクルクルと回しながら、踊り子は視線をステラに向け直した。

「ステぴっぴ、リズム感ないよね？」

「い、いきなりなによ！　り、リズムくらいとれるわよ！　ワンツーワンツースリーフォー」

魔王様渾身《こんしん》のボックスステップ。超ぎこちない。ガチガチっぷりにラヴィーナが吹き出した。

「ぷぷっ！　恋は駆け引きだよ♪　なんでも一本調子じゃダメダメって感じ？　ステぴっぴの攻撃って全部同じタイミングに見えるんだよね。力のかけかたもみーんな同じ。時に早く激しく細やかに、時にはゆったり大きく優雅に……ね？」

ラヴィーナはヒラヒラとした踊り子の衣装をはためかせながら、その場で妖艶《ようえん》に舞う。

それはピッグミーだけでなく、ステラの視線も虜《とりこ》にした。魔王の瞳がキラリと光って赤く燃える。

「時に早く、時に大きく……あっ」

どうやらステラなりに何かを摑《つか》んだようだ。

ラヴィーナの四肢《しし》が、風にそよぐ柳《やなぎ》の枝のように、しなやかに弾けた。

「豚ヤンさ、アタシのこと倒せたら、もう一度考えてあげてもいいけど？　ま、つかまえてごらんって」

「ほ、本当ぷぎーか⁉　今度こそモノにするぷぎー！」

ピッグミーの意識が完全にラヴィーナに集中した。ブンブンと乱暴に両腕を振り回し襲いかかる。

時折、ピッグミーの左の鉤爪がラヴィーナの紙一重の回避に引っかかり、ただでさえ薄い踊り子の服が薄皮のように剝《は》がされ始めた。

「剝いて食べるぷぎーよ！」

「ほんっとエッチなんだからもうぅ！」

「そんな裸同然の格好してる方が悪いぷぎー！」

いや、襲っているお前の方が全面的に悪いからね。腕利きの舞剣士とはいえ、回避に専念してなお劣勢だ。命を賭けた踊り子と上級魔族のじゃれ合いの中――ステラはその場で腕組みをすると目を閉じ集中する。ニーナの隣で警戒を続ける俺にルルーナが囁《ささや》いた。

「……姉さんを……お願い。ニーナはわたしに任せて」

俺が鍛《きた》えただけあって、占い師の少女はなかなか良い面構えだ。ニーナを任せるならベリアルと決めていたが、俺が直接手ほどきをした双子の妹なら代役も務まろう。

「わかりました」

俺は一度甲板に膝を突くと、ニーナに告げる。

「ニーナさん。少しの間、ルルーナさんと一緒にいてください」

「はいなのです。おにーちゃ……あの、ニーナは大人《おとな》のパーティーにおじゃまさん？」

隠そうにもお見通しというか、怒り猛《たけ》ったピッグミーの怒声に、ニーナは察してしまったようだ。

最年少とはいえ、そこは空気の違いがわかる幼女である。

「そんなことはありません。ニーナさんがいてくださるから、私も……いえ、みながんばれるのです」

「おにーちゃ……ごぶうんを……なのです」

俺は仮面を脱いでそっとニーナの手を取り、甲に軽く唇を添えた。一瞬、幼女がくすぐったそうに身もだえる。神官ながらも気分だけはまるで姫を守る騎士のようだ。

立ち上がり、仮面を着け直した。ニーナをルーナに託《たく》すと、俺は手のひらから光の撲殺剣《ぼくさつけん》を抜く。

さあ盛り上がってまいりました。

「ちょ！　豚ヤン前より速くなって……きゃっ！」

ラヴィーナの胸をうっすら包む薄衣に、ピッグミーの鉤爪がかかる。

「ぐっへっへ！　下手《へた》に動いたらご開帳ぷぎーよ！　だけどラヴィぴっぴがチューしてくれたら、オレぴっぴは紳士だから何もしないぷぎー」

ラヴィーナは震え、動きが止まる。硬直する。

獲物が観念したと思ったのか、ピッグミーは身体を前のめりに乗り出した。ラヴィーナの視界を埋めるように顔を近づけ、豚男が空《あ》いた手で彼女の仮面に手をかけた——その刹那、

「はいそこまでッ！」

俺の振るった光の撲殺剣が背後から豚顔に炸裂《さくれつ》した。顔が90度に曲がり、巨体が吹き飛んで船の縁に激突する。

「ぷぎいいいいいいいいいッ！」

しかし残念なことにラヴィーナのブラのような装束は、海賊団長の鉤爪にかかったままだった。俺の打撃の勢いが良すぎたこともあって、ブチンという音をたててラヴィーナの胸から取り去られる。

「あぁんもー！　セイぴっぴのえっちー」

両手の剣を放り投げ、ラヴィーナが間一髪《かんいっぱつ》のところで手ブラで隠した。が、武器を手放す結果

となり、舞剣士は無防備だ。軽くぶん殴ったくらいでは、ピッグミーもすぐに起き上がる。

鉤爪にひっかかったラヴィーナのブラを口に運び、くちゃくちゃと咀嚼《そしゃく》してピッグミーが笑う。

「オレぴっぴに半端な攻撃は効かないぷぎー！」

ラヴィーナが抗議した。

「ちょ！　豚ヤンなに食べてんのよ！」

「ラヴィぴっぴの味がするぷぎー！」

わーお、気持ち悪い。俺はローブの上着を脱いでラヴィーナの肩にかける。

「下がっていてください」

「セイぴっぴ……やだ、キュンとしちゃうシチュなんだけど」

光の撲殺剣を手に構えた。お仕置きの時間だ。

股間以外丸出しで口からブラひもをたらした上級魔族と対峙《たいじ》する。

「ぷぎいいいい！　自分で脱がして上着をかけるなんてマッチポンプだぷぎー！　この偽善神官！　神官は神官らしく教会で大人しくしてろぷぎー！」

「はて、なんのことでしょう。私は通りすがりのデストロイヤーですよ」

「しらじらしいぷぎー！　この前はびっくりしたぷぎーが、結局光る棒で叩くだけぷぎーね！ぶん殴ってやるぷぎー！」

グッ……と、踏み込んだかと思うと、まるで矢のような勢いで、瞬きする間に距離を詰める。

右の拳が乱暴に俺を打《う》ち据《す》えた。

「っと危ないですね」

すかさず光の撲殺剣で、拳を横にそらすようになぎ払う。体重を込めた一撃が空振りするだけで、拳速が空気の壁を突き破ったかのような衝撃波が走り、船を揺らした。

「ぐぬぬぬぷぎー！」

「なにがぐぬぬですか、まったく」

攻撃を外した豚男の顔面を光る棒でしばく、しばく、しばく。

「おぶうっ！　やめ！　あ！　ちょ！　待って！」

「これは傷ついたラヴィーナさんの分、これは苦しめられたルーナさんの分、あとは適当に」

しばく、しばく、しばく。

「わあああ！　ストップぷぎー！　マジでしゃれにならんぷぎーよ！　適当な部分の方が痛いぷぎー！　他人の痛みが理解できない、人の心を持たない闇神官ぷぎー！」

自分から距離を詰めて俺に殴りかかった豚男は、わめきちらして後方に飛《と》び退《の》いた。

船の舳先《へさき》の手前まで後退したピッグミーが、ボコボコに腫れた顔で俺を指さす。

「こうなったら本当の力を見せてやるぷぎー！」

ふと、氷牙皇帝アイスバーンの姿が重なって見えた。追い詰められた魔王候補はその力を解放し、本来の姿を見せるのだ。

俺は小さく息を吐きながら振り向かず、後方で集中を続けていた赤毛の少女に告げる。

「そろそろ準備はよろしいですか？」

腕組みをしたまま目を閉じていた彼女が、いつの間にか俺の隣に並び立つ。

「ええ、いいわよ」

ピッグミーがニヤリと笑った。

「また胸なし能なし娘ぷぎーか？　へっぽこ魔法よりよっぽど光る棒の方が痛いぷぎー！　悪い事は言わないから消えるぷぎーよ」

「うっっっさいわね！　セイクリッドは手出し無用よ」

言うなりステラは両手に炎の魔法力を宿した。ピッグミーがバシンと平手で腹鼓を打つ。

「どーせオレぴっぴには効かないぷぎー！」

が、次の瞬間——豚の目に涙が浮かんだ。同じ魔族としての格の違いが、本能的な恐怖を呼び覚ましでもしたのだろう。ステラが練り上げた力は、人間が使うことのできない、上級を越えた魔法だったのだ。少女が両手の魔法力を指先に集中する。

「そ、そそ、その力はなんかやばそうぷぎー!?」

「炎の力をただ漠然《ばくぜん》と放つんじゃない。形状を変化させるだけでも足りないわ！　だから……これがあたしの解答《こたえ》よッ!!」

指先に灯《とも》した炎は〝結晶化〟した。まるで記憶水晶のように。光り輝く結晶体——ただ、大きさは砂礫《されき》の一粒ほどだ。ルビーを思わせるそれは物質化するまでに超高圧縮した——

極大獄炎魔法《ナラクノホムラ》。

リズム感とは無縁だが、さすが黒魔法の天才、魔王ステラ。

同じ１００の力を分散させるのではなく、収束集約するという考えに少女は至ったようだ。

「まだほとんどコントロールできないんだから……避けるんじゃないわよ！」

ステラは拳を握ると、指を鳴らすように人差し指で炎の魔宝石を弾く。的《まと》が大きいのも幸いし

た。ピッグミーの胸に赤い石が着弾すると、次の瞬間には炎の槍《やり》となって分厚い胸板を貫《つらぬ》く。

「んんぎいいいいいいいいいいいいいいいいいいいッ!!」

心臓の辺りにぽっかりと穴が空いて、ピッグミーが前のめりに崩れた。

屈強な肉体も再生能力も焼き貫く獄炎の槍である。見た目こそ地味だが、あれを防御できるものは地上に数えるほどだろう。まあ、弾着を避けるか別の何かに当てて発動させてしまえば無効化できるので、まだまだ詰めは甘いが――

と、ほぼ同じタイミングで、船室からアコとカノンがベリアルとともに甲板に戻ってきた。

十数名ほど海賊団員を連れて。中にもまだ、ピッグミーの配下は残っていたようだ。

アコもカノンも追い回されてズタボロで、助けにいったはずがベリアルに守られて戻ったようだった。

再び甲板に補充された団員たちだが、彼らが見たのは船首で胸を炎の槍に射貫かれた、ピッグミー団長の姿である。

「「「「だ、団長うううううううううううううッ！」」」」

ピッグミーが膝を突いて、前のめりに倒れながら呟く。

「オレぴっぴはこのくらいじゃ止まらないぷぎー……オマエらが止まらないかぎり……その先に……オレぴっぴはいるぷぎーよ！　……だから……止まるんじゃねぇぞ……ぷぎー」

いや、止まって、どうぞ。豚男は人差し指で〝未来《まえ》〟を示したまま甲板に伏した。

ステラが肩で息をしながら俺に訊く。

「やったの……かしら？」

慣れない魔法の使い方に、息が上がったようである。まだまだレベル2の魔王様である。

頭目を失った団員たちは、信じられないというような顔だ。

アコとカノンを庇《かば》いつつベリアルが剣を水平に構えて残党に告げる。

「我が主《あるじ》ステラ様がきさまらの首魁《しゅかい》を討ち取った。仇《あだ》討《う》ちをしようという殊勝《しゅしょう》な心がけがあるなら、まとめてかかってくるがいい」

手首をひねり柄を返すと、騎士の剣がチンッ！　と冷徹な音を鳴らす。

「ひいっ！　無理無理無理絶対無理！」

「つーかなにがピニキだよ負けてるんじゃねぇよ！」

「あ、そういう感じじゃないんでぼくら」

「つーかオレぴっぴとかさぁ……普通にやばいよやばいよやばいよ頭が」

残った十数名の団員たちは、ベリアルに凄《すご》まれただけで手首がねじ切れんばかりの手のひら返しっぷりだ。海賊団員は剣を捨てて次々と、甲板から飛び降りる。砂の地面に転がるようにして逃げ出した。蜘蛛《くも》の子を散らすというが、甲板の上から見ていると四方八方ちりぢりになる様は、言い得て妙だった。海賊団の生き残りが全員いなくなると——

「まったく……結局オレぴっぴに頼ってばかりぷぎー」

胸を貫かれたまま、ピッグミーはむくりと立ち上がった。

俺は仮面を脱ぎ捨てて、冷たい視線を注《そそ》ぎながら豚男に告げる。

「そのまま倒れていた方が良かったのではありませんか？」

終わったと思い込んでいたらしく、ステラたちは復活したピッグミーに息を呑《の》む。

ニーナだけは落ち着いたものだ。

「ふああぁ……ニーナちょっと眠いかもぉ」

そろそろ昼寝の時間だった。俺は軽く肩を上下に揺らす。

「そろそろお開きといたしましょう。ステラさん以外はサマラーンに戻っていてください。後のことはベリアルさん、頼みましたよ」

「待てセイクリッド！　全員で一斉にかかればトドメも容易《たやす》いではないか？」

「いえ、ピッグミーさんを倒せるとすれば、本気で全開のステラさんをおいて他にないでしょう」

俺の言葉にベリアルは剣を鞘《さや》に納めた。ベリアル自身も女騎士の姿だから剣を手にしているが、本来は槍を武器とし上級爆発魔法《ボウマクラスタ》すら使うことができる。

我慢している身としては、ステラの気持ちが誰よりも身に染《し》みて解《わか》るだろう。

アコとカノンが仮面を脱いで声を上げた。

「ボクはまだ戦えるよ！」

「そうであります！　この前もいつの間にやら終わっていたでありますから」

「ではどうぞ」

俺が言うなり二人はピッグミーに突っ込んでいった。

「勇者の剣を受けてみろおおおおおおおおおおお！」

ドレスの裾《すそ》をはためかせ、大ぶりな胸を上下に揺らしつつ走りながら剣を振りかぶる。

対するピッグミーは乱暴に腕を振るった。直撃。勇者アコは地平線の彼方《かなた》までぶっ飛んでいった。最後の教会でまた俺と握手。

「ちょ！　タンマでありますやっぱり自分は遠慮しておくでありま……」

勇者と同じ勢いで突っ込んでしまった神官見習いはというと。

ブワンッ！　と、豚男の巨木のような腕でなぎ払われた。以下、勇者と同じである。

本来なら上級魔族を相手にできる力量ではない。二人の勇気、このセイクリッドしかとこの胸に刻んだ。これからも伸び伸びと育ってほしい。姉妹が向き合いお互いの仮面を外し合う。

素顔を晒《さら》してルルーナが俺に告げた。

「……サマラーンまでよろしく」

ラヴィーナもうんと頷《うなず》く。

「服とかアレになっちゃったし、セイぴっぴよろしくね！　豚ヤンのトドメは任せたよ？」

本来なら一番迷惑を被《こうむ》ったラヴィーナ自身が決着をつけたかっただろうが、それなりに復讐は果たせた……とでもいったところか。ニーナが仮面のまま俺に告げる。

「おにーちゃとおねーちゃだけお残りですか？」

「はい。ステラさんは私がお守りいたしますから、どうか安心なさってください」

「はっ!?　もしかして……デートだぁ。ニーナはおじゃまできないので、ベリアルおねーちゃとお先に帰るのです」

小さな両手をきゅっと結んで握ると、ニーナはステラに「ふぁいとなのですおねーちゃ！」とエールを送った。

「で、デートじゃないから！　ほら、とっととみんなを戻してあげて」

ステラに急《せ》かされ俺は双子姉妹と女騎士と幼女を、転移魔法《ラポタル》でサマラーンに送った。

光に包まれ四人が消えるのを確認して、再びピッグミーに向き直る。

「お待たせいたしました。しかし、待ってくださるとはずいぶん紳士的ですね」

ピッグミーの鉤爪が俺の顔に向けられる。

「勝者の余裕ぷぎーよ。けど、オマエはぶっ飛ばすくらいじゃすまさないぷぎー」

舐《な》めプありがとうございます。俺への挑発にもかかわらずステラが噛《か》みついた。

「こっちのセリフよ。人を水の抵抗が少なくて泳ぐの早そうとか、栄養が胸以外に行き届いているとか、頭いいとかお金持ちとか素敵なおしとやかボディーとか言ってくれちゃってええッ!!」

「いや、言ってないぷぎーよ」

真顔で返すピッグミーだが、舐めプといいこの余裕はどこから来るのだろう。

ぽっかり空いた胸の穴を塞ぐように右手でおさえて豚男は笑う。

「団員もオレぴっぴがオマエを倒せばすぐに戻るぷぎー。女は強い男に惹《ひ》かれるぷぎーから、ラヴィぴっぴも見直してくれるはずぷぎー。全部、オマエみたいな神官の皮を被った化け物のせいぷぎーよ」

仮面を取ると投げ捨てながらステラが吼える。

「その意見には概《おおむ》ね同意ね！」

こらこら。魔族二人して俺を睨むんじゃあない。

「貧乳は黙ってろぷぎー！」

「ねえセイクリッド、倒してしまってもいいかしら？」

再び魔族同士で〝やんのかゴルァ〟とメンチの切り合いだ。ステラが黒魔法の構築を始める。

周囲に巻き込む仲間はいない。俺をのぞいては。

「ええ、私に遠慮せず好きなだけぶっぱなしてけっこうですよ」

「本気でいくわよ！」

先ほどまではアコたちもいる手前、力を制御しつつだったのだが、今度こそ魔王様の本領発揮《はっき》といったところか。だが、それはピッグミーも同じだったらしい。

「団員がいないなら、こっちの身体を維持《いじ》する必要もないぶぎーね」

豚男がしゃがんで手を甲板につけると——

「今度こそ本当の姿を見せてやるぶぎーよ！」

ピッグミーの身体がずぶずぶと溶け込むように船に吸い込まれていった。なるほど、どうやらこの船そのものがピッグミー自身の一部だったというわけだ。いや逆か。船が本体でピッグミーの方がオマケだったとも言えるな。見れば甲板に残った海賊団員の死体やらまで、船体と一体化を始めていた。

嫌な予感しかしない。一緒に取り込まれるなど御免被りたいものだ。

俺はすぐさまステラの身体を抱きかかえると、甲板を駆け抜け飛び降りる。

「ちょ！　セイクリッドいきなりお姫様抱っことか……」

「舌を噛みますよ？」

着地寸前に足下に光弾魔法を放って落下の衝撃を相殺《そうさい》し、砂の大地に立つとステラを立たせる。

目の前の巨大海賊船の帆に、ドクロではなくピッグミーの顔が投影されるように浮かび上がっ

た。

「この姿になった以上、光る棒なんて怖くないぷぎー！　魔法も蚊に刺されたようなものぷぎー！」

オアシスを背に海賊船の側面が俺とステラを捉える。十門の大砲が一斉に火を噴いた。船そのものとなったピッグミーに船員は不要というわけだ。防壁魔法《マシルド》で爆発から身を守る。

「船そのものがピッグミーだったたっていうの？」

「砂漠を航海する船ですから、動力源が気になっていたのですが……なるほどこういうことでしたか」

砲撃が止《や》むと、海賊船はまるで巨大な一匹の生き物のように、砂の海を泳いで俺とステラめがけて突っ込んできた。巨大な錨《いかり》を揺らして猛然と突き進む。

「ひき殺してミンチにしてやるぷぎー！」

ズドンッ！　ズドドンッ！　船首砲まで加えての突貫《とっかん》である。

ステラのドレスが尻尾で持ち上がった。赤毛も逆立ち気味になり、魔王は涙目だ。

「ちょ、ちょっとどうすればいいのセイクリッド！」

「的が大きいのですから、ありったけの力で爆発魔法を放てば問題ないかと」

「船が突っ込んできてるんですけどぉ！」

「止めれば良いのでしょう？　しばらく鍛錬《たんれん》を怠っていましたが、貴方に刺激を受けて私もトレーニングを再開したんです。時間を作ります。力のやりくりができるようになった貴方なら、できますよ」

「セイクリッド……わかったわ」

覚悟が決まれば話は早い。ステラの前に出て俺は海賊船めがけて走る。

船首砲の乱雑な射撃は躱《かわ》すまでもない。狙いも無茶苦茶で砂煙が上がるばかりだ。

目の前に壁のように船首船体がそびえて俺の視界を埋め尽くした。

「ついにおかしくなったぷぎーね！　人間がオレぴっぴに勝てるわけないぷぎー！」

「光の神よ。どうか私に力を……」

光の撲殺剣を展開し、それを長く伸ばすと俺は棒高跳びの要領で跳ぶ。

舞い上がったと同時にさらに棒を伸ばして船外に出た巨大な錨に狙いをつける。

「上級光弾魔法《ウルトフォース》ッ！」

空中で光弾を放って錨を固定している留め具の辺りを吹き飛ばすと、ジャラジャラと鎖が流れ落ちて巨大なアンカーが砂の大地に根を下ろした。

「何するぷぎー！」

海賊船はアンカーを中心にぐるぐると回りだす。着地と同時に俺はステラに告げた。

「今です」

ステラの魔法力は最高潮だ。

「今度こそこれでおしまいにしてあげるわッ！　レベルアップした全力の魔王の一撃よ！」

回りながら海賊船が悲鳴を上げた。

「ま、まお、今なんと言ったぷぎーか!?」

「あたしが現魔王ステラ……残念だけどあなたに倒されるほど弱くはないの。今までさんざんお

っぱいが控えめって言ってきたことの報いは受けてもらうから」

「そ、そんなわけないぷぎー！　こんな貧相な乳の魔王がいるわけないぷぎー！　というか、魔王がこんなとこにいるわけないぷ……」

極大爆発魔法《カオティックフレア》ッ!!

海賊船の船首から後部まで星のような光が無数に走ったかと思うと、直後に天を揺るがし地を爆風が駆け抜ける、大爆発が巻き起こった。海賊船の巨体は爆発の威力で砕《くだ》け散り、消え去り、最後に雲一つない青空から椅子が一脚落ちてきた。

砂漠にできた巨大なクレーターの真ん中に綺麗にストッと着地する。

それはピッグミーの支配の象徴——赤い布張りの背もたれに獅子《しし》のような顔の意匠が施《ほどこ》された、立派な海賊船長の〝椅子〟だった。

ステラの胸の話さえしなければ、これほど完膚《かんぷ》なきまでにやられなかったろうに。

航海先にたたず……もとい後悔先にたたずである。

エピローグ

ピッグミーの〝玉座〟をステラは封印した。

破壊《デストロイ》しても良かったのだが、利用価値はある。

砂漠に本来浮くはずもない帆船を浮かばせ、それを自在に操作する力そのものは、なかなかに得がたい特殊能力《ユニークスキル》だ。そんな俺の提言にステラは悩み抜いた末、セクハラ豚野郎をコキ使うことに決めた。

とはいえ、使う機会がなければずっと封印するとも、赤毛を不機嫌そうに揺らして少女は俺に語る。それでけっこう。これから先、ステラが魔王候補と戦うにあたり、使える手札が多いに越したことはない。ステラの戦力はニーナを守る盾《たて》の厚みに他ならないのだから。

事後処理も諸々《もろもろ》終わり、二人目の魔王候補を倒してレベルが上がったらしく「新技覚えたから覚悟してなさい♪」と、魔王様は鼻歌交じりでご機嫌だ。

「あ、あのねセイクリッド！　最後の魔法とかすごかったでしょ！　どかーん！　って」

「ええ、お見事でした」

「だ、だからさ……もっと褒《ほ》めてよ」

親に代わってニーナを褒めることはあっても、ステラ自身は誰《だれ》からも褒められない。ベリアルに持ち上げられることこそあれ、それは褒められるとは別の感情だ。頂点に立つとは孤独なことなのだろう。自分を認めて当然の相手からの賞賛では、本日の魔王様は満たされない。

仕方あるまい。俺はそっと少女の赤い髪を撫《な》でた。

「大変よくできました」

「で、でしょー！」

少女は目を細めると耳の先まで赤くなる。ちょろい魔王だ。悪い大人《おとな》に騙《だま》されないか心配である。


転移魔法《ラポタル》でサマラーンに戻って、人通りもまばらな裏道沿いにある現地教会の前でベリアルとニーナと合流する。双子姉妹はというと——

「……姉さんが二人によろしく……って」

ラヴィーナの姿が消えていた。ステラが腕組みをして不満げな顔だ。

「よろしく……って、どこに行っちゃったのよ？」

「……わからない」

「占い師なら場所を突き止めるくらいできないの？」

「……それができたら苦労しない」

睨《にら》み合う魔王と占い師の間に俺は割って入る。

「ラヴィーナさんは気まぐれな猫のような方ですから、いつの間にかひょっこり顔を出すでしょう。さて、私たちはそろそろ戻ろうと思うのですが、ルルーナさんはこれからいかがなさいます

か？」

　彼女の命を狙う悪党どもはもういない。

「……しばらくサマラーンで姉さんを探してみる。故郷には戻らない」

　ルルーナは水晶玉を手にして覗《のぞ》き込《こ》みながら呟《つぶや》いた。

「わかりました」

「……お願いがある」

「なんでしょうか？」

　白無垢姿で俺の顔を見上げるようにして、少女はほんのり頬を赤らめた。

「……これからも、あの教会を復活の場所にしたい。姉さんと合流する、約束の場所だから」

　もう一度双子が合流するまでの間くらいならかまわないか。

「復活の際は所持金の半分を寄付《きふ》していただきますよ」

「……ありがとう」

　納得済みならこれ以上言うことはない。ベリアルが寝落ちしそうな幼女を背負って俺に言う。

「ニーナ様はお疲れのようだ」

「そうですね。今頃あちらの大神樹の芽に二つほど魂《たましい》が届いているでしょうし……では、またお会いしましょうルルーナさん」

　魔王城の住人と自分を対象に転移魔法《ラボタル》を唱える。

　ルルーナは頷《うなず》いて、最後に姉とそっくりな笑顔で俺たちに手を振り見送った。

「……それじゃあ……また」

今の占い師の少女なら、サマラーン周辺の魔物に後れを取ることもあるまい。

再会は遠い未来になりそうな予感がした。的中してくれ俺の予感。


光に包まれ視界が戻ると、そこはいつもの教会の聖堂だった。

アコとカノンの魂が大神樹の芽に届いていて、早くここから出してと悲鳴を上げる。

騒がしいことこの上ないが、すっかり日常になってしまったな。

願わくばこれ以上、最果ての地にある魔王城前〝最後の教会〟に、迷える子羊の魂が流れ着かないことを祈るばかりだ。と、フラグになりそうなので俺はこれ以上考えるのをやめた。


「っていうかぁ……上級魔族に絡まれたのもだけど妹まで巻き込むなんてチョー最悪だったから、セイクリッド紹介してくれてマジ感謝だよ。魔王ステラ関係のことは、だいたい報告書のとーりだけど、えっと……ここからはアタシ個人の意見ってやつね。教皇庁に呼び戻すのはもっとあとでもいーんじゃないかなって」

「…………」

「弟が世話になったって、それはこっちのセリフだよ。おかげでルルーナも再会した時とは別人みたく強くなったし……前よりずっとたくさん笑うようになってくれたから。と、ともかくアタシが本気になる前で良かったかも」

「…………」

「会うと情が移っちゃうから次の任地は遠くがいいかな。んじゃ、配置転換よろしくね教皇様」

特別短編

皆様に愛される教会であり続けるために
アンケートにご協力ください

今日も今日とて、勇者アコと神官見習いのカノンが〝最後の教会〟に死に戻ってきた。

蘇生魔法《リザレク》で生き返らせた二人に、俺は問う。

「ところでアコさん、カノンさん。協力していただきたいのですがよろしいですか？」

勇者はエヘンと胸を張った。ゆっさり上下する手に余《あま》るほどの果実は、普段から漂《ただよ》わせている彼女の自信の大きさに等しい。

「お金ならないよ！」

「右に同じくであります！」

神官見習いが眼鏡《めがね》のレンズを光らせて、俺にビシッと敬礼《けいれい》する。

もはや〝蘇生《そせい》され逃げ〟常習犯だ。いつかこの報《むく》いを受けることになるだろうと、つい、予言したくなった。

「協力していただければ今回の蘇生費用……もとい寄付金《きふきん》は不要です」

二人の少女はハイタッチすると、その場でぐるぐる回り出す。

「やっふー！　さすがセイクリッド太《ふと》っ腹《ぱら》！」

「ずいぶん気前が良いでありますな！　あ！　さてはステラ殿から告白でもされたでありますか？」

俺はニッコリ微笑《ほほえ》んだ。

「親しき仲にも礼儀ありですよカノンさん」

右に左にターンしていた神官見習いの動きが、氷ついたようにぴたりと止まった。

「し、失礼したであります！」

俺は二人を聖堂の長椅子に座らせると、クリップのついた画板とペンを渡した。

画板には一枚の紙がクリップで固定されている。

アコが表題を読み上げた。

「なになに……教会利用者アンケート？」

「顧客《こきゃく》満足度調査でありますな」

さすがに身内だけあってカノンの理解はすこぶる早い。

先日、教皇庁からアンケート調査をするよう指示があったのだ。

「私のことはお気遣《きづか》いなく。無記名ですので気楽に、かつ正直にアンケートにお答えください」

さっそく二人は調査シートに向き合った。

蘇生など救済《サービス》の質といった基本的なものから、果《は》てはオルガン演奏の技術についてなど二十項目に及《およ》ぶ五段階評価の設問に加えて、最後に「当教会についてご自由にお書きください」という、クレーマー大歓喜な項目まで設《もう》けられていた。

と、その時――

「こんにちは～！　セイおにーちゃはいますか～！」

教会の正面扉を少しだけ空《あ》けて、隙間《すきま》から金髪碧眼《きんぱつへきがん》の幼女――この教会の心のオアシスともいえるニーナがひょっこり顔を出した。

とってって……と、赤いカーペットを駆けて俺の元にやってくる。

「これはニーナさん。本日はどのようなご用件でしょう」

膝《ひざ》を折り、視線を幼女の高さに合わせて俺が訊《き》くと、ニーナは「遊びにきました！」と、正直

に応《こた》えた。

カノンがアンケートにペンを走らせた。

「仕事中に遊んでばかり……と」

アコが付け加える。

「司祭がロリコン……と」

ニーナは「ろり～？」と不思議そうな顔をしている。

「お二人とも大変正直でよろしいですね」

次に生き返った時が楽しみだな。

アコが慌《あわ》てた声を上げた。

「ちょ！　笑顔が怖いよセイクリッド！　正直に。かつ正確な分析の元にアンケートに答えただけじゃないか？」

「私はか弱き者を守りたいと願う、ごく普通の聖職者です。謂《いわ》れなき迫害を受けるとは真《まこと》に遺憾《いかん》です」

カノンがペンを手にしたまま俺を見つめる。

「もちろん自分やアコ殿のようなミジンコ冒険者は、弱者でありますよね？　ま、守ってくれるのでありますよね!?」

「お二人は立派に冒険者としてがんばっていらっしゃいますから、私の庇護《ひご》など必要としないでしょう。むしろ今後さらなる飛躍のため、お二人には断食苦行一週間覚醒《かくせい》特訓地獄巡りコースをご用意いたしますね」

それが俺にできる精一杯だ。勇者と神官見習いの少女はペンを走らせアンケート内容を書き直した。

結果、すべての項目が五点満点。フリースペースも「いつもお世話になってます。この教会の司教様はとても親切で、イケメンで頼りがいがあって優しくて信徒のためになんでもしてくれる、素晴《すば》らしい人物です」と、二人は事実を明記したのだった。

ニーナが不思議そうな顔で、記入されたアンケート用紙を見る。

「おにーちゃ？　アコちゃんせんせーとカノンちゃんは、何を書いてるのです？」

「これはアンケートというものです」

「あんけー？」

「答えてもらいたい質問を並べて、こうして記入してもらうのですよ」

張り付いた笑みを浮かべるアコとカノンから、それぞれアンケート用紙を回収した。

ニーナが両腕を万歳《ばんざい》させる。

「ニーナも！　ニーナもあんけーしたいのです！」

魔王の妹君ながら、教会訪問回数はほぼ毎日といっていいニーナにも、回答する権利はあるといえばあるかもしれない。

「わかりました。ニーナさんにもアンケートに協力していただきましょう」

新しいアンケート用紙を取り私室に戻ろうとすると、ニーナがキュッと俺の服の裾《すそ》を掴《つか》んだ。

「あのねあのね！　ニーナがおにーちゃにアンケートしたいの！」

「はい？」

「ちょっと待っててね」

ニーナは跳《は》ねるようにピョンピョンと赤いカーペットの上を駆《か》けていった。


十分経過――

「まだお二人とも帰らなくていいのですか？」

何度か帰還魔法を勧《すす》めたのだが、アコもカノンも長椅子に膝を揃《そろ》えて座ってニコニコ笑う。

勇者がピンと右手の人差し指を立てた。

「なんてったってニーナちゃんのアンケートに興味があるからね」

「右に同じであります」

カノンまでこの調子だ。

強制送還も考えだしたその時――

「あんけーできました～！」

ニーナがお絵かき用らしき落書き帳とクレヨンを抱えて、聖堂に戻ってきた。

ステラといいニーナといい、書類を作って戻ってくるのは魔王一族の習性なのだろうか。

アコが長椅子から飛び上がるように立って幼女に手を振る。

「おっかえり～！　ニーナちゃん！」

カノンも立って「自分たちも協力するでありますよ！」と笑顔を弾《はじ》けさせた。

二人ともニーナが俺に奇妙なアンケートをすると思い込んでいるのだろう。

そこはそれ、冒険者二人よりも人間の出来ている幼女である。

きっと「好きな食べ物はなんですか？」やら「猫と犬はどっちが好きですか？」というような、純真無垢《じゅんしんむく》な質問しかでないに違いない。

ニーナは講壇にあがって、落書き帳をよいしょっとめくった。

「はい！　おにーちゃにあんけーです！」

そこに書かれていた内容に、俺は頭を抱える。

アコとカノンは大盛り上がりだ。

「さあ！　答えてよセイクリッド！」

「正直に白状するでありますよ先輩！」

「…………」

黙り込む俺にアコがニーナに告げる。

「ねえニーナちゃん、アンケートの質問を声に出して読んでごらんよ？」

俺の方に向けていた落書き帳を自分の方に向け直して、ニーナはうんと大きく頷《うなず》いた。

小さな口が内容を読み上げる。

「セイおにーちゃは、ステラおねーちゃとけっこんですか？」

カノンとアコが俺を左右から挟《はさ》み込《こ》んだ。

「神の御前だよ。嘘《うそ》はいけないよねセイクリッド？」

「もしプロポーズしてうまくいかなかった時は、自分が慰《なぐさ》めてあげるでありますよ！」

要《い》らぬお世話だ。

ニーナは瞳《ひとみ》をまん丸くして、じーっと俺を見つめていた。

「あの、ニーナさん。どうしてそのような質問を？」

「えっとぉ……あんけーだから！」

いかん答えになっていない。幼女の世界においては彼女こそがルールブックなのだ。

ニーナが「あんけーは答えるもの」と言えば、そこに反論の余地《よち》など微塵《みじん》もない。

左右から俺の腕をそれぞれ抱くようにホールドして、アコとカノンもじっと待つ。

こんな時こそ、乱入してきて場を引っかき回しうやむやにしてくれるような英雄が……今日に限ってやってくる気配すら感じられなかった。

俺は講壇の上の幼女に訊く。

「そうそうニーナさん。ステラさんは今日はどうしたのでしょう？　ご一緒ではなかったのですか？」

「えっとぉ……おねーちゃはいそがしいって。ニーナはセイおにーちゃに遊んでもらおうと思ったからぁ」

なんて使えない魔王様だろうか。最後の希望はその配下の者に託《たく》された。

「ベリアルさんはどうでしょう？」

「おしごと忙しいのです」

きちんと門番の職務を全うしているらしい。こんな日に限って乱入してこない魔王城側に問題ありだ。

ニーナが俺に問いかける。

「おにーちゃどうですか？　ニーナのあんけーわかりますか？」

だんだん不安そうに瞳を潤《うる》ませ始めた幼女を、これ以上心配させるわけにもいかなかった。

よし、ここは持てる知謀と知略を駆使《くし》して、正々堂々とはぐらかすことにしよう。

「ええと……そうですね。もし、そのような日が来たなら、私はきっとステラさんのすぐそばにいるでしょう」

ニーナは「そっかぁなるほどなぁ」と、独《ひと》り納得した。

その〝なるほど〟の詳細な内訳を是非《ぜひ》お聞きかせ願いたい。

これは幼女にいらぬ誤解を招《まね》いてしまったかもしれないな。

俺の懸念などどこ吹く風で、勇者アコは「ひゅー!」と口笛を鳴らすのだが……カノンの眼鏡がキラリと光る。

「セイクリッド殿……そばというのはどちらでしょうか?」

見習いとはいえ神官候補。さすがに気づいたか。勘《かん》の良い後輩め。

「さてなんの事でしょうね」

晴れの日に、俺がステラの正面に立つか隣《となり》に立つかの論争は断固拒否しよう。

と、カノンはアコに耳打ちした。把握《はあく》した途端《とたん》にアコが「嘘つかなきゃ何を言ってもいいなんてズルくない?」と、俺を非難《ひなん》する。

ともあれ、これでニーナの抜き打ちアンケートをなんとか越えることができたな。

人間として一つ成長できたような充足感だ。

ぎゃーぎゃー騒ぐアコとカノンの声すら耳に心地よい。

と、講壇の上の幼女は落書き帳をぺろんとめくってこちらに向けた。

「おにーちゃはおっぱいはおっきいのが好きですか？　ちっちゃいのが好きですか？」

共闘していたアコとカノンが、バッと二手に分かれた。

二人の視線が俺に注《そそ》がれる。

アコが先に吼《ほ》えた。

「セイクリッドだって男子なんだから！　さあ！　ボクの胸に遠慮なく飛び込んでおいでよ！」

カノンが吼え返す。

「なんのなんの！　完成形など面白くないでありますよ！　自分やステラさんのような成長を見守る楽しみというものがこの世にはあるのであります！」

ニーナは落書き帳を高らかに天に掲《かか》げた。

「おにーちゃ！　どっちですか？」

まさかの第二問。まさかの質問内容。そして——

「話は聞かせてもらったわ！」

「この際だ白黒はっきりつけてもらうぞ大神官よ！」

忙しいはずだった魔王《ステラ》と女騎士《ベリアル》が聖堂に乱入してきたのは、アコとカノンが俺の腕を左右から引っ張って綱引きを始めたちょうどその時だった。

本日も〝最後の教会〟は平常運転。いつも通り平和である。

BIG or flat

あとがき

ボス戦前のセーブポイントが最近ではクリスタル的なものになったのには、ひとえに「そんな危なっかしい場所に人間を配置するなんて、あまりにブラックな労働環境すぎる」という空気が存在したからかと思います。

働き方改革、ファンタジー世界を蹂躙《じゅうりん》。

今やラスボス前でセーブや回復をしてくれる神官的な人は、絶滅《ぜつめつ》危《き》惧種《ぐしゅ》ではないでしょうか。

むしろラスボスの方が「最後は正々堂々と戦おうではないか！」と、主人公たちを全快してくれるなんてこともしばしば。

リアリティがないからと、セーブ用の装置が各所に配備されるようになって久しい今日この頃、皆様どのようにお過ごしでしょうか。

ぶっちゃけセーブポイントは便利ですよね。言葉すら交わさないのが普通で（希《まれ》に、その場その場で様々な〝決意〟を語るものもあるけど）、ボタン一つで全回復するし。

だけどちょっと寂しいんです。毎回、同じ文言でもいいじゃない。これから最終決戦に向かうのに、人の声とか優しさに触れたいじゃない。そういう時こそ人の手の温もりが大事なのさ。

しかしまあ、そんなわけでとは申しませんが、ラスボス前の教会にいて蘇生や解呪や治癒をしてくれる親切な神官って、いったい何者なんだろうと、このところ思うようになりました。

危険をかいくぐり経験を十分に積んだ勇者――を、迎え撃つため、終盤の魔物は最強レベルで

強いわけです。

そんな魔物ひしめくような場所で、たった独り平然と勇者を待つ神官。

あれ？　もしかしてこの人、最強なんじゃね？　お前が魔王倒せよ的なツッコミが入るくらいの強者でなければ、ラスボスの目の前で勤務なんて、務まるどころかそもそも生き残れない。

というわけで〝最強聖者が魔王城前にある小さな教会に赴任してくる〟という、この物語が生まれた次第です。

魔王様は美少女で、キャンキャンイキリかわいい小型犬のような感じにしてみました。

余裕ある大人の対応〝も〟できる大神官セイクリッドと、実はレベルが〇〇な（ネタバレ回避）美少女魔王のステラによる、ちょっぴりラブなコメディファンタジー。

暇つぶしに、通勤通学時に、リラックスできるお風呂タイムに、さらっと読んでクスッと笑っていただければ幸いです。

さてさて今回、実は当初、書き下ろしは無しというか、入れられるだけの余裕がなかったのですが、手違い（主に私の勘違い）で、お値段そのままに本のページ数が増えました。お得！

ページが増えたよやったね雷火《らいか》ちゃん！　これはもう書くしかないと、ｗｅｂ未発表の新作短編が入っております。

アンケート大好きニーナちゃんの勇姿がここに。さあ本作のアンケートはがきに「ニーナちゃんかわいい」と書いて、みんなも投書しよう。

それにしてもヒロインたちのビジュアルはこぞってキュートです。中身は残念なものの、そのダメッ子ぶりを感じさせない、素敵なイラストで幼女をうはうはしてくださった、へいろーさま、ありがとうございます。

ステラは本文よりも魔王としての脅威はかわいくダウンサイジングされつつ、女の子として胸囲がアップしていて（寄せてあげる驚異の技術力《テクノロジー》）これには魔王様もニッコリ。もうまな板とは言わせない。

とはいえヒロイン四天王の中では最弱⁉　というかベリアルとアコという二大巨頭が魔王様に立ち塞がります。どうなる恋の行方？　え？　主人公はニーナ一筋だって⁉

ともあれ、魔王姉妹と大神官《ロリコン》の物語はもうちょっとだけ続くのじゃよ。ということで、そちらもご紹介。

こちらラスボス魔王城前「教会」は、小説家になろうのサイト上（https://ncode.syosetu.com/n7165eo/）にて掲載中です。

〝n7165eo〟で検索すると、本編の続きから強くてニューゲーム……もとい、お読みいただけます。

追伸、

集英社ダッシュエックス文庫より『魔王ＬＶ９９９＃勇者ＬＶ１ ～モテすぎの俺は嘘で死ぬ？～』も今秋書籍化予定です。そちらもよろしければぜひ。

（https://ncode.syosetu.com/n7113ed/）

原《はら》雷火

あとがき
ベリアルさんとお酒が飲みたい!!
あわよくば押し倒されたい。
へいろー

女神により転生することになったお爺ちゃん。
望んだのは「健康な体」だけだったのに、
チート能力までも与えられてしまう！
転生後にその力を持て余していた彼は、
女神の「冒険者になって人生を楽しみなさい」
という助言により、冒険者として王都へ赴く。
コミカライズ
月刊コミックアライブ
Web ComicWalker ニコニコ静画 で
毎月27日連載中！
enterbrain

魔法使いで引きこもり？
He is wizard, but social withdrawal?
Author 小鳥屋エム
Illust 戸部 淑
様々な人々との
出会いを通して、
彼の世界は広がっていく――。
チート能力《スキル》を持て余した少年とモフモフの
異世界のんびりスローライフ！
重版、続々!!
1～2巻好評発売中！
魔法使いで引きこもり？
～モフモフ以外とも心を通わせよう物語～
魔法使いで引きこもり？ 2
～モフモフと学ぶ魔法学校生活～

こちらラスボス
魔《ま》王《おう》城《じょう》前《まえ》「教《きょう》会《かい》」

2018年7月30日　初版発行

著　者　原雷火《はららいか》

イラスト　へいろー

発行者　三坂泰二

発　行　株式会社KADOKAWA
〒102-8177 東京都千代田区富士見2-13-3
電話 0570-060-555（ナビダイヤル）
URL:https://www.kadokawa.co.jp/

編集企画　ファミ通文庫編集部

デザイン　AFTERGLOW

写植・製版　株式会社オノ・エーワン

印　刷　凸版印刷株式会社

[本書の内容・不良交換についてのお問い合わせ]
エンターブレイン カスタマーサポート　0570-060-555（受付時間　土日祝日を除く　12:00〜17:00）
メールアドレス:support@ml.enterbrain.co.jp　※メールの場合は、商品名をご明記ください。

ISBN978-4-04-735231-5 C0093

定価はカバーに表示してあります。